潮州歌谣谚语集成

蔡泽民　主编

蔡网里　整理

U0330225

中山大学出版社
SUN YAT-SEN UNIVERSITY PRESS

· 广州 ·

图书在版编目（CIP）数据

潮州歌谣谚语集成/蔡泽民主编；蔡网里整理．—广州：中山大学出版社，2025.5

ISBN 978 - 7 - 306 - 08109 - 4

Ⅰ．①潮… Ⅱ．①蔡… ②蔡… Ⅲ．①民间歌谣—作品集—潮州 ②谚语—汇编—潮州 Ⅳ．①I277

中国国家版本馆 CIP 数据核字（2024）第 106544 号

出 版 人：王天琪
策划编辑：高　洵
责任编辑：高　洵
封面题字：程小宏
封面设计：林绵华
责任校对：陈　颖　周擎晴
责任技编：靳晓虹
出版发行：中山大学出版社
电　　话：编辑部 020 - 84110283，84113349，84111997，84110779，84110776
　　　　　发行部 020 - 84111998，84111981，84111160
地　　址：广州市新港西路 135 号
邮　　编：510275　　　　传　真：020 - 84036565
网　　址：http://www. zsup. com. cn　　E-mail：zdcbs@ mail. sysu. edu. cn
印 刷 者：佛山市浩文彩色印刷有限公司
规　　格：787mm × 1092mm　　1/16　　33.5 印张　　674 千字
版次印次：2025 年 5 月第 1 版　　2025 年 5 月第 1 次印刷
定　　价：98.00 元

本书由潮州市文学艺术界联合会支持出版

◎ 广济桥十八梭船（郑家明摄）

◎ 广济桥上的鉎牛（张伟雄摄）

◎ 潮州市潮安区庵埠文里赛龙舟
（李雁青摄）

◉ 潮州花灯《金花掌羊》（黄韬提供）

◉ 大吴泥塑《桃花过渡》（杨坚平博物馆提供）

◉ 清光绪潮州木雕：大神龛（蔡网里摄）

◉ 潮绣：1989年绣的安济圣王神袍局部（蔡网里摄）

◉ 剪纸《陈三五娘·投荔》（杨坚平博物馆提供）

◉ 从熙公祠门楼石雕局部（蔡网里摄）

◉ 潮州蕉柑（张伟雄摄）

◉ 杨桃（张伟雄摄）

◉ 潮州乡村屋前屋后多栽种有龙眼树
（张伟雄摄）

◉ 橄榄树（蔡网里摄）

◉ 杨梅（蔡网里摄）

◉ 红桃粿（蔡网里摄）

◉ 朴籽粿（蔡网里摄）

◉ 咸水粿（蔡网里摄）

◉ 鼠曲粿（陈文洁摄）

◉ 凤凰山采茶（张伟雄摄）

◉ 凤凰山茶峯（张伟雄摄）

◉ 凤凰山茶农在制茶（郑家明摄）

◉ 游神队伍途经牌坊街（陆湾摄）

◉ 潮州市民观看潮州文化巡游英歌舞表演
（黄春生摄）

◉ 江东镇独树村"走老爷"（李雁青摄）

◉ 鲤鱼舞表演（黄春生摄）

◉ 潮州市湘桥区磷溪镇溪口村正月十六
举行"穿蔗巷"民俗活动（蔡网里摄）

◉ 潮州出花园习俗中祭拜玄天上帝
的物品（蔡网里摄）

◉ 潮州婚礼中至今保留着新婚夫妻
食合房圆的习俗（蔡网里摄）

◉ 潮州市民每逢农历节日祭拜祖先
（蔡网里摄）

◉ 潮州市民在灶台拜司命帝君
（蔡网里摄）

◉ 神前全猪（李雁青摄）

◉ 彩绘精美的潮州春盛（林泽鹏提供）

◉ 花篮现在已成为潮州旅游工艺品（蔡网里摄）

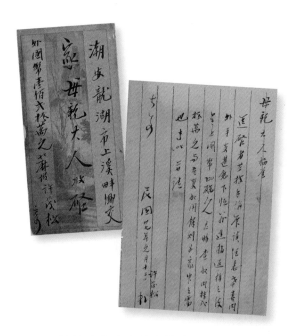

◉ 侨批（广东省岭海档案馆提供）

◉ 潮州市民手提满装礼品的花篮前去拜神（蔡网里摄）

◉ 潮州镇海楼（蔡网里摄）

◉ 位于潮州市潮安区文祠镇李工坑村广场的畲族四姓柱子（蔡网里摄）

◉ 潮州市潮安区磷溪镇的急水渡口至今仍保留船渡（郑家明摄）

◉ 揭阳市揭东区玉滘镇山美村的郑大进府（陆永浩摄）

◉ 位于潮州市潮安区彩塘镇的甘露寺远景（蔡网里摄）

◉ 龙窑装窑（蔡网里摄）

◉ 围筑法制陶（蔡网里摄）

◉ 文祠镇李工坑畲族村民雷美芳
演示石臼的使用（蔡网里摄）

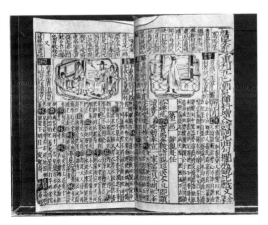

◉ 刻于明代嘉靖年间的《荔镜记》故事文本
（蔡网里摄）

◉ 观众观看铁枝木偶表演（又称看纸影）
（蔡网里摄）

◉ 潮剧《茂芝星火》剧照（蔡网里摄）

◉ 饶平县大城所端午节游旱龙（蔡网里摄）

◎ 本书主编（右）与畲族文化专家雷楠（左）一起探讨畲族歌谣书稿（蔡网里摄）

◎ 潮州市文联主席程小宏（中）与本书主编蔡泽民（左）、整理者蔡网里（右）一起探讨书稿

◎《潮州市民间文学三套集成》（资料本照片）

◎ 本书主编蔡泽民（左）、整理者蔡网里（右）与畲族歌手雷书财（中）合影

◎ 2023年5月本书主编蔡泽民（中）和整理者蔡网里（右）到登塘镇五全村采访客家山歌歌手（左）

前　言

蔡泽民

我们为之自豪的中华文化是由两大部分组成的，一部分是精英文化和典籍文化，一部分是民间文化。精英文化是经过历史不断陶冶、流传下来的，为数不多的较之民间文化相对高雅的文化；典籍文化是指历代保存下来的各种文献所承载的文化。民间文化指的是民俗、民间文学和民间艺术。精英文化和民间文化这两大文化，谁也代替不了谁，同等重要，都是我国人民用自己的聪明才智和勤劳的双手创造出来的，体现了我国人民多姿多彩的生活和对美好理想的追求。①

潮州民间文学是潮州民间文化重要的组成部分，它包括民间故事、民间歌谣和民间谚语。潮州民间故事——《广东民间故事·潮州卷》已在 2016 年由岭南美术出版社出版，与民间故事相关的说明已在书中说了，不再赘述。这里只说潮州的民间歌谣和潮州谚语。

什么是潮州歌谣？潮州歌谣可分为两种，有曲有词的称"歌"，无曲有词的称"谣"，统称"潮州歌谣"。潮州歌谣是潮州人口头集体创作的。民间歌谣最早出现的是"嘿""咳""吭"这类劳动号子，即劳动歌。劳动歌是打猎的领头者与大家围猎时唱的，最早出现于原始社会。潮州的陈桥等多处贝丘遗址和山岗遗址曾出土了许多鹿骨、牛骨，这些都是原始社会潮州人围猎获取动物留下的遗骨。围猎时自然也少不了要唱"嘿""咳""吭"之类的劳动歌，借以组织、指挥和集体发威；韩江上的六帆船、渔船和放杉排，也都有唱劳动号子的习惯。

潮州歌谣一直为世代男女老少所喜爱，这是什么原因呢？其一，潮州歌谣能充分表达潮州人心里的爱、恨和怨。"红花红花红，日寇是俺大仇人。仇人占俺土地无时歇，如蚕食叶真惊人。青花青花青，日寇是俺大冤家。冤家害俺无时歇，害俺东北同胞无国又无家"表达了我国人民对侵华日寇的深仇大恨。"灶前点火灶后烧，不是姻缘不配娘。日来有食同甘苦，夜来无被盖围腰"表

---

① 参见冯骥才主编《中国民间文化遗产抢救工程普查手册》，高等教育出版社 2003 年版。

1

现了穷夫妻的恩爱。"嫁囝嫁在溪涧墘，无船无只怎得圆？金钗拔落作渡税，目汁流落满溪墘。"旧社会父母主婚，男女不能自由恋爱，歌谣表达了妇女对封建包办婚姻制的怨恨。其二，教育作用。一首摇篮歌《拥呀拥》，这是母亲、奶奶摇摇篮时给孩子唱的催眠的儿歌。"阿舍读书赴科期""阿舍读书中探花""去时书童担行李，来时大轿撑彩旗"，内容却是教育孩子勤奋读书，对孩子寄予期望，期望他长大成为有用的人才。《跋钱》是劝说人们不要赌博、不要吸毒，等等。其三，认识作用。如《啤嘤》，这是很多潮州人能诵唱的歌谣。"啤嘤！啤嘤！阿兄去卖茶。吩咐贤妻着经布，吩咐细妹着纺纱。厝哩近路边，狗囝哩着饲，咸菜卤唔垎，鱼囝屑囝买来添。"仅用45个字便朴实地描述了潮州府城卖茶的小商贩是怎样过日子的，兄嫂妹三口之家是如何勤劳、顽强地在社会的底层生活的，让人对他们三人产生了同情，从而对潮州人产生深深的敬意。说到儿歌的认识作用，有的就更直接了，如《槟榔》就是通过儿歌教儿童认识更多的动物、植物、用物和事理。其四，自娱自乐作用。潮州不管是何种歌谣，唱起来都能起到娱乐身心的作用。奶奶摇着摇篮唱摇篮曲，哭闹的孩子便安静下来或开心地笑了，母亲、奶奶见孩子笑了，自己也乐了，高兴得合不上嘴。《阿哥唱歌阿妹接声》，在山区，无论耕田、砍柴还是割山草，都既寂寞又辛苦，往往老远才看到或碰到一个人，与其问声好，还不如用山歌对唱，解愁解闷，表达心意，所以就有"阿哥上坑妹下坑，阿哥唱歌妹接声。阿哥好比养鸟囝，阿妹唱出画眉声"。也有这村在这山割草，那乡在那山耙地，他们也集体对唱山歌，这不但可以消除疲劳，还能活跃气氛。直到现在，登塘镇世田、闪桥一些村民有时候还会聚集在村里的榕树下、晒谷埕对唱山歌。其五，实用作用。许多仪礼都有唱仪式歌的习俗。如《婚礼歌》中"出嫁拜司命公"的仪式歌、"出嫁前坐桌"的仪式歌、"拜别爹娘"的仪式歌等。这些仪式歌的句子世代不变，记载了婚礼的全过程。这就是各种传统仪礼会一直被沿用，世代传承而不走样的原因。

潮州谚语，潮州人也称"俗谚""土话"和"俗话"。它用言简意赅的艺术句子，总结生产经验、社会经验和生活经验，以民俗事象作为载体，深入浅出地表达深奥的哲理，容易被大众理解和接受，给人以启发。

如"毒蛇虽死毒还存"说的是敌人虽被消灭了，但其流毒还在，提醒人们要警惕，思想别麻痹。又如"担屎人食屎""担屎无食屎"，这两则谚语分别说的是两类所谓做"下等活"的人。前者是说，"我既然做下等活，就得占点下等的便宜"；后者是说，"我虽干下等活，也不占下等的便宜"。由此可看出，干的活虽同等，但人格不同等，一个低下，一个高尚。本为较深奥的道理，却被浅显的民俗事象说明白了，让人容易理解和接受。谚语还有一个作用，就是它表达的道理，很容易让人在不知自觉中受到教育。"有千年池厝渡，无百年郑大进"，小乡山尾村毗邻大乡池厝渡，小乡常遭大乡欺负。小乡的郑大进常年在外当官，那年他升官，要赴任直隶总督，便回山尾村省亲。村民闻知，纷纷请他出面报复池厝渡村。但郑大进没有这样做，他告诫村民："有千年池厝渡，无百年郑大进。"意思是说，我郑大进再能报复，也只能百年，可是池厝渡千年还在。所以，大家还是要以和为贵。两村村民听了都深受感动，从此大村不再欺负小村，小村也不再想报复大村了。

　　2022年，习近平总书记参观了中国历史研究院、中国国家版本馆之后说："只有全面深入了解中华文明的历史，才能更有效地推动中华优秀传统文化创造性转化、创新性发展，更有力地推进中国特色社会主义文化建设，建设中华民族现代文明。"① 学习了习近平总书记的讲话，我觉得，"潮州民间文学三套集成"不是经过口述、记录、整理、出版、发行就算工程完成，我们还应该进一步做创造性转变。譬如，我们可以将其改编成电影、戏剧、歌曲、舞蹈、美术等文艺作品，通过创造性转变，把潮州优秀传统文化的作用提升到新高度。

---

　　① 习近平：《在文化传承发展座谈会上的讲话》，见新华网（big5. news. cn/gate/big5/www. news. cn/2023－08/31/c_1129837816. htm）。

编辑凡例

一、《潮州歌谣谚语集成》（以下简称《集成》）是在 1988 年《潮州民间歌谣集成资料本》《潮州民间谚语集成资料本》（以下简称《资料本》）整理的基础上，遵照《中国民间文化遗产抢救工程普查手册》的要求，再次进行整理。

二、本书所收入的作品，为一直在潮州市区域内流传的作品。

三、本书作品大部分是经田野调查搜集的，有部分是已经发表在报纸杂志上，或已出版成书的。

四、口述者、搜集者、整理者绝大部分为潮州市人，小部分是域外投稿。

五、本书的口述者、搜集者、整理者的简历均以 1988 年《资料本》为准。

六、此次对集成的潮州方言字做了如下处理：

1. 读音及注音。

（1）本书以还原潮州方言字为宗旨，把原来只有潮州人才能读懂的方言词语改用规范词语，并加以潮州话拼音字母注音，所指读音均为潮州话读音（依据张晓山编《新潮汕字典》第二版）。其中，"［ ］"内按潮州话拼音标注，字母右上角数字表示该字的潮州话声调；"〈 〉"内为该字潮州话发音同音字。如：大夫［da^2bou^1］〈搭埠〉，指男子。又如：家己［ga^1gi^7］〈胶枝^7〉，自己。如遇该字无同音字，则用反切字代替，如：悦［$ruah^8$］〈而活〉，"而活"即为反切字。

（2）根据潮州话口语读音，本书对一些字词的白读音做了注音。如："一个钱一箩，无钱无奈何"，其中，"箩"字此处应读［lua^5］〈罗娃^5〉，而不读［lo^5］〈罗^5〉；"奈何"此处应读［da^2ua^5］〈打娃^5〉，而不读［nai^2ho^5］〈耐河〉。又如："走团成做阿奶样"，其中，"成"字应读［$zian^5$］〈正^5〉，而不读［$sêng^5$］〈盛^5〉。

（3）对集成中的畲族、客家歌谣则不做注音。

2. 字义及注解。

（1）本书中所用字或词，同一字、词，其普通话与潮州话含义不同的，则做注解。如："深耕着力踏草"，其中"力"字（读［lag^8］〈六〉）在潮州话中意为勤或勤快，而在普通话中表示力气等意思。

（2）集成中的潮州方言字，则尽量用本字，再做注音注释。如：畀 [boi⁵]〈乜〉；胭 [zian¹]〈晶〉：指瘦肉；淖 [ciêh⁴]〈尺⁴〉：指稀薄，含水多。

3. 声调。

声调方面，对潮州方言的 8 个声调，根据《新潮汕字典》（第 2 版，张晓山编）第 966 页中的"潮州话拼音方案"声调表标注，如下：

名称：	阴平	阴上	阴去	阴入	阳平	阳上	阳去	阳入
例字：	诗分	死粉	世训	薛忽	时云	是混	示份	蚀佛
符号：	1	2	3	4	5	6	7	8

目　录

潮州歌谣，指潮州民间歌谣，潮州人称之为"歌团"和"畲歌团"。歌是有曲有词，谣是有词无曲，歌、谣统称为"潮州歌谣"。潮州歌谣是民间口头集体创作、集体传承的一种文艺形式。民间歌谣始于劳动歌，即原始社会的劳动号子。

明代《陈三五娘》的笔记小说在泉州出现，广为流传，成了民间故事，也开始传唱有陈三五娘的民间歌谣。潮州明代《韩江见闻录》便记载有《采茶调》的歌，和着鼓乐，边唱边采茶。

一、劳动歌

门骹①一丘田

门骹一丘②田，
枉费我囝③种掉工④。
三四⑤唔放种⑥，
五六欲收什乜冬⑦？

(选自《潮汕歌谣集》第66页，以下简称"丘本")

【注释】①骹［ka¹］〈卡¹〉："脚"的本字。指胫部，也引申指器物足部。《广韵》平声肴韵："跤，胫骨近足细近。骹，同上。"口交切，肴韵字白读潮音［a］，"口交切"潮音正好切［ka¹］。(参见李新魁、林伦伦《潮汕方言词考释》，广东人民出版社1992年版，第25页)②丘［ku¹］〈区〉：做量词，用于指水田分隔开的块，"一丘"即一块。③囝［gian²］〈惊²〉：孩子、儿女。④种［zêng³］〈证〉掉工：白白浪费了耕作的工夫。⑤三四：指月份。下句"五六"亦同。⑥唔［m⁶］〈姆⁶〉放［bang³］〈班³〉种［zêng²］〈肿〉：不下种子。唔，不，潮州话中多为否定意思。⑦收什乜［sim⁶mih⁴］〈甚迷⁴〉冬：什乜，什么。收冬，稻、麦成熟收割的季节。

采茶歌（畲族）

口述者：李两英
搜集者：雷楠

烂田石上种头①茶，
风吹日晒唔襞芽。
凉水冲茶无味水②，
大盼滚水来翻渣。

【注释】①头：畲语，株。②无味水：畲语，无味道。

3

三月清明（客家）

口述者：刘义英

搜集者：沈维才

（一）

三月清明乱忙忙，
又欲采茶又插秧。
插得秧来茶又老，
采得茶来秧又黄。

（二）

三月莳[①]田忙又忙，
大男细妹下田庄。
肥粪落得足又足，
来日丰收谷满仓。

（三）

种田唔怕工作难，
烈日虽猛只等闲。
汗流满身全不顾，
丰收谷子堆如山。

【注释】①莳：移栽植物。

深耕着力[①]踏草

搜集者：陈玛原

深耕着力踏草，
踏草欲惜秧，
锄头下畔[②]三分水，
今年好年冬。
今年好年冬，

人人有田作，
地地有人耕。
大家出力勿偷惰，
劳动变黄金。
一点汗，滴落塗③，
赢过十担肥田料，
粟呀麦呀收落够大簟④。
家家大细嘻哈笑，
笑呀笑呀，笑到目眯眯。

【注释】 ①力［lag⁸］〈六〉：勤快。②下畔［boin⁵］〈爿〉：下边。③塗［tou⁵］〈吐⁵〉：泥巴、泥土。④簟［diam⁶］〈店⁶〉：《说文·竹部》："簟，竹席也。"粗竹席围或圈起来，用以储存稻谷或薯类。潮汕俗写作"笪"。

家　常

搜集者、整理者：惟勤

近井水缸圳，
近山烧湴柴。
种田唔锄草，
草长危①过骹。

【注释】 ①危［gui⁵］〈县⁵〉：高。

边插秧来边唱歌

搜集者、整理者：杨雁

边插秧来边唱歌，
妹囝唱歌哥哥和。
唱完一曲抬头望，
春风吹拂荡绿波。

七丈溪水

搜集者：柯鸿材

七丈溪水七丈深，
七个鲤鱼头带金。
七条丝线钓唔起，
钓鱼阿哥空费心。

七丈溪水七丈流①，
七尾鲤鱼泅②过沟。
七条丝线钓唔起，
钓鱼阿哥空费劳。

【注释】①流〔lao⁵〕〈楼〉。②泅〔siu⁵〕〈收⁵〉：游动。

抗旱歌

搜集者：陈亿琇、陈放

窗外无云满天星，
兄妹抗旱早离家。
跖上车棚①骹放猛②，
盍得③满垟④田面青。

天顶⑤无云月光光，
兄妹抗旱早起床。
跖上车棚⑥骹放猛，
盍得田地变金银。

【注释】①车棚：水车架。②骹放猛：脚加快速度。③盍〔bhoi⁶〕〈买⁶〉得：巴不得。④垟〔iên⁵〕〈洋〉：田间。⑤天〔tin¹〕〈胎丸¹〉顶：天上。⑥跖〔bêh⁴〕〈百〉上车棚：踩上水车前头的车架子。跖，攀爬。

赤赤荒山火炼丹

搜集者：林有钿

赤赤荒山火炼丹，
垒垒沙石断草丛。
欲改山河有壮志，
点点汗珠落垫中。
后生老人拢①勯拚②，
果林成荫绿苍苍。

【注释】 ①拢［long²］〈隆²〉：都。②勯拚［le⁵bian³］〈驴兵³〉：卖力、劳作。

乌布乌罗罗

乌布乌罗罗，
乌布双畔绣鹦哥。
鹦哥绣了绣雁鸟，
雁鸟腾云飞过河。

乌布乌麻麻，
乌布双畔绣牡丹。
牡丹绣了绣雁鸟，
雁鸟腾云飞过山。

乌布乌哩哩，
乌布双畔绣鹭鸶①。
鹭鸶绣了绣雁鸟，
雁鸟腾云飞上天。

（选自"丘本"第47页）

【注释】 ①鹭鸶［liao⁶si¹］〈辽⁶丝〉：白鹭，潮州人也称"白鹭丝"。

乌布乌布乌

乌布乌布乌，
乌布绣鞋分①细姑。
鞋头绣有双凤鸟，
鞋尾绣有双葫芦。

青布青布青，
青布绣鞋分大家②。
鞋头绣有双凤鸟，
鞋尾绣有双蚵蝛③。

红布红布红，
红布绣鞋分众人。
鞋头绣有双凤鸟，
鞋尾绣有双黄蜂。

（选自"丘本"第48页）

【注释】①分［bun¹］〈本¹〉：给。②大家［da²gê¹］［打嫁¹］：家婆。③蚵蝛［sua¹mê¹］〈沙夜¹〉：蜻蜓。

正月劝姑绩①青麻

搜集者：陈亿琇、陈放

正月劝姑绩青麻，
手绩青麻嘴唱歌。
踏入君门君讨②布，
并无郎君讨畲歌。

二月劝姑布着经③，
姑你粗布细布经到成。
经有粗个姑粗穿④，
经有细个姑传名。

三月劝姑去饲蚕，
姑你十分艰苦也强闲。
十分艰苦也着作，
桃花织绢出人前。

四月劝姑去绣鞋，
姑你四壁针针踏齐齐。
绣有粗个姑粗穿，
绣有细个合金钗。

五月劝姑绣枕头，
绣有更鼓兼危楼⑤。
绣有粗个分姑枕，
绣有细个上彩楼。

六月劝姑勿暗行，
暗行暗企碍名声。
俺有爹妈收人聘，
外头传来唔好听。

七月劝姑敬大官⑥，
欲敬大官勿放宽⑦。
爹妈食无千百岁，
唔比春草出满山。

八月劝姑敬大家，
欲敬大家赶后生。
爹妈食无千百岁，
唔比春草年年青。

九月劝姑去敬君，
君呀入内笑齨焖。
四亲六眷会接搭⑧，
猛猛煮茶好三分。

十月劝姑势做人,
穷亲富亲一样人。
厚刀斧头一样铁,
勿掠⑨穷亲当别人。

十一月劝姑欲出门⑩,
伸手按搭姑肩墘。
姑你宽食紧去作⑪,
唔比在家缀嫂时。

十二月送姑出门前,
伸手按搭姑肩边。
姑你宽食紧去作,
唔比在家缀嫂势。

【注释】①绩〔zêh⁴〕〈积〉:把青麻搓成线,用于织麻布。②讨:索取。③经〔gêh¹〕〈耕〉:织。④粗穿:意为日常穿。⑤危楼:高楼。⑥大官〔da²guan¹〕〈打赶¹〉:丈夫的父亲,儿媳妇当面称其为"阿公",背后称"大官"。⑦勿〔mai³〕〈埋³〉放宽〔kuan¹〕〈夸(鼻化音)〉:要抓紧时间。⑧接搭:接待。⑨掠:此处作"拿"解。⑩出门:潮州人对出嫁的俗称。⑪宽食紧去作:吃饭时要慢吃,劳作时动作要利索。

姑嫂织布

搜集者:柯鸿材

灯火吊起在大厅,
二机织布见输赢。
姑你织布落箱囊,
嫂你织布打扮兄。

灯火吊起在大房,
二机织布见乌红。
姑你织布落箱囊,

嫂你织布打扮翁①。

【注释】①翁［ang^1］〈安〉：丈夫。

昔日拍蚝①歌

汫洲蚝田，
修整艰难。
蚝石粗涩，
九十斤重。
落海拍蚝，
风扫骨寒。
开有刣蚝，
卖有百元②。
隔日籴③米，
籴存④一筒。
锅水把米，
煮成米汤。
入口免嚼，
腹里咕呛。
忍饥挨饿，
阿孥谙呛⑤。
三顿食二，
肥在骹筒⑥。
水涸鱼挤，
一家大细，
各奔西东。
背乡离井，
流落四方。

【注释】①蚝［o^5］〈卧^5〉：牡蛎。②卖有百元［$ngeng^5$］〈银〉：卖了一百元。③籴［$diah^8$］〈摘〉：买粮食。④存［cun^5］〈春^5〉：剩余。⑤谙［$hain^1$］〈亥^1（鼻化音）〉呛：因难受发出的声音。⑥肥在骹筒：腿部水肿。

暝⑤ 耕

星星映水水映天，
点点灯灯燎田洋。
竹鞭甩碎三更月，
犁铧舔破水中天。

两悠悠，
哥哥在田畴。
雷电起，
檐水流。
哥哥未回转②，
点点淋在妹心头。

雨潺潺，
哥哥上山塘。
无戴笠，
衣着单，
雨水声声下，
点点打在妹心上。

【注释】 ①暝［mê⁵］〈骂⁵〉：夜晚。同"夜"。②未回转［deng²］〈当²〉：还没回来。

草 寮①

清清泉水绕山寮，
姑娘走过舀一瓢。
一半搭去做墨水，
一半搭去沃②新苗。

【注释】 ①寮［liou⁵］〈辽〉：指用紫草搭建的简陋棚屋。②沃［ag⁴］〈恶〉：灌溉。

七个姐妹坐做匏①

搜集者：马风、洪潮

隔河望见灯草坡，
灯草开花姐妹多。
姐妹齐全好②食酒，
姐妹齐全好唱歌③。

七个姐妹坐做匏，
俺今姐妹学工夫。
大姐哩会绣龙绣凤唔受输。
二姐一千金，
绣龙绣凤绣观音。
三姐是三娘，
绣龙绣凤绣鸳鸯。

四姐会安排，
安排伊家儿婿中秀才。
呵嗬秀才会廉俭，
呵嗬贤妻好肚才。

五姐好针工④，
绣龙绣凤绣黄蜂。
绣出八仙来祝寿，
祷祝钱银来够双。

六姐好踢跎⑤，
骹踏丝机经丝罗，
手持花针绣鹦哥⑥。

七姐七媒姨，
工课⑦唔做是咋泥？
一顿食加半粒米，

情愿赶^⑧去缀月万万年！

【注释】 ①坐做匏［bhu⁵］〈抚⁵〉：坐在一起。匏，借音字。②好［haon³］〈孝〉：喜爱。③唱歌［ciê³gua¹］〈笑柯〉。④好［ho²］〈河²〉针工：针线活功夫好。⑤踢跎［tig⁴to⁵］〈胎因⁴桃⁵〉：借音字，玩耍。⑥鹦哥：鹦鹉。⑦工课［kang¹kuê³］〈康科³〉：工作。⑧赶［giab⁸］〈夹⁸〉：追赶。

七姐妹

搜集者：钟克宁

七姐妹，来做匏。
俺姐妹，学工夫。
大姐绣龙凤，
绣龙凤，唔成功。
二姐势安排，
安排伊家中秀才。
秀才伊家有旁居，
旁居伊家好家财。
三姐排来是三娘，
绣龙绣凤绣鸳鸯。
绣有鸳鸯来戏水，
绣有金钱打囊箱。
四姐排来好踢跎，
骸穿屦桃衫绫罗。
欲绣飞鸟合走兽，
绣出一枝玉鹦哥。
五姐排来一千金，
绣出笑佛绣观音。
绣出观音转南海，
绣出弹琴好声音。
六姐排来悦^①死人，
骸下莲花开满池。
池中也有金鲤鱼，
金鲤咏笑白鹭丝。

七姐排来是细姨，
唔学针工欲咋呢？
一顿食加人八②米，
赶你缀月千万年。

【注释】①悦［ruah⁸］〈而活〉：爱慕。②人八：意为 1.8 个人（的饭量）。

大嫂挨砻二嫂筛①

大嫂挨砻二嫂筛，
姑团捧筐诈唔知②。
"待阮阿姑做人嫂，
家己③挨砻家己筛。"

"筛去筛，
阮厝家官做秀才。
阮厝家官辖④双团⑤，
一团挨砻一团筛。"

大嫂挨砻二嫂舂，
姑团捧筐诈唔停。
"待阮阿姑做人嫂，
家己挨砻家己舂。"

"舂去舂，
阮厝家官做监生。
阮厝家官辖双团，
一团挨砻一团舂。"

（选自"丘本"第 57 页）

【注释】①筛［tai¹］〈台¹〉：用筛子分离粗细颗粒。②诈［dên³］〈刀楹³〉唔知：假装不知道。诈，假装。③家己［ga¹gi⁷］〈胶枝⁷〉：自己。④辖［hag⁴］〈喝〉：购买。⑤团：这里专指婢女。

砧叠砧

砧叠砧，
踎①起砧顶叫卖盐。
我个盐团细，
盐团细细正会咸。

刀叠刀，
踎起刀顶叫卖蚝②。
我个蚝团细，
蚝团细细正有膏。

（选自"丘本"第 42 页）

【注释】 ①踎［bêh⁴]〈百〉：同"爬"。②蚝［wo⁵]〈窝⁵〉：指牡蛎。《汉语大字典》引张玺《牡蛎·引言》："牡蛎在广东称蚝，福建名蚵，浙江叫蛎黄，山东以北沿海诸省通称海蛎子，在上述地区其他的土名、俗名还有很多。"

几时长出一树青

搜集者：陈亿琇、陈放

树顶挂网掠乜虾？
石上无土种乜茶？
荊钩竹边栽芒草，
几时长出一树青？

二、仪礼歌

诀术歌

请①神歌（畲族）

口述者：文香
搜集者：雷楠

人请神，
拜何因，
南海海何因，
南上李光明。
千里光，
万里海，
海底亮亮亮上来。
周②青③云，
云青开，
开光童囝开光路，
开光童囝阴钱通。
步步来接引，
寮寮④来相逢，
逢了太相李海光，
急急紧如令。

【注释】①请：本义为谒见、拜见。请神，召唤邀请仙佛神灵，以求保佑，指示吉凶。②周：四周。③青：畲语，渐渐。④寮寮：畲语，处处。

请神曲

搜集者：马风、洪潮

观音杳①杳在海中，
出身踪②在普陀山。
骸踏红莲千百瓣，
手擎③杨柳献轻松④。
大慈悲，
救苦难，
救苦救难救世间。
神来邀，
佛来共⑤，
共阮⑥同身⑦出客厅，
共阮同身出外埕⑧，
共阮同身出到门骸⑨埔，
门骸阔阔双条路。
大路大坡坡，
细⑩路好踢跎。
大路通阳府，
细路通奈何⑪。
行到奈何中，
骸松手也松。
行到奈何桥，
骸摇手也摇。
桥顶人拔⑫剑，
桥下人喊娘。
桥顶喊娘娘孬听，
桥下喊娘退骸行。
质问阿娘去底块⑬？
阮欲花园探亲情。
踏入花园花蕊香，
踏入魂宫睇⑭魂人，
踏入书房掀⑮书册，
书册掀起面带红。

【注释】①杳［miao²］〈秒〉。②跤［kia⁶］〈骑⁶〉：站立。音义同"企"，也可作"佥"。③擎［kia⁵］：持、执。④松［sang¹］〈双〉：轻松、健康。⑤共［gang⁷］〈工⁷〉：陪伴。⑥阮［ng²］〈嗯²〉：我们。⑦同身：传说中神的替身。⑧外埕［dian⁵］〈定⁵〉：外庭。⑨门骹：门口。⑩细［soi³］〈洗³〉：小。⑪奈何：传说中通往阴间的奈何桥。⑫拔［boih⁸］〈八⁸〉。⑬底［di⁷］〈地〉坱：哪里。⑭睇［toin²］."看"的本字。⑮掀「hioun¹］〈泉〉：翻开。

请盛①骰姑神

搜集者：马风、洪潮

盛骰姑，
盛骰神，
盛骰老老关有神。
水有清，
镜有面，
铰刀尺，
随紧身。
阿姑欲来哩就来，
三更半暝难等待。
来时一更鼓，
去时月斜西。

【注释】①盛［sian⁷］〈声⁷〉：指春盛，潮州人用以盛祭祀供品或送礼品的一种竹编盛器，共两只成一担，每只由若干层组成，上有盖。外观多用油漆绘画花卉图案，象征富贵、喜庆、吉祥。

观竹箸神

搜集者：丁耀彬

筷头翘，
筷尾摇，
筷头翘翘挟针菜①，
筷尾摇摇挟粿条②。

> 馃条公，馃条婆，
> 请你开③，请你磨④。

【注释】①针菜：黄花菜。②馃条：潮州本地小吃，用米浆做成，蒸熟切成条状。③开［kui¹］〈亏〉：走开。④磨［bhua⁵］〈无娃⁵〉：走近。

观筲箕①神歌诀

搜集者：刘犇玉

> 筲箕筲婆婆，
> 暝昏②专请阿姑来踢跎，
> 请茶请茗请槟榔。

【注释】①筲箕［sa¹gi¹］〈莎基〉：淘米用的竹器。②暝昏［mê⁵hng¹］〈骂⁵哼〉：黄昏。

观篮饭①神歌诀

搜集者：刘犇玉

> 篮饭姑，篮饭神，
> 盘②山过岭来抽藤。
> 抽藤缚③篮饭，
> 篮饭老老好关神。
> 阿姑欲来哩就来，
> 勿待三更月斜西，
> 大人厄④守管。
> 孥囝厄等待。

【注释】①篮饭：一种竹编有盖的花篮。②盘［buan⁵］〈搬⁵〉：翻越。③缚［bag⁸］〈北⁸〉：编织。④厄［oh⁴］〈哦⁴〉：难。

观阿姑歌诀

搜集者：刘粦玉

观音渺渺在海中，
赤骸去到普陀山。
骸踏莲花千百瓣，
手持杨柳来伴同。
铜今硬硬铸成锣，
铁今硬硬铸成刀。
同身硬硬阿娘伴，
阿娘伴同来踢跎。
（如果久观没来，即用催咒）

催　咒

搜集者：刘粦玉

一步催，二步催，
请阮同身骸行路，
手放开。
一步吼①，二步吼，
请阮同身骸行路，
手放走。

【注释】①吼〔hao²〕〈孝²〉。

送阿姑终诀

搜集者：刘粦玉

日落西山是暝昏，
家家厝厝人关门。
鸡鹅鸟鸭上寮了，
放阮同身回家门。

21

催神曲

搜集者：刘粦玉

一步催，二步催，
催阮同身骸行开。
一步吼，二步吼，
吼阮同身开金口。

催阿姑

口述者：林巧真
搜集者：陈冰消

大姑大，大姑大，
大姑无在厝①。
请二姑，
二姑去掌②厝。
请三姑，
三姑调胭抹脂缀③你去。
阿姑欲来哩就来，
勿在半路望东西。
一步催，二步催，
催阿姑，
骸行路，手放开。
行呀行，
行到六角亭，
六角亭下探花亭。
一步走，二步走，
催阿姑，开金口。

【注释】①无在厝：不在家。②掌［zien²]〈章²〉：看管。③缀［due³]
〈兑³〉：跟着。

礼俗歌

婚礼歌之一

出嫁前拜司命公①

搜集者：马风、洪潮

一拜司命帝君，
好娘配好君。
好娘好君好二家，
富贵福禄春。

二拜司命共众神，
众神坐落②喜心胸。
暝昏③女孙来敬拜，
二家富贵添才丁。

三拜祝神祈，
床顶④茶糖芳芳共甜丸⑤。
暝昏女孙来敬拜，
二家富贵赚大钱。

四拜灯烛红，
烛今点火⑥放床间。
暝昏女孙来敬拜，
二家富贵名声芳⑦。

五拜灯烛光，
烛今点火放上床。
光烛开花结好果，
二家富贵福禄全。

六拜团团圆，

烛今点火放床边。
红烛开花结好果，
好像唐朝郭子仪。

七拜八拜，
八囝八婿。
九拜九代同堂，
十一、二拜福禄全。

【注释】①司命［sin¹ming⁷］〈新面〉公：我国旧时民间信仰的灶神，供奉于灶头，被认为能掌管一家祸福。潮州称之为"司命公"。②坐落：坐下。③暝昏［mê⁵hng］〈猛⁵哼〉：傍晚。④床顶：桌上。⑤丸［in⁵］〈椅⁵〉：潮州人用粳米粉制成的一种食品。"丸"与"圆"同音，多在喜庆节日、久别团聚时食用，表示吉祥圆满。⑥点［liam²］〈捻²〉火：点灯。⑦名声芳［pang¹］〈攀〉：声誉好。芳，芳香。

出嫁前坐桌①

搜集者：马风、洪潮

酒瓶放在床当中，
酒杯摆在瓶四旁。
姐妹一齐来坐桌，
真像好花一棚芳。

饭今添来白披披，
唔满唔半平碗边。
兄弟一齐来坐桌，
亲像②好花开一枝。

四个碟囝摆床中，
一个碗散绣花丛。
兄弟姐妹来坐桌，
亲像好花满棚芳。

【注释】 ①坐桌：入席。新娘上轿前的早晨，合家同桌分享兄弟姐妹饭。②亲像：就像。

青娘①为众人分菜肴

十个碗头挟到匀②，
兄弟一齐好家窠③。
十个碗头挟到齐，
五代相见游御街④。

【注释】 ①青娘：指陪伴新娘、主持婚礼仪式的人。②匀［zao⁵］〈遭⁵〉：均有。③好家窠［dao³］〈兜³〉：圆满的家庭。④游御街：明朝潮州林大钦得中状元之后在京城游御街。这里暗指新娘将来喜得贵子中状元。

拜别爹娘

搜集者：马风、洪潮

大轿来到大府庭，
拜谢爹娘养育恩。
爹娘堂上靠兄嫂，
女儿四月正回程①。

【注释】 ①四月正回程［têng⁵〕〈停〉：婚礼结束四个月后，新娘举行"归宁"礼，即回娘家。连续三次，俗称"头转［deng²〕厝""二转厝""三转厝"。

引新娘上轿

搜集者：马风、洪潮

碗水泼上轿，
走团成做①阿奶②样。
新郎踢轿门③，
手牵阿娘跨火薰④。

荖叶⑤红，
就请娘团过君房！
今朝就是好日子，
二人相惜心相同。

开轿门，跨火薰，
夫妻偕老二百春。
金马上堂玉堂客，
五代同堂公抱孙。

火薰跨毕步再移，
轻轻迈步入房边。
梦得明年得贵子，
双双贵子读书诗。

【注释】①成［zian⁵］〈正⁵〉做：成为。②阿奶：潮州方言中对有地位或富有人家主妇的称呼。③新郎踢轿门：新娘花轿到夫家门口，新郎先踢开轿门。新娘下轿时，新郎即拔下新娘头上的银如意（即银钗）扎新娘额角。踢轿门、扎额角意为给新娘下马威，暗示今后新娘事事如我意，万事兴。④跨火薰［hung¹]〈昏〉：新郎在门口点燃稻草扎，让新娘跨过，象征新娘矢志进夫家。⑤荖［lao²]〈老〉叶：草名，用于包裹槟榔切片。

拜天地

搜集者：马凤、洪潮

旗杆杆杆红，
旗杆杆顶吊灯笼。
新孥①阿娘来拜祖，
二人双双拜祖宗。

旗杆杆杆长②，
旗杆骹下铺红砖。
新孥阿娘来拜祖，
二人双双拜高堂。

【注释】①娶［cua⁷］〈蔡⁷〉：娶。②长［deng⁵］〈堂〉。

捞潘缸①

搜集者：马风、洪潮

捞潘缸，
捞浮浮。
饲只猪，
大过牛。
扛去市上卖，
呵啰②阿娘好手艺。

【注释】①捞潘缸［liou⁵pung¹geng¹］：搅动泔水缸里的泔水（喂家禽等）。潘缸，装米泔水的陶缸。②呵啰［o¹lo²］〈窝裸〉：潮州方言借音字，称赞。

牵被角

搜集者：马风、洪潮

头个①被角绣牡丹，
夫妻相惜心相和。
五男二女②人钦敬，
女做夫人男做官。

再牵被角绣芝兰，
夫妻相敬心相同。
五男二女人钦敬，
女做夫人男状元。

【注释】①头个：第一个。②五男二女：指有子五人，有女二人，引申为子孙繁衍，有福气。出自《诗·召南·何彼襛矣》序。孔颖达疏引晋皇甫，云："武生五男二女。"

婚礼歌之二

新娘刚进门

搜集者：蔡泽民

新娘牵入来，
前添丁，后添财。
财宝日日到，
钱银长长来①。

【注释】①长［deng⁵］〈堂〉长来：接连而来。

拜公婆

搜集者：蔡泽民

新娘跨火薰，
千子共万孙。
新娘牵只过①，
二人双双食百岁②。

新娘牵出在厅边，
手裓③牵起遮莴莴④，
身穿蓝衫牵乌边，
骹穿官鞋绣花枝。

【注释】①只［zi²］〈止〉过：从这里过去。只，这。②食百岁：活到一百岁。③手裓［ung²］〈稳〉：衣袖。④莴［mi¹］〈咪〉莴：严实地遮盖住。《广韵·桓韵》："莴，无穿孔状。"（转引自张惠泽著《潮语僻字集注》，海天出版社2006年版，第3页）

食合房丸①

搜集者：蔡泽民

新做衫头②白袍袍，
新做衫头结锁头。
自细③未见君个面，
暝团④合君觑一头。

新做衫头白披披，
新做衫头结锁匙。
自细未识君个面，
暝昏合君同食一碗丸。

【注释】①合［gag⁴］〈鸽〉房丸：新婚夫妻入洞房后吃的汤圆。②衫头：衣服。③自细：从小。④暝［mê⁵］〈猛⁵〉团：晚上。

婚礼歌之三

跨火薰

搜集者：刘粦玉

新娘举步跨火薰，
早得麒麟是男孙。
儿孙金马玉堂客，
五代同堂孙抱孙。

进 厅

搜集者：刘粦玉

火薰跨毕步再移，
旋旋莲花进厅边。
老君抱送麒麟子，

来年定得状元儿。

拜司命公（一）

搜集者：刘粦玉

拍薄①师父真名家，
拍成王宝②雅又平③。
唔轻唔重八百两，
敬与公爹④去买茶。

【注释】①拍薄［bo⁸］〈箔〉：拍锡箔，是潮州市沙溪镇著名的传统民间工艺，用以制冥币。薄，指锡箔。②王宝：冥钱的一种。③平［bên⁵］〈棚〉：平整。④公爹：对先祖的尊称。

拜司命公（二）

搜集者：刘粦玉

猪肉有亮①又有腈②，
诚心诚意拜公爹。
但愿公爹来保护③，
代代做官上京城。

【注释】①亮［geng¹］〈斤〉：潮州方言中肥肉叫"白肉"，而红事避讳白字，故称"亮"。②腈［zian¹］〈晶〉：瘦肉。《康熙字典·肉部》："腈，《正韵》：咨盈切，音精。肉之粹者。"《汉语大字典·月部》："腈，精肉。"（引自张惠泽著《潮语僻字集注》，海天出版社2006年版，第100页）③公爹来保护［bo²ho⁷］〈宝号〉：即祈望先祖来保佑。保护，保佑。"护"字在福建闽南话中基本读［ho］，潮州先祖由闽入潮，虽语音发生变化，但还是保留闽南话读音。（参见林伦伦《老爷保护：里外平安》，载《潮州》2023年第1期，第42页）

煮饭（一）

搜集者：刘粦玉

白米煮饭白披披，
大簟①锥②来细簟灚。
大簟锥锥堵着栋脊尾，
细簟灚灚堵着栋桁④墘⑤。

【注释】①簟［diam⁶］〈店⁶〉：与"笘"音同。指竹编围笘，可用来储存稻谷。②锥［zui¹］〈醉¹〉：因满而凸起。③灚［din⁶］〈缠⁶〉：满。④栋桁［dang³ên⁵］〈冬³楹〉：栋梁。⑤墘［gin⁵］〈哥丸⁵（鼻化音）〉：边上。

煮饭（二）

搜集者：刘粦玉

白米煮饭白抛抛，
大簟锥来细簟高①。
大簟锥锥堵着栋脊尾，
细簟灚灚堵着栋桁头。

【注释】①高［gao¹］〈沟〉。

捞潘缸

搜集者：刘粦玉

潘缸捞浮浮，
饲猪大过牛。
一年饲四代①，
年年家伙衰。②

【注释】①代［toi³］〈钗³〉：批次。②此句意为生产丰收，生产工具一年比一年多，生活一年比一年好。家伙，此处泛指家庭用具、生产工具。袁〔pu⁵〕〈浮〉，增多。

潘缸捞浮浮

搜集者：刘粦玉

潘缸捞浮浮，
阿公阿妈①食老家己烀②。
潘缸捞冇冇③，
新人④着听阿妈教。

【注释】①阿妈〔ma²〕〈吗²〉：儿媳妇对婆婆的称呼。②烀〔bu⁵〕〈富⁵〉：煮或熬。③捞冇〔pah³〕〈怕〉冇：轻搅。④新人：指新娘。

摸眠床

搜集者：刘粦玉

木工师父①上②名家，
做个眠床③如戏棚。
头出绛玉在掼馃④，
二出和睦来成家。

【注释】①师父〔sai¹bê⁶〕〈西爬⁶〉：师傅。②上〔siang⁶〕〈尚〉：最。③眠〔min⁵〕〈民〉床：睡觉用的床。④绛玉在掼馃：《绛玉掼馃》是潮剧传统折子戏。掼〔guêng³〕〈灌〉，扔。

牵 被

搜集者：刘粦玉

牵起被角福绵绵，
恭喜新郎得婵娟。
夫唱妇随同偕老，
千子万孙金榜前。

婚礼歌之四

睇新娘做"四句"①

【注释】①睇新娘做"四句":潮州闹洞房,俗称"睇新娘"。看新娘时,宾客即兴作诗,青娘母则替新娘对答,一问一答,一般是四句,故称"睇新娘做'四句'"。青娘母的"四句"是有曲调的。

(一)

正月是新春,
新娘到家门。
家门年年平安顺,
喜得贵子与兰孙。

(二)

新娘生来貌清奇,
夫妻偕老到百年。
来年观音送贵子,
贵子读书赴科期。

(三)

新娘头戴文明花①,
眉清眼秀美如画。
今日夫妻拜天地,
明年抱个有蒂瓜②。

【注释】①文明花:新娘婚礼服的头饰。②有蒂瓜:指男孩。

(四)

搜集者:庄群

新娘生来雅哩雅,
双生①二个大兜团②。
一个饲大去拍③铁,

33

一个饲大去补鼎。

【注释】 ①双生：双胞胎。②兜囝〔dao¹gian²〕〈豆¹京²〉：男丁。③拍：潮州话中相当于"打"。

（五）
搜集者、整理者：张耿裕

新娘生来真正雅，
今年娶来明年生兜囝。
红糕米润阮哩勿，
阮欲酥糖绿豆饼。

戏闹洞房（客家）

（一）
新娘美貌一枝花，
仙姬送子到你家。
夫妻和合添福寿，
高中①探花就头名。

【注释】 ①中〔dêng³〕〈顶³〉。

（二）
新娘配新郎，
天地永久长。
面可众人睇，
不必太惊惶。

（三）
今晚到来闹洞房，
一心拢①来睇新娘。
新娘出来大家睇，

双生贵子福满堂。

【注释】 ①拢 [long²] 〈聋²〉：都。

（四）

手搔蜡烛红炼炼，
睇见新娘笑连连。
新娘出来大家睇，
明年生子中状元。

（五）

洞房花烛在今晚，
恰似芙蓉对牡丹。
千子万孙长富贵，
福如东海寿南山。

（六）

十月里来又一冬，
一对夫妻结成双。
团结和睦共生产，
劳动致富上荣光。

（七）

手搔蜡烛满堂光，
照见一对好鸳鸯。
男睇新人添福寿，
女睇新人出才郎。

（八）

手搔灯烛照入来，
照见新娘笑眼开。
新娘出来接灯烛，
明年添丁又添财。

（九）

今年食你茶，

明年生娃娃。

添丁又进福，

富贵后荣华。

（十）

头做尾也着，

富贵寿命长①。

对银赏分②你，

添做新衣裳。

【注释】 ①长［ciang⁵］〈唱⁵〉。②分［bung¹］〈本¹〉：给。

（十一）

食你茶我喜心间，

祝你一子成千丁。

夫妻恩爱同偕老，

头毛①发白到百年。

【注释】 ①头毛：头发。

（十二）

搜集者：刘辉庆

竹头生笋，

两姓合婚。

今年生团，

明年抱孙。

婚礼歌之五

新婚歌（客家）

（一）

帐眉拝高高，
十子九登科。
帐眉挂圆圆，
十子九状元。

（二）

帐眉挂回去，
明年生子赴科期。
帐眉挂转来，
明年生子中秀才。

（三）

眠床红红，
草席四方。
今年一对，
明年三人。

（四）

搜集者：刘辉庆

新郎来接灯，
一子传千丁。
蜡烛换转手，
发财发久久。
蜡烛换回来，
添丁又添财。

葬礼歌

葬礼仪式歌——巡坟歌

搜集者：蔡泽民

五色种籽掉落塗，
田地发有满窑埔。
巡坟巡在大畔起，
代代囝孙田千亩。

巡坟巡对中①，
代代囝孙做三公。
巡坟巡在细畔落，
代代囝孙来入学。

五色种籽掉坟眉，
代代囝孙入秀才。
新坟新来来，
就望黄龙西边来。
阿公坐落安好位，
前来出丁后发财。

新做新坟青哩哩，
就望黄龙在二边。
阿公坐落安好位，
前来出丁后有钱。

请有好先生，
出有好灵符。
请有好师傅，
做有好工夫。

阿公风水做来四正②儒③，
保护家中六畜顺，

保护房份④匀匀⑤裒⑥。

巡坟巡坟界，
千子万孙就来拜。
巡坟巡坟前，
代代囝孙亦清闲。

酒瓶⑦提起在坟边，
好酒倒落青哩哩。
好杉种在阿公福寿⑧边，
等待阿公风水转。
者⑨杉斩落来擎旗，
旗杆擎来旗尾长。
旗骹铺红砖，
双龙盘在旗杆顶，
翰林秀士来拜堂。

巡坟巡倒转，
代代囝孙登金榜。
巡坟巡坟山，
坟前阔阔树旗杆。
旗杆尾，二条龙，
龙头来相对，
龙尾来相腾。
阿公风水做落百事兴，
年年富贵有财丁。

巡坟巡坟眉，
代代囝孙入秀才。
巡坟巡完完，
代代子孙中状元。

【注释】①中［dang¹］〈东〉：中间。②四正：端正。③儒［ru⁵］〈如〉：精致。④房份：家族各分支。⑤匀匀［zao⁵］〈灶⁵〉匀：均匀。⑥裒［pu⁵］〈浮〉：发达、兴旺。⑦瓶［bang⁵］〈房〉。⑧福寿：棺木。⑨者［zia²］〈遮²〉：这。

三、生活歌

畲　歌①

搜集者：柯鸿材

畲歌畲嘻嘻，
欲斗畲歌坐磨边②。
一千八百共你斗③，
一百八十勿磨边。

畲歌畲咳咳，
欲斗畲歌坐磨来。
一千八百共你斗，
一百八十勿磨来。

【注释】①畲歌：本指畲族民歌，潮州民谣也称"畲歌囝"。②磨边：靠近。③斗［dao³］〈岛³〉：比拼。

铰刀词①

搜集者：钟克宁

拍呀拍铰刀，
拍来铰绫罗。
绫罗姐，
过深河。

深河深河深，
一群姿娘囝②啰听琴。
琴好听，

阿姑阿妗③满客厅。

客厅畅④底块⑤,
畅到后头花园边。
花园好花唔甘⑥摘,
留⑦分娘囝插鬓边。
鬓边插好去落田⑧,
相扶⑨阿兄收大冬。
大箩锥,细箩灡⑩,
红花布,绲⑪衫墘。
衫墘牡丹绣一枝,
细妹掼饭到田边。
田边遇着阿芝兰姐,
工课做好啰搭瓜棚。

瓜棚搭过沟,
阿姐你真势。
阮欲学你会诇字,
阮欲学你势针工。
阮欲学你会拍粉,
阮欲学你势做田⑫。
会诇字,势针工。
会拍粉,势做田。
厝边头尾⑬人呵啁,
乡里前后名声香,名声香!

【注释】①此歌谣曾由作曲家陈玛原谱成方言演唱,并在1956年全国民间艺术会演中获得好评,在潮汕地区广为流传。铰［ga¹］〈胶〉刀,剪刀。②姿娘囝:未出嫁的年轻女子。③妗［gim⁶］〈今⁶〉:舅母。④畅［tang³］〈坦³〉:通到。⑤底块:哪里。⑥唔甘:舍不得。⑦留［lao⁵］〈劳〉。⑧落田:下田。⑨相扶［hu⁵］〈符〉:帮忙。⑩灡［din⁶］〈池⁶〉:满。⑪绲［gung²］〈滚〉:沿衣服的边沿缝上装饰物。⑫做田:指耕种。⑬厝边头尾:指邻里邻居。

开开后头是后门

开开后头是后门，
七粒珠星做一群。
珠星在许①月在只②，
唔见同寅鼻头酸。

开开后门是后头，
七粒珠星做一抛。
珠星在许月在只，
唔见同寅目汁流。

（选自"丘本"第23页）

【注释】①在许［he²］〈虚²〉：在那里。许，相当于"那"。②在只［zi²］〈止〉：在这里。只，这。

一床同是好姐妹

搜集者：柯鸿材

鸡囝出世就有脏①，
桃花柳叶来相随。
一床②同是好姐妹，
一个唔来心唔开。

鸡囝出世就有肝，
桃花柳叶来相襁③。
一床同是好姐妹，
一个唔来心唔安，

【注释】①脏［gui¹］〈归〉：（禽类的）嗉子。即鸡脖子到胸口的部位，是鸡身上暂时储存食物的器官。②床：桌子。③襁［bhua¹］〈麻¹〉：潮州人指给小孩子保暖用的，似披肩。《汉语大字典》引用黄叔璥《台海使槎录北路诸罗番一》："用布二幅，缝其半于背左右，及腋而止，余尺许，垂肩及臂，无袖，披其襟，衣长至足者，名。"（转引自张惠泽著《潮语僻字集注》，海天

出版社 2006 年版，第 159 页）

七曲溪

搜集者、整理者：陈尤经

七曲溪水七曲深，
七朵莲花开波心。
七支竹篙点破镜，
七样鲜果出山林。

七曲溪上七座峰，
七峰倒映碧溪红。
七年汗水赛溪水，
七条羊肠化彩虹。

七曲溪水七曲流，
七个姑娘赛行舟。
七支山歌溪中起，
七样欢乐下平洲。

开开后门三屿河

开开后门三屿河，
同寅姐妹叫踢跎。
父母严条①唔敢去，
假意开门去呼②鹅。

开开后门三屿溪，
同寅姐妹叫绣鞋。
父母严条唔敢去，
假意开门去呼鸡。

（选自"丘本"第 22 页）

【注释】①严条：严厉的家规。②呼［kou¹］〈圈〉：呼叫家禽。

43

燕鸟燕飞梭

燕鸟燕飞梭，
阿姐嫁有①妹嫁无②。
阿姐穿绫妹穿布，
咋③敢合姐去踢跎！

燕鸟燕飞弓，
阿姐嫁富妹嫁穷。
阿姐穿绫妹穿布，
怎敢合姐去入宫④！

（选自"丘本"第22页）

【注释】①有：此处指富。②无：此处指穷。③咋［zo³］〈做〉：怎么。④入宫：潮州民俗，即去神庙祷祝、祈福。

阿姐嫁河我嫁河

阿姐嫁河我嫁河，
难得阿姐来踢跎。
难得食饭相换碗，
难得裙衫做一篙。①

阿姐嫁墙我嫁墙，
难得阿姐来告量。
难得食饭相换碗，
难得裙衫做一箱。

【注释】①裙衫做一篙［go¹］〈哥〉：裙衫都晾晒在同根竹竿上。篙，竹竿。

阿姐嫁了就嫁你

搜集者：柯鸿材

一顶花轿四抛①须，
阿姐欲嫁穿红裘。
娘呀娘，
阿姐嫁了嫁底个②？
鬼囝你③，
水去担，
饭去煮，
阿姐嫁了就嫁你。

一顶花轿四只骹，
阿姐欲嫁穿雅衫④。
娘呀娘，
阿姐嫁了嫁底个？
鬼囝你，
水去担，
饭去煮，
阿姐嫁了就嫁你。

【注释】①抛：作"束"解。②底〔di⁷〕〈地⁷〉个：哪个。③鬼囝你：
对子女的谑称。④雅衫：好看的衣服。

水仙花

水仙花，
骹生英。
阿姐有①，
阿妹穷。
觅到裙来衫又破，
荟得②共姐去睇灯。

水仙花，

骹生毛。
阿姐有，
阿妹无。
觅到裙来衫又破。
忝得共姐去踢跎。

（选自“丘本”第22页）

【注释】①有：此处特指有钱。②忝得：巴不得。

井底种胭脂

井底种胭脂，
井面开花廿四①枝。
阿兄种花阿嫂插，
姑囝②唔敢拗一枝。

井底种朥投③，
井面开花廿四抛。
阿兄种花阿嫂插，
姑囝唔敢拗一抛。

（选自“丘本”第21页）

【注释】①廿［riab⁸］〈染⁸〉四：二十四。廿，潮州话“二”［ri⁶］和“十”［zab⁸］的合音字。②姑囝：小姑。③朥投［la⁵dao⁵］〈拉⁵豆⁵〉：潮州话借音字，即芦荟，多黏汁，旧时妇女取其干品备用，浸水以抹头发。

垢蚓①（之一）

搜集者：陈亿琇、陈放

垢蚓叫吱吱，
我姐嫁在龙眼边。
也有龙眼贪食饱，
也有龙眼送厝边②。

垢蚓叫同同，
我姐嫁在龙眼丛。
也有龙眼贪食饱，
也有龙眼送亲人。

【注释】①垢蚓「gao⁶ung²」〈沟⁶稳〉：蚯蚓。②厝边：邻居。

垢蚓（之二）

搜集者：陈亿琇、陈放

垢蚓叫吱吱，
欲食果籽在路边。
欲孛新房小娘囝①，
十七十八正留辫。

垢蚓叫呛呛，
欲食果籽在路中。
欲孛新房小娘囝，
十七十八正打鬃。

【注释】①小〔siê²〕〈烧²〉娘囝：指新娘。

月底月烟尘①

月底月烟尘，
月底出有嫦娥人。
嫦娥是大我是细，
嫦娥穿丝我穿绫。

月底月梭朵，
月底出有好嫦娥。
嫦娥是大我是细，

嫦娥穿丝我穿罗。

（选自"丘本"第46页）

【注释】①月底月烟尘［ing¹ding⁵］〈因藤〉：指月色朦胧。

新娘曲（畲族）

口述者：文香
搜集者：雷楠

新娘出来面红红，
在寮唅①交接人。
交接同寅姐妹用针工，
一日②用针工，
一暝归转房。

新娘出来面青青，
君欲孥娘来理家。
千田万地分娘理，
三十二岁做人个阿嬬③。

【注释】①寮唅：畲语，家里。②一日：指白天。③阿嬬：畲语称谓，指祖母。

唱畲诀①（畲族）

口述者：文香
搜集者：雷楠

畲诀畲咳咳，
侱②也有畲诀一米筛。
人来客去侱唔唱，
侱留唅③姑嫂挨砻唱一米筛。

畲诀畲嘻嘻，

侄也有畲诀一簸箕④。

人来客去侄唔唱，

侄留唅姑嫂春米唱一簸箕。

【注释】①诀：畲语，歌。②侄：畲话，我。③留唅：畲语，留起。④簸箕：用于挑土或清垃圾的竹器。

快活①人

阿公②烦恼粟簟空③，

新妇烦恼欲挨砻。

阿孙烦恼无物配④，

一家无个快活人。

(选自《说潮州话》)

【注释】①快〔kuan³〕〈戈鞍³〉活：舒适，不忙碌。②阿公：家公。③空〔kang¹〕〈康〉：尽，空空如也。④无物配：没菜下饭。

阿父生日我来做①

搜集者：柯鸿材

姐嫁溪，妹嫁溪，

嫁去三年挽②草薌③。

阿父生日我来做，

一床④大粿合⑤对鸡。

姐嫁河，妹嫁河，

嫁去三年挽草毛。

阿父生日我来做，

一床⑤大粿合对鹅。

【注释】①阿父生日我来做：我给父亲过生日。阿父，即父亲。②挽〔mang²〕〈莽〉：拔。③草薌〔soi¹〕〈洗¹〉：一种水草。④一床〔seng⁵〕

〈酸⁵〉：一屉笼。⑤合［gah⁸］〈甲〉：和。

头上金钗拔①分姐

搜集者：柯鸿材

踢跎官路②边，
遇着我姐卖簸箕。
头上金钗拔分姐，
日后切勿只路移。

踢跎官路西，
遇着我姐卖簸筛，
头上金钗拔分姐，
日后切勿只路来。

【注释】①拔［boih⁸］〈八⁸〉：抽出来。②官路：封建社会专为官员修的路。

唔是父母相苦逼

掼个篮囝来掇①蚝，
睇见海水白波波。
唔是父母相苦逼，
是俺姐妹好踢跎。

掼个篮囝来掇蚶，
睇见海水红殷殷。
唔是父母相苦逼，
是俺姐妹好睇人。

【注释】①掇［doh⁸］〈夺〉：拾取。

冯乒冯①

冯乒冯，

冯伯去牵船，
冯妈②做媒人，
阿头③扛轿囝，
阿憩擎灯笼。
一家刻苦勣，
苦久亲像人。

（选自"丘本"第 25 页）

【注释】①冯乒冯：指小行商卖小食品的一种市声，用一节竹子，节通，一头撑着蛙皮，拍打时发出的声响。②妈 [ma²]〈玛〉：对祖母的称呼。③阿头：和下句"阿憩"都指冯家儿子的乳名。

天顶吊金桃

天顶吊金桃，
天下有人富贵有人无。
生好①也是钱打扮，
八丑缀着父母无。

天顶吊金钟，
天下有人富贵有人穷。
生好也是钱打扮，
八丑缀着父母穷。

（选自"丘本"第 31 页）

【注释】①生好：指长相好。

从细缀着父母穷

搜集者：柯鸿材

蜘蛛食饱坫①瓦瓴，
从细缀着父母穷。
亦无糜饭②好食饱，
亦无闲身去汪英③。

蜘蛛食饱坫瓦槽，
从细缀着父母无。
亦无糜饭好食饱，
亦无闲工好踢跎。

【注释】①坫［diam³］〈店〉：躲藏。②糜饭［muê⁵bung⁷］〈每⁵本⁷〉：稀饭、干饭。③汪英：潮州方言借音字，意为到街上玩耍。

龙眼结籽

搜集者：柯鸿材

乌云飞过白云遮，
龙眼结籽搭枝斜。
家官就是娘父母，
父母在家靠嫂兄。

乌云飞过白云追，
龙眼结籽搭枝垂。
家官就是娘父母，
父母在家兄嫂随。

无母嫂为娘（畲族）

搜集者：雷楠
口述者：文香

无母嫂为娘，
又烦恼①猪无糠，
又烦恼鸡无糠，
又烦恼鸭母朆生卵②，
又烦恼姑囝欲嫁无嫁妆，
又烦恼叔囝③欲孛布娘④无眠床。
无蚊帐，拍个铺，
灶间下角又生蚊，

又生关蝇⑤，又生狗蚤。

【注释】①烦恼：担心。②卵：蛋。③叔囝：小叔。④布娘：畲语，指妻子。⑤关蝇：畲语，一种附着在皮肤上的吸血臭虫。

俺有好兄无好嫂

搜集者：柯鸿材

蕉叶蕉叶蕉，
蕉叶飞来贴俺墙。
俺有好兄无好嫂，
终日搬唆①拍小娘②。

枫叶枫叶枫，
枫叶飞来贴俺门。
俺有好兄无好嫂，
终日搬唆拍小郎③。

【注释】①搬唆［so¹］〈疏〉：搬弄是非。②小娘：小姑。③小郎：小叔。

八月十五

搜集者：柯鸿材

八月十五中秋暝，
阿哑从细无阿娇。
也无新衫共新裤，
也无双鞋共人撑①。

八月十五中秋骸②，
阿哑从细无阿爸③，
也无新衫共新裤，
也无双鞋好孟④骸。

【注释】①撑［tên³］〈胎楹³〉：比拼。②骹：临近。③爸［ba¹］〈把¹〉。④盂［guê²］〈瓜²〉：垫。

门骹①一丛②梅

搜集者：柯鸿材

门骹一丛梅，
斩头斩尾做牛棰③。
眠起牵牛对④恁门骹过，
睇见恁父儿母囝⑤在煅清糜⑥。

门骹一丛柑，
斩头斩尾做牛担⑦。
眠起牵牛对恁门骹过，
睇见恁父儿母囝在补破衫。

【注释】①门骹：门口。②一丛：一棵。③牛棰［cuê⁵］〈吹⁵〉：赶牛用的小棍。④对［dui³］〈追³〉：从。⑤父儿母囝：指一家人。⑤煅［teng⁶］〈糖⁶〉清糜：把吃剩的粥重新烧热。⑦牛担：牛轭［êh⁴］。

石居①长长好烧香

石居长长好烧香，
我母生我是姿娘。
自幼也是母饲大，
桃花手牒②还母烧。

石居长长好点灯，
我母生我是女身。
自幼也是母饲大，
桃花手牒还母恩。

（选自"丘本"第 10 页）

【注释】①石居［gou⁶］〈古⁶〉：石头。②手牒：女儿为母亲在佛面前做的度牒，母亲死时烧化。

老树老叶又老枝

老树老叶又老枝，
亲囝①唔如身边钱②。
身边有钱家己使③，
共囝讨钱④话加个⑤。

（选自"丘本"第58页）

【注释】 ①亲囝：亲生孩子。②身边钱：自己的钱。③使：用。④共囝讨
钱：向孩子要钱。⑤话加个：话多，啰唆。

老牛奁拖耙

口述者：李惜心
搜集者：林裕彬

老牛奁拖耙，
老狗奁吠暝，
老鸡奁叫啯家①，
老人无钱无米厄②度生。

【注释】 ①啯家：母鸡下蛋时的叫声。②厄〔o⁴〕〈哦⁴〉：难。

嫂呀陪姑松柏①边

嫂呀陪姑松柏边，
松柏开花白披披。
去时使囝②担书册，
来时使囝担孩儿。

（选自"丘本"第36页）

【注释】 ①松柏〔sêng⁵bêh⁴〕〈诚伯〉。②使囝：奴婢。

十劝娘① （畲族）

口述者：文香
搜集者：雷楠

一劝娘囝敬家官，
父母共天做一般。
天生姻缘识做下②，
扛③凝扛热心放欢。
二劝阿娘敬儿夫，
郎君呾赢娘就输。
三劝阿娘勿贪眒④，
眒到鸡啼五更正走起，
头毛梳好来换身⑤。
四劝阿娘爱⑥理家，
家中有事来调理，
调理相凑手扛茶。
五劝阿娘爱纺纱，
纺纱绩苎卖有钱，
卖有钱银家中使⑦。
六劝阿娘爱传艺，
铰刀擎起做鞋艺，
也有钱银来拍钗。
七劝阿娘也爱势，
爱势出外人呵啴，
呵啴外家⑧头。
八劝阿娘爱做人⑨，
做人出外更世情，
勿去外家说家中。
九劝阿娘欲教囝儿，
一心教囝行孝⑩儿。
十劝阿娘勿搬唆，
搬唆话头多，
有事今日来呾破⑪，
后日大事无。

【注释】①娘：这里特指新妇。②做下：畲语，在一起。③扛：畲语，指端物。④眠：睡觉。⑤换身：换衣服。⑥爱：需要。⑦使：花费。⑧外家：娘家。⑨做人：指待人接物。⑩行孝：孝顺。⑪呾破：把事情说清楚，消除误会。

行孝新妇

搜集者：柯鸿材

一丛松柏倒在山，
行孝新妇敬大官。
搁起银瓶温烧酒，
搁起牙筷挟羊肝。

一丛松柏倒在坑，
行孝新妇敬大家。
搁起银瓶温烧酒，
搁起牙筷挟鱼生①。

【注释】①鱼生：潮州小食之一，将鲜活草鱼切成薄片，蘸佐料生吃。

一丛松柏倒落坑

搜集者：陈亿琇、陈放

一丛松柏倒落坑，
行孝新妇敬大家。
提起银瓶温烧酒，
提起牙箸挟沙虾。

一丛松柏倒落山，
行孝新妇敬大官①。
提起银瓶温烧酒，
提起牙箸挟鱼肝。

一丛松柏倒落坑，
阿二伊妎拍^②大家。
阿三伊妎来相劝，
劝到屐桃^③胶落^④坑。

一丛松柏倒落山，
阿二伊妎拍大官。
阿三伊妎来相劝，
劝到屐桃胶落山。

【注释】①大官［da²guan¹］：丈夫的父亲，儿媳妇当面称其为"阿公"，背后称"大官"。②拍：打。③屐桃：过去缠足妇女穿的一种木制小鞋。④胶落［ga¹laoh⁸］〈教¹老⁸〉：掉下。

共嫂挨砻共嫂舂

搜集者：马风、洪潮

共嫂挨砻共嫂舂，
分嫂撒^①糠满头塕^②。
共嫂挨砻共嫂筛，
分嫂撒糠满头苔^③。
后头亦有深河水，
跳落河水哭哀哀。

【注释】①撒［ia⁷］〈也〉。②塕［êng¹］〈英〉：指米糠尘粉。③苔［dai²］〈呆²〉：指米糠尘粉。

阿姐教你诗

阿姐教你诗，
教你穿鞋缚骹缠，
教你穿衫陪人客^①，
教你煮饭勿过糜^②。

阿姐教你歌，
教你穿袜跶③鞋拖④，
教你穿衫陪人客，
教你煮饭勿生沙⑤。

（选自"丘本"第 14 页）

【注释】①人客：客人。②糜［mi⁵］〈迷〉：松软、烂。③跶［tab⁴］〈榻〉：套上。④鞋拖：拖鞋。⑤生沙：含有沙子。

底人像俺姑嫂好

搜集者：马风、洪潮

开开后门是后塘，
摆出刀砧剁鱼肠。
底人像俺姑嫂好？
姑食肉，
嫂食肠。

开开后门是后沟，
摆出刀砧剁鱼头。
底人像俺姑嫂好？
姑食肉，
嫂食头。

大嫂担箩跳过池

大嫂担箩跳过池，
一头担箩一头啼。
早知姑团命运好，
早分留毛早梳辫①。

大嫂担箩跳过沟，
一头担箩目汁流。
早知姑团命运好，

早分留毛早梳头。

（选自"丘本"第29页）

【注释】①留毛早梳辫：留头发早梳辫。潮州风俗，女孩到15岁，就要留发梳辫，举行成人礼"出花园"。潮州人认为，未成年的孩子一直生活在花园里，孩子长到15岁，就要择吉日举行"出花园"仪式。这一天，要采来12样花沐浴，穿上外婆送的新腰兜、新衣服和红木屐，好跨出花园，跳出花园墙，进入成年，步入社会，从此前途似锦、万事如意。这个仪式必须在结婚前完成，否则不得结婚。[参见《中国民俗史》（民国卷）]

鸡啼鸡叫声

搜集者：柯鸿材

鸡啼鸡叫声，
嫂来叫姑出客厅。
朘投梳囝在床顶①，
后头开花一大坪。

鸡啼鸡扒喉，
嫂来叫姑起梳头。
朘投梳囝在床顶，
后头开花一大抛。

【注释】①床顶：桌上。

鸡啼鸡拍吧①

搜集者：刘粦玉

鸡啼鸡拍吧，
阿嫂叫姑去砍柴。
柴哩待恁柴，
七早八早砍乜柴？
山路崎岖骹踢石，

　　也畏莿团撩破衫！
　　也畏坠坑无人救！
　　也畏老虎把人咬！

【注释】①拍吧：鸡啼状。

嫂今叫姑去斩柴

搜集者：马风、洪潮

　　鸡啼鸡拍吧，
　　嫂今叫姑去斩柴。
　　"柴哩待恁柴！
　　三更半暝斩乜柴？
　　亦畏山禽共老虎，
　　亦畏莿仔刺着骹。"

　　鸡啼鸡扒咽，
　　嫂今叫姑去抽藤。
　　"藤哩待恁藤！
　　三更半暝抽乜藤？
　　亦畏山禽共老虎，
　　亦畏莿团刺着身。"

唔是二嫂随嫁来

搜集者：马风、洪潮

　　月娘月衔云，
　　半暝阿兄去搭船。
　　一瓶好酒敬兄路，
　　紧紧共兄讨红裙。

　　红裙铰来十八腰①，
　　打扮细妹做新娘。

新娘嫁在陇头西，
三年四年唔曾来。

大兄骑马去叫妹，
二兄骑马待妹来。
大嫂扛茶笑嘻嘻，
二嫂扛茶嘴翘天。

翘天哩待伊翘天，
阿姑也来无隔年。
食是阿兄饭，
用是阿兄钱。

后园菜团我父栽，
大厅粟簟我父个。
十二咸瓮②我母做，
唔是二嫂随嫁来。

【注释】①腰：件。②咸瓮：装咸菜的陶瓷。

十丈白布做一机

十丈白布做一机，
十个冬瓜做一围。
十个新妇一堆食，
和和睦睦做一家。

（选自"丘本"第 10 页）

中秋暝

中秋暝，
月娘娘①，
深深拜，
团团圆。
好夫婿，

结良缘。
今年团圆，
明年团圆，
年年团圆。

（选自"丘本"第4页）

【注释】①月娘娘：对月亮的尊称。潮州人有中秋夜拜月的习俗，通过拜月祈求家人安康、家庭团圆幸福。

胜如好银换好金

搜集者：马风、洪潮

一对大烛四点金，
放在床顶是惊心。
人人烧香咋乡易①，
独我烧香恁烦心。

囝今出来就骂嬷，
食老癫俍②者样个。
人人同你都会死，
你今死去还活来。

母今起来就叫天，
枉你出世是男儿。
饲你偌大来唔肖③，
猛猛出去跳深池。

新妇听着鼻头酸，
妈你呾话割心肠。
待伊下午放学后，
待伊今暝上眠床。

你者大夫唔是人，
唔剒你母剒底人？

你母食无千百岁，
唔比青春年年红！

鸡啼是五更，
囝今叫母食杯茶。
昨日一话囝呾赚④，
今日共⑤母做阳生⑥。

茶今食了盏底深，
孛着新妇善良心，
胜如好银换好金！

【注释】①乡［hiê⁴］〈乡⁴〉易：那么容易。②癫倲［diêng¹dong⁵]〈颠栋⁵〉：顽劣愚昧，颠三倒四，说话做事不按常理。③唔肖：不像话。④赚［dan⁷]〈担⁷〉：错。⑤共：给。⑥阳生：父母在时，儿女为其举行礼佛仪式，谓之阳生功德。

好囝也着好新妇

搜集者：马凤、洪潮

饲着孬囝①欲散家，
娘欲入庵去食斋。
一年一岁人易老，
唔比春草年年青。

囝一听见就骂嬷：
你欲入庵乜安排？
今年年冬又唔好，
终着死去又死来。

新妇听见鼻头酸，
你骂你嬷割我肠。
阿妈食无千百岁，
唔比春草年年长。

第二眠起天光时，
囝就叫母起来食杯茶。
娘今食茶茶甘心，
保护我囝值千金。
好囝也着好新妇，
教到我囝起孝心。

【注释】①孬囝：不孝顺的儿子。

阿娘你勿愁

搜集者：马凤、洪潮

阿娘你勿愁，
你夫想着有门路。
正二①掇②柑皮，
三四卖杨梅，
五六扣草粿③，
七月去抢孤④，
八月去躐芋⑤，
九十卖筲箕⑥，
十一十二錾大钱⑦。

【注释】①正二：指月份，后面的数字同。②掇［doh⁸］〈夺〉：拾取。③扣草粿：草粿是潮州人夏天的清暑小食，卖者用铜勺敲击碗沿以招徕顾客，故叫"扣草粿"。④抢孤：潮州中元节民间习俗。设坛，各家各户摆上食品施济孤魂，法师抛撒供品，叫"施孤"。人们多于此时上前抢夺供品充饥，故叫"抢孤"。⑤躐芋：把小芋粒装在竹筐里，浸在水中用脚碾去芋皮。⑥筲箕［sa¹gi¹］〈莎基〉：日用竹器。⑦錾［zam⁶］〈站〉大钱：錾刻冥币。

日出鸡卵影①

搜集者：林有钿

日出鸡卵影，
雨来摆钵团。②
一暝夗落屈做虾③，
破厝卖了拆厝楹。
换来几④张臭纸字⑤，
食无一顿番薯羹。

【注释】①日出鸡卵［neng⁶］〈郎⁶〉影：屋瓦有破洞，晴天阳光射进屋里的投影形似鸡蛋。②雨来摆钵团：雨天雨水从破洞滴下，须用小钵接上。③一暝夗落屈做虾：晚上睡下蜷缩身体，形同虾状。④几［gui²］〈龟〉。⑤纸字：纸币。

湖兜湖

搜集者：庄茂镇

湖兜湖，湖兜湖，
种田人家个个愁。
三日无雨行柴路①，
一场大雨水满湖。

【注释】①行柴路：指路崎岖如踏水车。

踢跎官路西

搜集者：丁耀彬

踢跎官路西，
爬上树顶拗树枝。
树枝拗来搭草厝，
草厝搭好遇风时①。

【注释】①风时：夏天的阵雨称作"风时雨"。

番薯番薯红

搜集者：马风、洪潮

番薯番薯红，
番薯生来救穷人。
穷人掠我唔打紧①，
想起来做下②生做虫。

番薯番薯青，
番薯生来救穷家。
穷人掠我唔打紧，
想起来做下唔欲生③。

【注释】①唔打紧：不看重。②做下：干脆。③唔欲生：指不长番薯了。

相忍耐

搜集者：柯鸿材

一斗糙米落臼舂，
俭俭食到人游灯。
有食无食相忍耐，
勿向外人呾家穷。

一斗糙米落臼捶，
俭俭食到年头开①。
有食无食相忍耐，
勿向外人啼喃泪。

【注释】①年头开：指新一年开始。

一碟橄榄①一碟姜

一碟橄榄一碟姜，
捧入房内饲新娘。
食阮羹饭②从阮命，
敬大③惜细④是势娘。

一碟橄榄一碟葱，
捧入房内饲新人。
食阮羹饭从阮命，
敬大惜细是势人。

（选自"丘本"第16页）

【注释】①橄榄：橄榄糁。橄榄和南姜、盐舂碎腌制而成，是潮州人喜爱的一种小菜。②羹饭：泛指饭菜。③大：指长辈。④细：指小辈或小孩。

惰　人

搜集者：刘粦玉

惰人厚面皮，
胶脊背篮手搭槌。
挨家挨户共人讨，
讨有一碗咸菜糜，
分狗一赶①倒倒掉②。
唔甘心，落去舐③，
分狗咬着耳。

【注释】①赶［riou⁷]〈饶⁷〉：追赶。②倒倒掉：全部掉了。③落去舐［zi⁶]〈至⁶〉：俯身去舔。

惰汉惰过虫

惰汉惰过虫，
终日经食人①。

犁田犁唔直，

布田布无行。

出日惊流汗，

落雨惊沃漱。

想做徛几鸟，

等待飞来虫。

如若不改变，

坐食大山崩。

有人谷簟锥，

你哩米瓮空。

【注释】①经［gêng¹］〈宫〉食人：想方设法贪别人的便宜。经，刻意，用尽心思。

一钵芝兰摆在客厅边

一钵芝兰摆在客厅边，

一日沃水一日鲜。

好个新妇同爹妈，

孬个新妇同厝边。

一钵芝兰摆在客厅中，

一日沃水一日红。

好个新妇同爹妈，

孬个新妇同别人。

（选自"丘本"第29页）

鸡卵圆圆攇①过山

鸡卵圆圆攇过山，

阿字个妱拍大官。

阿近个妱走来阻，

勢妱衾惊孬大官。

鸡卵圆圆攇过坑，

　　　　　阿字个奻拍大家。

　　　　　阿近个奻走来阻，

　　　　　势奻荟惊孬大家。

（选自"丘本"第 30 页）

【注释】①撑［lêng²］〈铃²〉：用手推。

也是①唔听阿妈②教

搜集者：柯鸿材

　　　　　石榴开花做二抛，

　　　　　初来新妇着教势。

　　　　　也是唔听阿妈教，

　　　　　频交③掠起就来兜④。

　　　　　石榴开花做二格，

　　　　　初来新妇着哄吓。

　　　　　也是唔听阿妈教，

　　　　　频交掠起就来振⑤。

　　【注释】①也［a⁷］〈阿⁷〉是：要是。②阿妈［ma²］〈玛〉：儿媳称呼婆婆。③频交［gih⁴gao¹］：面颊。④兜［dao¹］〈找¹〉：拧紧不放。此动作也作"拨"［zung⁶］〈俊⁶〉。⑤振［bêh⁴］〈百〉：用手双向把东西掰开，同"掰"。

势娘荟惊恶大家

搜集者：柯鸿材

　　　　　月娘光光好挑①纱，

　　　　　海底清清好掠虾。

　　　　　茶叶好食茶心苦，

　　　　　势娘荟惊恶大家。

　　　　　月娘光光好挑幔，

海底清清好掠鳗。
茶叶好食茶心苦，
勢娘夳惊恶大官。

【注释】 ①挑〔tiê¹〕〈胎腰〉。

竹笋囝

竹笋囝，
骹短短，
做人新妇嘴学好。
暝昏晏夗早走起，
头毛梳光人呵啁。

长荚豆，
骹尖尖，
做人新妇嘴学甜。
暝昏晏夗早走起，
头毛梳光无人嫌。

（选自"丘本"第34页）

鸡鸟囝

鸡鸟囝，
跳上椅，
伶俐新妇会早起。
入客厅，
摆床椅。
入灶下①，
洗碗碟。
入房内，
用针嘴②。
父母会教示，

翁姑有福气。

（选自"丘本"第29页）

【注释】①灶下：厨房。②针嘴：意为女红。

天上月

天上月，
地下花，
生有兜囝①会发家。
发家有好食，
爹娘食到红牙牙②。

天上月，
地下花，
生有走囝③会纺纱。
纺纱有好穿，
爹娘穿到烧霞霞④。

（选自"丘本"第9页）

【注释】①兜囝〔dao¹gian²〕：儿子。②红牙牙：红润貌。③走囝：女儿。④烧霞霞：温暖状。

手擎扇

手擎扇，
行到街中睇游戏。
看见娇姿一美女，
美女生来合我意。
美女生来面刁刁①，
邪死②书生魂魄销。
若欲动手无名色③，

竹篙吊鱼邪死猫。

（选自"丘本"第33页）

【注释】①刁刁：智貌双全。②邪死：美煞。③名色：名声。

门骹 丛桃

口述者：李瑞粦
搜集者：李春忠

门骹一丛桃，
斩来做猪槽。
保贺猪囝饲大大，
好共阿兄孳个好老婆。

门骹人掘沟

门骹人掘沟，
掘着一对银锁头。
一个分娘锁囊囝，
一个分君锁门楼。

门骹人掘池，
掘着一对银锁匙。
一枝分娘开囊囝，
一枝分君开门篱。

门骹人掘河，
掘着一对银猪槽。
一个分娘饲猪囝，
一个分君饲八哥。

门骹人掘宫，
掘着一对银苎筐。
一个分娘绩幼苎，

一个分君插花英。

（选自"丘本"第 15 页）

一个娘囝真正势

一个娘囝真正势，
打个龟鬃六菖头①。
行路又如阿冻姐，
癫癫倲倲②跋落沟。

一个娘囝真正奇，
打个龟鬃六菖枝。
行路又如阿冻姐，
癫癫倲倲跋落池。

（选自"丘本"第 63 页）

【注释】 ①六菖［giê⁶］〈叫⁶〉头：薤头，可做酱菜。菖，薤。②癫癫倲倲：糊里糊涂，行为失态。（转引自张惠泽著《潮语僻字集注》，海天出版社 2006 年版，第 8 页）

十二月歌

搜集者：黄财进

正月是立春，
迎神赛会闹纷纷。
无钱还欲做丁桌①，
生细卖大②惨万分。

二月惊蛰来，
地主老婆成十个。
穿衫抹粉去睇戏，
笑阮碇囝③无钱财。

三月人布田，

东村西村忙又忙。
富人牛牯双巴只④，
硗囝拖犁泪双行。

四月是夏天，
终年快活无一时。
担粗⑤踏草⑥落肥粪，
风吹日曝有谁知？

五月⑦是夏至，
风吹树叶尖哩哩。
富人缚粽⑧样样有，
硗囝缚粽待何时？

六月是暑天，
豪绅讨债无离时。
一日三餐无顿饱，
想着起来情惨凄。

七月秋风转唠哩，
无食无穿卖囝儿。
囝儿是阮心头肉，
心头肉来拆分离。

八月是中秋，
无钱做节⑨泪双流。
土豪劣绅尽压迫，
又得跪落去哀求。

九月寒露随，
收掇镰刀合竹槌。
上山去割担山草，
饥饿一日晚正归⑩。

十月收大冬，

地主讨债如豺狼。
富人讨债粟箩满，
硗仔还后米瓮空。

十一月天时凝，
冒死牵牛去落田。
破裘无补裂碎了，
骹手冻到肿通通⑪。

十二月欲过年，
富人个个来讨钱。
卖个细囝⑫还不够，
老婆哭到归阴司。

【注释】①丁桌：从前，潮州人家生了男孩叫"添丁"，生下后第一个元宵要设宴请乡亲，叫"丁桌"。②生细卖大：生了小的孩子，卖掉大的孩子，用卖的钱办丁桌。③硗［kiao¹］〈翘¹〉囝：穷人。④双巴只：双只。⑤担粗：挑大粪。⑥踏草：潮州农事，早稻收获后，将稻秆就地踩踏沤肥。⑦五月：指农历五月初五端午节。⑧缚粽［bag⁸zang³］〈北⁸赞〉：包粽子。⑨做节：过节，指过中秋节。⑩正归：才回家。⑪肿通［tang¹］〈桶¹〉通：肿胀貌。⑫细囝：指小儿子。

老鼠偷食蚶

老鼠偷食蚶，
咂嘴咂舌呵恼芳。
檐龙①屹蚤呵呵笑，
无能爹妈好入庵。

老鼠偷食姜，
咂嘴咂舌呵恼烧。
檐龙屹蚤呵呵笑。
无能爹妈好烧香。

（选自"丘本"第60页）

【注释】 ①檐［zin⁵］〈钱〉龙：指壁虎。

一丛韭菜倒生来

一丛韭菜倒生来，
饲大唔谢父合嬷。
不爱兄弟姐妹亲，
只认丈姆①是你个。

（选自"丘本"第 56 页）

【注释】 ①丈姆：丈母娘。

前门留人客①

搜集者：柯鸿材

老爷②一出游③，
心肝激一球④。
前门留人客，
后门当破裘。

老爷到门骸，
心肝激一疤。
前门留人客，
后门当破衫。

　【注释】 ①留人客：留客人吃饭，这是潮州的习俗。游神赛会时，家家户户都要留客吃饭。穷苦的人只得前门留住客人，将破裘从后门拿到当铺当钱。②老爷：指神明。③出游：抬出供在庙里的神像巡游，潮州人俗称"营老爷"。④激一球：和下文"激一疤"均指心情不畅。

长裘接短裘

长裘接短裘，
开开后门摘石榴。
阿婶唅，
你勿摘，
风吹胶落①飽②你收。

长衫接短衫，
开开后门去摘柑。
阿婶唅，
你勿摘，
风吹胶落飽你担。

（选自"丘本"第65页）

【注释】①胶落［ga¹lao⁸］〈甲¹刘⁸〉：掉下。②飽［la⁶］〈拉⁶〉：足够。

阿公想食瓜

搜集者：马风、洪潮

阿公想食瓜，
分瓜掷①着嘴临皮②。
三年四年荟得好，
三个新妇去跋杯③。

阿公想食瓠，
分瓠掷着骹头趺②。
三年四年荟得好，
三个新妇去画符。

【注释】①掷［dan⁶］〈担⁶〉。②嘴临皮［cui³lim⁵puê⁵］〈碎林配⁵〉：嘴唇。③跋杯：掷珓。杯，指筊、珓，用以问神占卜的器具。②骹头趺［ka¹tao⁵u¹］〈卡¹陶污〉：膝盖。

天顶飞雁鹅

天顶飞雁鹅，
阿弟有妱阿兄无。
阿弟生囝叫大伯，
大伯听着无奈何，
收拾包裹过暹罗。
来去①暹罗牵猪猳②，
赚有钱银多少寄，
寄转唐山孥老婆。

（选自"丘本"第 14 页）

【注释】①来［lai²］〈梨²〉去：将要去。②猪猳［go¹］〈哥〉：配种的
公猪。

海水迢迢①

口述者：文母
搜集者：林添福

海水迢迢，
父母心枭。
老婆无孥，
此恨难消。

【注释】①此歌谣写旧时家穷娶不起妻子，只好到南洋谋生。

心慌慌

搜集者：蔡绍彬

心慌慌，意茫茫，
去到汕头客头行①。
客头睇见请入坐，
问声客人欲顺风②。

一直去到唉呐坡③，
百事无。

上山来做工，
伯公④多隆⑤保平安。
雨来分雨沃，
日出分日曝。
所扛⑥大杉楹，
所做日合暝。

鸡啼五更去冲浴，
冲到浴来是在生？
海水相阻隔，
叁得唐山我妠来拍抨⑦。

信一封，银二元，
叫妠刻苦勿愁烦。
团儿着扶持，
教伊勿跋钱⑧。
田园着力作，
猪团哩着饲。
等到我赚有，
紧紧回唐来团圆。

【注释】①客头行：旧时专门办理过洋旅行事务的商行。②顺风：潮州习惯用语，意即问欲到哪里。③唉呐坡：新加坡。④伯公：供在山里的一种神。⑤多隆：马来语"tolong"，意为帮助、照顾。⑥扛［geng¹］〈根〉。⑦拍抨：安排。⑧跋［buah⁸］〈钵⁸〉钱：赌博。

天顶飞雁鹅

搜集者：马风、洪潮

天顶飞雁鹅，
家硝无奈过暹罗①。

来到暹罗，

人地生疏。

举目无亲，番团擎②刀。

人呾晕船吐出胆汁苦，

做人③咕哩④苦比胆汁加。

暝来写信回唐山，

笔团擎起目汁落。

发妻在家咋度日？

老母病重咋奈何？

细团无粮咋饲养？

心头好比海扬波。

耳听樵楼三更鼓，

信纸白白⑤个字无。

情长纸短难落笔，

泪水洒落汇成河。

【注释】①暹〔siên⁵〕〈禅〉罗：泰国。②擎〔kia⁵〕〈骑〉：手持。③做人：当人家的。④咕哩〔gu¹li²〕〈久¹理〉：也作"龟里"，意为苦力、劳工。泰国语、马来语说"kuli"，引申为店员、工人，称"食咕哩"。⑤白白：空白。

唐①中蝗虫真厉害

搜集者：庄茂镇

唐中蝗虫真厉害，

母您信信催我来。

若是蝗虫除会尽，

儿便收拾转家来。

【注释】①唐：指唐山，过洋人称中国家乡为"唐山"。

思亲（客家）

口述者：刘义英
搜集者：沈维才

人在外面心在家，
少年妻子一枝花。
堂上父母年又老，
唔知何日转回家。

一日离家一日深，
恰似孤鸟入寒林。
虽然此地风光好，
还思家中一片心。

龙眼谣

搜集者、整理者：陈尤经

龙眼果，龙眼甜，
种果人儿过南洋。
欲过南洋白云路，
白浪滔滔过乌渡。
乌渡水呀水深深，
南洋大海泪淋淋。
泪眼瞻望云山远，
风送歌声来故乡。
故乡井水怀中暖，
他乡外里梦乡关。
梦回唐山果成荫，
醒来又是山巴①林。
山巴汗浇橡胶苗，
大汗似雨沃芭蕉。
汗渍落土鲜花开，
风浪洗涤两鬓白。

白发苍苍乡情浓，
大海边上托飞鸿。
飞鸿渡海携赤心，
南洋侨汇思故林。
龙眼甜厚游子意，
丁朵万朵不离枝。

【注释】①山巴：新加坡、马来西亚一带潮人对山里、山区的叫法。

细细生理好安家

搜集者：马风、洪潮

一撮豆团圆又圆，
挨①做豆腐变做钱。
人人呾俺生理细，
生理细细好赚钱。

一撮豆团青又青，
挨做豆腐来安家。
人人呾俺生理细，
细细生理好安家。

【注释】①挨［oi¹］〈矮¹〉：磨。

天上乌云精精青（客家）

口述者：刘义英
搜集者：沈维才

天上乌云精精青，
又想落雨又想晴。
又想搭钱到市去，
又想留来买田耕。

唔食盐卤唔成人

搜集者：陈亿琇、陈放

败家好比田抛荒，
创业好比过五关。
吊瓜还有一头苦，
唔食盐卤唔成人。

天顶一只鹅

口述者：陈文宽
搜集者：陈文亮

天顶一只鹅，
阿弟开荒阿兄无。
阿弟力作粟箪饱，
擎撮①番薯分兄炯。

阿兄接着面红红，
回想当初好踢跎。
正用②今日肚来饿，
从此想起着改错。

终日擎锄上山坡，
早起出门曝到晏。
日日如是一年多，
开有荒山无数块。

种出杂粮多又多，
粟箪饱来衣食足，
生活从此就变好。

【注释】①撮［coh⁴］〈初⁴〉：一些。②正用：才导致。

跋 钱①

搜集者：陈亿琇、陈放

钱跋赢，
妼园筹。
朋友来关照，
鼎灶响到乒乓隆叫。

钱跋输，
妼腰佝。
亲人来估厝②，
全家死绝做一堆。

【注释】 ①跋钱：赌钱。②估厝：估房子，作价以抵债款。

鸦 片

搜集者：马凤、洪潮

鸦片一食，
见①鸡就掠。
留长毛跋棕屐。

行路打折跪，
喝呬②流目水。
行到城隍骸，
鬼卒出来掠，
掠着夭是③阳间鸦片鬼。

【注释】 ①见［gin³］〈继（鼻化音）〉。②喝呬［huah⁴hi³］〈哗⁴戏³〉：打呵欠。③夭是：原来是。

鸦片一食面猴猴①

搜集者：陆万楷

鸦片一食面猴猴，
全身无肉存骨头。
头毛足足有半尺，
虱母②生够满裤头。

【注释】①猴［gao⁵］〈交⁵〉猴：消瘦状。②虱母：指虱子。

细水长流

搜集者：陈亿琇、陈放

豆苗绿，豆荚青，
欲食豆荚唔食芽。
唔食豆芽一次过，
欲留豆荚生满棚。

大米白，番薯甜，
欲食番薯唔甘嫌。
唔嫌番薯掺米煮，
欲睇水细源流长。

父母无志气

搜集者：马风、洪潮

父母无志气，
送囝去学戏。
鼓槌一擎起，
目汁答答滴。

无母无挨倚①，

送团刷银纸②。
嘴皮吹到裂，
尻仓坐到歪③。

【注释】①挨倚［oi¹ua²］〈矮¹哇²〉：依靠。②银纸：冥币。③歪［cua²］〈蔡²〉。

砍柴歌

搜集者：刘粦玉

唱一条，
砍柴歌。
肩担柴，
遍间呵①。

手挦册，
自古无。
欲勤读，
似如何？

岁半百，
白头毛。
傀儡妻，
缀你饿。

离书册，
虽是好。
恐前途，
无希望。

买臣②终日吟痴痴，
一群孩童缀到伊门边。
崔氏内面一睇见，
出来气到嘴向天。

手插半腰将夫骂，
好似鸡母日瞑啼。
孩童一班又一班，
冤家你个耳臭聋？

乜人都是尽笑你，
既欲读书勿担柴。
不农不秀惹人厌，
就着③舍起柴勿担！

乜人读书亲像你④，
终日都是剥赤骹⑤？
爱做农夫丢耕牛，
自细唔勑学工夫。
公侯将相本无种，
算来读书也丢输。

【注释】①遍间呵［o¹］〈窝〉：满街叫卖。呵，叫卖。②买臣：指传说中的人物朱买臣。③就着：就是要。④亲像你：像你这样的。⑤剥［bag⁴］〈北〉赤骹：无袜，赤足。

穷汉自叹（客家）

口述者：刘义英
搜集者：沈维才

高山平地有黄金，
只有懒人唔用心。
朝朝兙到日头出，
黄金何日得随身。

勤俭贪懒性唔同，
勤懒思想唔相容。
勤俭致富衣食足，
贪懒总系一场空。

门骸一钵好芝兰

搜集者：刘粦玉

门骸一钵好芝兰，
暝昏暝起我沃丛。
咋呢开无一枝花，
分我老人来鼻①芳？

门骸一丘好肥田，
并无牛马来撬冬②。
又无种子合肥料，
你担筐担箩收乜冬？

母你全唔知行藏，
囝儿曾经摝③竹筒。
谁知竹筒藏蜈蚣，
蜈蚣咬断吊窝④柄。
吊窝柄断难灌田，
犁头已缺⑤难撬冬。

【注释】①鼻［pin⁷］〈鄙⁷〉：作嗅解。②撬冬：犁田、冬耕。③摝
［log⁴］〈录⁴〉：摇振。④吊窝：田间水井的一种打水工具。⑤缺［kih⁴］
〈欺⁴〉。

送神①歌（畲族）

口述者：文香
搜集者：雷楠

十二月廿四神上天，
二人入内哇因依。
又无猪豗，
又无大钱②。
来去门背唅③赊，

人来到，
煲勿④糜。
门背哙屠店来讨钱，
声声句句哇⑤未有。
屠店伸手落去拈，
拈出门，
个内哙⑥。
公公捧肉汤，
茶一样，
酒一样，
士农工商上朝天。

【注释】①送神：指农历十二月廿四日送司命公上天述职。②大钱：指神镪。③门背哙：畲语，即邻居。④勿：畲语，即未。⑤哇：畲语，说。⑥个内哙：畲语，家里。

劝祖母（畲族）

口述者：文香
搜集者：雷楠

阿昔你莫非①，
轿门你来开。
饲着好团唔本爷孃业，
饲着好女唔得嫁时衣。

奉侍爷孃无了时，
扛擎②家官千万年。
头烧额热本③儿夫，
红巾落泥④本团女。

【注释】①莫非：畲语，不要烦恼。②扛擎：畲语，扶助、奉侍。③本：畲语，依靠。④红巾落泥：指去世。

保护男儿入肚腹

搜集者：马风、洪潮

美娘想食乌豆干，
又爱想食海底鳗。
想食葡萄烰薯汤，
想食青梅捶白糖。

食到豆无种，
匏①无椇，
生无一囝见妈爹。

美娘想着心头酸，
走入房内来梳妆。
鬃团掠掠雅，
后斗②扯扯长。
掼个春箩团，
走去入庵堂。

王公坐圣圣，
王母听定定。
妾身名阿桃，
嫁夫阿壮兄。

瓶装酒，酒落麯，
保护男儿入肚腹。
爱如珍珠皮壳薄，
又爱聪明去入学。

治宫听着就好笑，
我做治宫十八年，
唔曾见一妇人障多知。
治宫伯③，
你免笑，

拜好老爷二个粿团胀④。

【注释】①匏［bu⁵］〈捕⁵〉：瓜类，其果老了晒干，籽留作种，外壳可做水瓢，潮州方言叫"匏㭉"（"㭉"读［hia¹］〈靴〉）。②后斗：后脑。③冶宫伯：庙祝。④胀［diên³］〈张³〉：吃。

湆①苎好织无苎丝

湆苎好织无苎丝，
家官骂娘垂垂啼。
想做家官当父母，
唗得云开见青天。

湆苎好织无苎头，
家官骂娘目汁流。
想做家官当父母，
唗得云开见日头。

（选自"丘本"第 19 页）

【注释】①湆［dam⁵］〈耽⁵〉：湿的。

骂老婆（畲族）

口述者：文香
搜集者：雷楠

狗团奉早①吠三声，
阿公开门出来睇，
睇着阿郎②奉早来上厅。
郎唅，你奉早做乜样？
公唅，偃③哝个事情分你听：
昏⑤哩眠到日头红，
灶冷镬冷唔睬人。
偃轻轻扣伊一下头，

伊走起⑥来相骂。

郎哙，偎呿个事情分你听：

嫩瓜哩无瓢，

嫩团哩无肚肠。

阿郎你转去教示，

教示唔睬哩勿上偎个寮门。

【注释】 ①奉早：畲语，那么早。②阿郎：岳父对女婿的称呼。③偎：我。⑤睬：睡觉。⑥走起：起床。

亲姆①亲姆亲

亲姆亲姆亲，

非是我姐破你家。

猫儿无腥②唔在厝，

鸭团无粟唔在家。

我姐在厝好毛头，

一项③洗头九项留。

去到你家无油抹，

头毛变成扫帚头。

（选自"丘本"第55页）

【注释】 ①亲［cên¹］〈青〉姆：潮州方言称谓，亲家母。②腥［co¹］〈初〉。③项：次。

新妇团

搜集者：丁耀彬

一岁哭啼啼，

二岁笑嘻嘻，

三岁无父母，

四岁寄人饲。

五岁帮人割猪草，

六岁缀人掇树枝，
七岁捧筐绩幼苎，
八岁捧筐绩幼丝。
九岁领人大规布，
十岁做人新妇儿①。

担②床担椅见大官，
大官出来唔喜欢。
借问大官气乜事，
气是你无挽金靴见大官。

担床担椅见大家，
大家出来面青青。
借问大家气乜事，
气是你无搭金靴见大家。

担床担椅见大姑，
大姑出来面乌乌。
借问大姑气乜事，
气是你无搭金靴见大姑。

担床担椅见二姑，
二姑笑笑喜气生。
牵骸牵手呵喃侪，
呵喃细细有肚内③，
十岁团做事是偌生④。

【注释】①新妇儿：童养媳。②担：搬。③有肚内：能处事。④偌生 [ziêh⁸sê¹]〈而葯⁸省¹〉：这样子的。

十八岁嫁七岁郎（客家）

口述者：刘义英
搜集者：沈维才

十八岁嫁七岁郎，
晡晡[①]兜目[②]揽上床。
唔系[③]看你父母面，
一骹踢你见阎王，
唔当守寡过清享。

隔壁侄嫂性爱勢，
带大丈夫十把年。
初三初四蛾眉月，
十五十六月团圆，
有双有对成神仙。

对门叔婆你爱知，
等得郎大妹老哩。
等得醋酸苦脉老[④]，
等得月圆日落西。
千金难买少年时。

【注释】①晡：客家方言，即夜。②兜目：客家方言，睡觉。③唔系：客家方言，不是。④醋酸苦脉老：做苦脉菜需拌醋，等到要吃苦脉菜才做醋就晚了。苦脉，野菜名。

正月锣鼓闹猜猜

正月锣鼓闹猜猜，
欲孥新妇来安排。
五男二女一新妇，
新妇阿孥行磨来。

二月塗[①]深水也深，

我惜新妇如惜金。
无烧无清积水病，
我团我肉阿妈斟②。

三月人布田，
我惜新妇敬外人。
外人行磨齓焖笑，
新妇阿孥阿妈牵。

四月春水雨又流，
苦拍新妇踏板头。
饭匙挠起添碗饭，
饭匙抢起掼颊交。

五月是节③时，
风吹茶叶尖哩哩。
爹妈缚粽无俺份，
俺欲缚粽待明年。

六月热尉尉，
苦拍新妇食清糜④。
一日三顿无顿饱，
头毛攃起手擎棰。

七月秋风转凉哩，
丘厝亲姆去骂伊。
苦我女团掇柴草，
当初唔愿勿掔伊。

八月西风乒乒声，
新妇毒死在客厅。
团婿去合丘妈呾，
咸菜食死你着听。

九月功德正是时，

手持白布哭贤妻。
夫妻也是同林鸟，
同林鸟团拆分离。

十月吟姚姚⑤，
踏入房内如着怆。
踏入房内就爱哭，
夫妻本是如鸳鸯。

十一月是节⑥时，
家家处处人舂丸⑦。
旧年舂丸成双对，
今年舂丸拆分离。

十二月灯光⑧烛又黄，
单身男子上眠床。
牵着娘被就爱哭，
叹想娘团割断肠！

（选自"丘本"第43页）

【注释】①塗［tou⁵］〈土⁵〉：泥土、泥巴。②斟［zim¹］〈枕¹〉：马来西亚语"chium"的译音，用鼻子亲热。潮州话意为亲吻。③节：指五月初五端午节。潮州人称端午节为"五月节"。④清糜：指吃剩的冷稀饭。⑤吟姚姚：寒冷状。⑥节：指冬至，潮州人称为"冬节"。⑥舂丸：把糯米舂成粉后，搓成丸子，煮成汤丸。⑧光［geng¹］〈跟〉：光亮。

苦拍新妇

口述者：文香
搜集者：陈焕钧

正月过了更春来，
欲孥新妇早安排。
五男二女一新妇，
新妇我团嫁磨来。

二月塗深水也深，
我惜新妇如惜金。
别人行磨假惺笑，
新妇我囝行磨阿妈斟。

三月人布田①，
我惜新妇赢别人。
别人行磨假惺笑，
新妇我囝行磨阿妈牵。

四月南风吹，
苦拍新妇倒掉糜。
偷食清糜正一碗，
头毛攘起手擎棰。

五月是节时，
新妇哭啼啼。
昔时前日嫁在南桂树②，
今日夭是嫁在苦莉球③。

六月热毒毒，
新妇哼哼呛。
昔时前日嫁在南桂树，
今日夭是嫁在苦莉丛。

七月秋风透转来④，
苦拍新妇哭哀哀。
丘厝亲姆来相挥⑤，
当初孳阮太不该。

八月锣鼓哩嘹声，
苦死新妇出客厅⑥。
大伯叔公来观看，
苦死新妇臭名声。

九月寒露寒，
亲家一早来告官。
告恁苦死我女团，
告恁一家吟散散⑦。

十月人收冬⑧，
是粘⑨是糯⑩收入房。
人人收冬会欢喜，
俺个割冬觅无人。

【注释】①布田：插秧。②南桂树：桂花树。此处借喻美好的家庭。③苦莉球：一种味甜多刺的灌木，可食用。此处借喻恶劣的环境。④透转〔deng²〕〈当²〉来：风反刮回来。转，掉转。⑤相㧼〔siê¹cuê³〕〈烧吹³〉：投诉、评理。⑥出客厅：通常族人离世，遗体停放于客厅，料理丧事。⑦吟〔nê⁶〕〈冷⁶〉散散：指家散破落。吟，表示某种状态的程度。⑧收冬：稻熟收割的季节。⑨粘〔ziam¹〕〈尖〉：指粳米。⑩糯〔zug⁸〕〈卒⁸〉：糯米。

怨你阿爹孚后人①

口述者：张念娥
搜集者：江启昌

正月剪春萝，
四娘赶鸡去踢跎。
鸡唔见②，
鸭又无，
后母苦拍去跳河。

去到河边水青青，
嫂今留姑歇一暝。
挢③起裙衫分嫂看，
虹痕④节节尽乌青⑤。

虹痕数来五十双，
怨父怨母勿怨人。

怨你生母佮⑥早死，
怨你阿爹孳后人！

生母添饭一大瓯⑦，
后母添饭一匙头。
前母拍囝用麻骨⑧，
后母拍囝用柴槽⑨。

麻骨拍囝渐渐化⑩，
柴槽拍囝毒过蛇。
头毛挽⑪掉丢发笋⑫，
一肚言语无奈何。

四娘今去沉水头⑬，
弓鞋脱落目汁流。
四娘者是后母苦，
后母苦死无人留。

【注释】①后人：继母。②唔见：和下面"又无"均为丢了的意思。③挢〔giao²〕〈缴〉：卷起。④虹〔kêng⁶〕〈庆⁶〉痕：鞭痕。⑤乌青：皮下出血。⑥佮〔kah⁴〕〈脚⁴〉：太。⑦瓯〔ao¹〕〈欧〉：碗。⑧麻骨：黄麻剥了皮，剩下麻骨，质松，轻碰即断折。⑨柴槽：烧火的柴条。⑩渐渐化：指伤痕渐渐消去。⑪挽〔mang²〕〈忙²〉：拔。⑫发笋：再生发。⑬沉〔tim⁷〕〈胎音⁷〉水头：自溺。

守寡歌

搜集者、整理者：王书得

正月十五好元宵，
红男绿女乐逍遥。
胭脂水粉我爱抹，
抹了也是守寡人。
二月山草树木青，
我丢织布也丢耕。

今朝郎君难相见，
死做阴使了一生。
三月清明雨纷纷，
手揸香纸去祭坟。
去在坟前哀哀哭，
今日妻哭无郎君。
四月田水白波波，
百年辛苦百年望。
谁知半途两分离，
谁知我夫活命短。
五月时节是端阳，
梦见我夫来床前。
夫妻相亲共相爱，
醒来方知床被凉。
六月算来已收冬，
木棉花开满山红。
鸳鸯凤凰成双对，
我丧郎君难成双。
七月时节秋风起，
牛郎织女相会期。
一年一度鹊桥会，
我今无夫泪沾衣。
八月十五月光光，
开门望月心头酸。
厝边伯姆来相劝，
候待后世重拜堂。
九月到来北风寒，
开囊开箱取衣裳。
取出衣裳无夫穿，
就骂死鬼短命七。
十月算来人收冬，
求神拜佛在庵中。
求得观音来保庇，
保庇来世觅好郎。
十一月来已降霜，

手摸被凝守空房。
少年守寡真辛苦，
就骂冬节暝俗长。
十二月过又一年，
我到台前去看戏。
看着生旦啰亲热，
目汁流落哭啼啼。

无㜎歌

搜集者：庄少文

叮咚珍，
无㜎真凄凉。
无娘无切要，
无个老婆难参详。

大鹅咬细鹅

搜集者：陈少溪

大鹅咬细鹅，
阿弟有㜎阿兄无。
阿弟生团叫大伯，
大伯听着无奈何。

擎枝白扇对面遮，
一来怨母二怨爹。
怨我爹娘无主意，
做事唔是只些行。

天顶一只鹞鹰婆①

天顶一只鹞鹰婆，
人人有㜎乃②我无。

"阿嬝呀！欲哩孼分我，

勿哩我欲过暹罗？"

（选自"丘本"第17页）

【注释】①鹠［iô⁷］〈窜⁷〉鹰婆［bo⁵］〈波⁵〉：老鹰。②乃：独。

放牛阿哥唔值钱（客家）

搜集者：刘辉庆

放牛阿哥唔值钱，

衣衫搭烂无人连。

等过二年命运转，

大姐穿针细姐连。

畲族民歌三首

（一）石古坪①（对唱）

有女莕嫁石古坪，

石古坪担水欲上岭。

今早摘茶摘到日头晡②，

下晡摘茶摘到二三更，

暗晡③揉茶④揉到鸡妥啼⑤。

有女好嫁石古坪，

石古坪个田种来食，

个峯⑥种作好放生。

【注释】①石古坪：潮州市凤凰镇一古村落，畲族居住地之一。②日头晡：日头西下。③暗晡：夜晚。④揉茶：揉捻茶叶，制茶的其中一道工序。⑤鸡妥啼：天快亮。妥，接近。⑥峯：较平坦的园地。

（二）骂人调

桐囝开花白泡泡，

阿妹嫁出交接几多人？

九十九人，
合倕个丈布①一百人。

【注释】 ①丈布：畲语，丈夫。

（三） 二只鸭囝

口述者：文香
搜集者：雷楠

二只鸭囝上岭尾，
落田咪①草巢②。
大人烦恼无米煮，
细囝烦恼无亘③哭。

【注释】 ①咪：用嘴在水中找食。②草巢：草团。③无亘：无机会。

畲歌唱唔完（畲族）

口述者：李两英
搜集者：雷楠

讲唱山歌人人何①，
无人唱得山歌臭。
有人唱得山歌了，
大溪水自会无流。

【注释】 ①何：和。

到广①不到潮②

口述者：柯鸿材
搜集者：蔡泽民

到广不到潮，
枉费走一遭。

到潮不到桥③，
枉费走一场。

【注释】①广：指广东。②潮：指潮州。③桥：指广济桥，又称"湘子桥"，位于潮州古城东门外，始建于南宋1171年，横跨韩江，为中国四大古桥之一。

想　欲

搜集者：陈亿琇、陈放

想欲沽酒搦酒瓶，
听见锣鼓咚咚仓。
放掉酒瓶跟人走，
去到开元①睇金刚。

想欲踢跎啰打扮，
听见锣鼓七咚仓。
放掉梳镜跟人走，
去到开元睇罗汉。

想欲买菜逛市场，
听见锣鼓冲冲潮。
放掉菜篮跟人走，
去睇开元观音娘。

想欲食茶上楼台，
听见锣鼓闹猜猜。
放掉茶壶跟人走，
去睇开元金如来。

【注释】①开元 ［kai¹ngang⁵］〈凯¹言〉：指潮州开元寺，位于潮州市区开元路，始建于唐开元二十六年（738），为历朝祝福君主、宣讲官府律令之所，寺院保留唐、宋、元、明、清的建筑艺术，香火鼎盛，为粤东地区第一古刹，有"百万人家福地，三千世界丛林"之美誉。

消愁曲（畲族）

口述者：文香
搜集者：雷楠

唱歌唱曲心头开，
眉弯额皱①食套肥。
无乜闲心唱乜歌，
无乜竹篾做乜箩。

无好仪冠生无好毛草，
无好毛草梳乜架②，
梳去又生叉，
梳来又生目③。

【注释】①眉弯额皱：颦眉蹙额，愁容满面。②架：发髻。③目：疙瘩。

月光光

口述者：文香
搜集者：雷楠

月光光，
月昀昀①，
昨暝合君去搭船。
船头一对鹦哥鸟，
头又乌，
尾又红，
合君咀，
勿笑人——
人无千日好，
花无百日红！

【注释】①昀［hung⁵］〈痕〉昀：模糊不清。

106

雨在南山来

雨在南山来，
雨在南山沃秀才。
秀才无钱买雨遮，
衫裾长长裰讨来。

（选自“丘本”第 27 页）

东山有丛梅

东山有丛梅，
西山有个台。
叫你爹娘着注意，
欲教好囝在婴孩。

东山有丛梅，
西山有个台。
叫你翁姑着注意，
欲教新妇在初来。

（选自“丘本”第 32 页）

池叠池

池叠池，
爽利娘团鬟髻圆。
手捧笼筐绩细苎，
骹踏摇篮拥①孩儿。

埠叠埠，
爽利娘团鬟髻乌②。
手捧笼筐绩细苎，
骹踏摇篮拥大夫③。

（选自“丘本”第 32 页）

【注释】①拥［ong⁶〕〈翁⁶〉，把小孩抱在怀里轻摇使其入睡。②鬟髻

［guê³］〈过〉乌：指头发乌黑。③大夫［da²bou¹］〈搭埠〉：男子，此处指男婴。

买芏①

搜集者：柯鸿材

买芏芏头红，
娘团好织又好绗。
扮君穿去人呵啮，
扮团穿去落书房。

买芏芏头青，
娘团好织又好经。
扮君穿去人呵啮，
扮团穿去落书斋。

【注释】①芏［diu⁶］〈宙〉。

做 人

搜集者：陈亿琇、陈放

做贼先从偷把米，
跋钱先从蚶壳起。
教团先从细时教，
做人先从勤俭起！

白鹭丝

搜集者、整理者：王书得

白鹭丝，
骹长骹短到海边。
寻觅沙虫来饲儿，
儿大危飞唔谢伊。

教囝

搜集者、整理者：王书得

自古竹笋腹中空，
父母盼儿早成人。
竹笋尖嘴皮又厚，
教囝应做老实汉。
莫学竹笋心唔实，
处处应辨善恶人。

牛羊爱吃青草心，
日月时时有光阴。
牛羊只求吃得饱，
人生却望成才人。
诚若众人一齐记，
教囝积德胜积金。

一只麻雀在厝墘

搜集者：江启昌

一只麻雀在厝墘，
合人抱囝①无了时。
各人②捧筐去绩苎，
绩有一件叠囊墘。

一只麻雀在厝头，
共人抱囝无功劳。
各人捧筐去绩苎，
绩有一件叠囊头。

【注释】①抱囝：指照看孩子。②各人：此处意为倒不如。

乌鸡讨食门骹中

搜集者：陆万楷

乌鸡讨食门骹中，
鲫鱼讨食赶水红。
男团踢跎大树下，
娘团踢跎好花丛。

乌鸡讨食门骹边，
鲫鱼讨食赶水圆。
男团踢跎大树下，
娘团踢跎好花边。

门骹一丛蕉

搜集者：刘粦玉

门骹一丛蕉，
客鸟飞来嘴枪枪①。
借问娘团嫁底块？
嫁在裁缝缝裙腰。

【注释】①枪［ciê¹］〈此腰¹〉枪：好斗状。

听见锣鼓冲冲潮

搜集者：柯鸿材

掼①个篮团来摘茄，
听见锣鼓②冲冲潮③。
放掉篮团走来睇，
啰做④陈三合五娘⑤。

掼个篮团来摘瓜，

听见锣鼓冲冲飞。
放掉篮囝走来睇，
啰做马超战张飞。

【注释】①掼［guan⁶］〈官⁶〉。②锣鼓：这里指锣鼓声。③冲冲潮：形容心情激动，按捺不住。④啰「lo⁵」〈罗〉做：意为正在上演。⑤陈三合五娘：陈三、五娘分别指潮州民间故事《陈三五娘》的男、女主角。该故事讲述泉州书生陈三随兄赴任，途经潮州府，邂逅黄五娘，一见钟情，决意求婚，与当地武秀才林大閤发生纠葛，几经曲折，终成眷属。"陈三五娘"入选广东省非物质文化遗产名录。

听见锣鼓冲冲潮

提个篮囝来摘茄，
听见锣鼓冲冲潮。
放掉篮囝走来睇，
睇见陈三和五娘。

提个篮囝摘芫荽，
听见锣鼓冲冲斐①。
放掉篮囝走来睇，
睇见关爷②带二妃。

（选自"丘本"第35页）

【注释】①冲冲斐［hui¹〕〈非〉：团团转。斐，来回兜圈。②关爷：关公。

天高未为高

搜集者：丁耀彬

天高未为高，
人心节节高。
井水变成酒，
还嫌酒无糟。

111

莿团花

口述者：张愈蛾
搜集者：江启昌

莿团花，开一枝，
阿妹掼饭到田边。
阿兄单人在车水，
拚死还了田曝裂。

莿团花，开一枝，
阿妹掼饭到田边。
阿兄三十未有妼，
阿妹细细①做人姨②。

【注释】①细细：年龄小。②姨：潮州从前有的农村父称"叔"，母称"姨"。

花团开花宝金枝

口述者：李娟
搜集者：吴燕君

花团开花宝金枝，
少年不爱待何时。
竹团上节节节老，
黄金难买少年时。

长荚长荚长

长荚长荚长，
长荚好煮汤。
娘团唔肯嫁，
嫁了唔回门。

长莢长莢青，
长莢好煮羹。
娘囝唔肯嫁，
嫁了唔回家。

（选自"丘本"第 50 页）

暝昏大家①来踢跎

暝昏大家来踢跎，
睇见新人摸田螺。
新人头插②件件金，
双苞如意插鬓心。
八幅罗裙绣花鸟，
三寸弓鞋实在巧。

（选自"丘本"第 31 页）

【注释】①大家：家婆。②头插：头饰。

客厅唱①歌哩畏人

客厅唱歌哩畏人，
房内唱歌哩畏翁②。
灶前唱歌畏司命③，
坐落尿桶唱够双。

（选自"丘本"第 57 页）

【注释】①唱［ciê⁴］〈笑〉。②畏［ui³〕〈医³〉翁：怕丈夫。畏，怕。
③司命：指司命帝君。

月娘月含云

月娘月含云，
莺鸟叫，
娘梳妆。
肚内芳，

菊花红。
鲤鱼来逗水，
娘囝来睒①人。

（选自"丘本"第66页）

【注释】①睒［iam²］〈炎²〉：快速看。

当叮当

当叮当，
蜡蜡梳囝买一双。
乌乌头毛夹①双鬓，
浮花耳钩②鬓边红。

当叮潮，
蜡蜡梳囝买一箱，
乌乌头毛夹双鬓，
浮花耳钩鬓边摇。

（选自"丘本"第55页）

【注释】①夹［giab⁸］〈劫⁸〉。②耳钩：耳环。

阿妈唱歌心头伤

搜集者：陈亿琇、陈放

橄榄糁盐盐掺姜①，
阿妈唱歌心头伤。
先唱枭情柴、赵、郑②，
又唱有义刘、关、张。
只顾唱歌无睇臼，
一臼橄榄舂成浆。

【注释】①橄榄糁盐盐掺姜：橄榄和盐、南姜舂碎腌制而成，叫"橄榄

114

糁"，是潮州的名小菜。②柴、赵、张：传说为唐宋年间的柴荣、赵匡胤、郑恩三人。

一枝红杏

搜集者：陈亿琇、陈放

一枝红杏出墙围，
我今畏奴如畏雷。
见着姿娘乃乃薛①，
满钵鱼肉食峇肥。

一枝红杏出墙来，
问娘裙衫做乜个？
欲长欲短我来做，
勿分堂上爹妈知。

【注释】①乃乃薛〔noi¹noi¹si⁴〕：潮州方言借音字，颤抖。

一粒橄榄双头红

一粒橄榄双头红，
只畔①掷过向畔②田。
底人敢搦只粒金橄榄，
共伊战到日头红。

一粒橄榄双头青，
只畔掷过向畔坑。
底人敢搦只粒金橄榄，
共伊战到日头平。

（选自"丘本"第42页）

【注释】①只〔zi²〕〈止〉畔：这边。只，这。②向〔hiên³〕〈叶³〉畔：那边。

一只鸡团尾直直

一只鸡团尾直直，
后厝阿姆做生日。
唔知爱请我阿唔①，
害我收拾二三日。

一只鸡团尾零零②，
后处阿姆做寿诞。
唔知爱请我阿唔，
害我梳妆共打扮。

（选自"丘本"第 65 页）

【注释】①阿唔：有没有。②尾零［lang¹]〈朗¹〉零：指羽毛稀疏。

竹篙扣竹篙

口述者：婵妆
搜集者：郑耀生

竹篙扣竹篙，
楼顶经布如挑梭。
谁人经布免刷水，
谁人抱团唔踢跎。

竹筒扣竹筒，
楼顶经布如挨砻。
谁人经布免刷水，
谁人邀团唔睇人。

教团入书房

搜集者：马凤、洪潮

指甲花，

骹红红，
秦氏教团入书房。
严条先生共阮教，
勿咀秦氏歉①命人。

挃甲花，
骹青青，
秦氏教团落书斋。
严条先生共阮教，
勿咀秦氏唔是团亲生。

【注释】①歉：此处意为命运欠佳。

一日走泡泡

搜集者：刘舜玉

一日走泡泡，①
一暝点猪膀②。
夭是破家妇，
唔是发财妈。

【注释】①此句意为白天四处闲逛。②点猪膀：夜晚点猪油灯。

六月桃

搜集者：陆万楷

六月桃，
四月李，
当今姿娘镶金齿。
一会雅，
当今姿娘食薰团①。
薰团食着一下芳，
当今姿娘打雅鬃。

雅鬏打起扑扑甩②，
当今姿娘掼呷哔③。
呷哔掼起攪④呀攪，
当今姿娘去攦毛⑤。
攦毛攦一坐⑥，
当今姿娘穿裤坐。

【注释】①食薰〔hung¹〕〈昏〉囝：抽烟。②甩〔hig⁴〕〈何乙〉。③呷〔gab⁴〕〈鸽〉哔〔big⁴〕：泰语借词，皮箱。④攪〔so⁶〕〈疏⁶〉：晃来晃去。⑤去攦〔lua⁸〕〈罗娃⁸〉毛：去理发店做发型。攦，梳理。⑥坐〔guêh⁸〕〈郭⁸〉：原意为物品或事情的一半。下句"裤坐"指短裤。

叫个师傅来变化

搜集者：马风、陈放

乌豆乌靴靴，
乌豆开花叶来遮。
叫个师傅来变化，①
绞做豆腐奉释迦。

乌豆乌沉②沉，
乌豆开花叶来荫。
叫个师傅来变化，
绞做豆腐奉观音。

【注释】①此句意为请位师傅来做豆腐。②沉〔tim⁷〕〈胎音⁷〉。

莉榴①莉榴哥

莉榴莉榴哥，
莉榴凄惨无奈何！
你走来出世，
父母笑呵呵。

意望年长大，
荣耀老公婆。
谁知榴入莉榴馆，
出门睇戏提双刀。

不幸被人砍，
你命一刻送南柯。
若是砍死别人团，
家业财产一旦无。

莉榴莉榴哥，
细心听我唱，
听我唱条莉榴歌。

（选自"丘本"第60页）

【注释】①莉榴：原指当地一种果实带刺的野生植物，潮州人称终日无所事事、到处欺压人的人。

花　会①

搜集者：陈亿琇、陈放

花会押得着②，
福州眠床③留隍席④；
花会押唔着，
上有文章楼⑤，
下有蛤婆石⑥。

【注释】①花会：旧社会一种赌博形式。②押得着：赌赢。③福州眠床：一种上等漆床。④留隍席：梅州市丰顺县留隍镇盛产名席。⑤文章楼：潮州西湖山山腰一双层亭榭。⑥蛤婆石：潮州西湖边上巨石，形如蛤蟆，在旧社会，常有赌输的人来楼上上吊，来巨石上投水。

世间知音最厄寻

搜集者：陈亿琇、陈放

易澜易退出坑水，
易反易复小人心。
黄金万两还易得，
世间知音最厄寻。

做天厄做四月天

做天厄做四月天，
做人厄做半中寅①。
秧爱出日麻②爱雨，
采桑娘团爱晴天。

（选自"丘本"第 29 页）

【注释】①半中寅：指中年。②麻：指黄麻。

忍字歌

口述者：蓝振豪
搜集者：蓝光哲

忍字心头一把刀，
忍来忍去无奈何。
若是一时忍得过，
过后正知忍字好。

后生一枝花

搜集者：庄群

后生一枝花，
食老①一把皮。

也②是唔知嫁，
变做秦雪梅。

【注释】 ①食老：年老。②也是：要是。

门骹一丛瓜

搜集者：程汉灏

门骹一丛瓜，
厝边阿婶名菜花。
浪费粮食伊上蚕①，
老手炊饭蚕缀锅。

摊囝遇伊生理热，
交关②油粿③买物配④。
日日又着食顿囝⑤，
暝暝坐晏爱烳糜。

正月未过米就了，
厝边头尾四处觅⑥。
有时简米借唔到，
肚皮饿到相贴缀。

【注释】 ①上蚕：最不会。②交关：购买。③油粿：油炸粿。④物配：下饭的菜。⑤顿囝：点心。⑥觅：寻找、借。

黄竹开篾轻柔柔（客家）

搜集者：刘辉庆

黄竹开篾轻柔柔，
公婆相拍无冤仇。
眠落①讲来三更深，

四更下去讲风流。

【注释】①眠落：即睡下。

马郎请慢行

"马郎请慢行，
等我去厝问阿兄。
问到兄嫂愿，
正来做亲情。"

"兄！兄！兄！
门外人来问亲情。"
"底人爱你去做妠？
岂是山顶老猴精？"

（选自"丘本"第 64 页）

手搦丝线红绿青

手搦丝线红绿青，
奉敬方丈做袈裟。
方丈开门分阮歇，
阮爱修行来出家。

手搦丝线红绿乌①，
奉敬方丈做帽箍。
方丈开门分阮歇，
阮爱修行做尼姑。

（选自"丘本"第 55 页）

【注释】①乌：黑色的。

正月起头①衰

搜集者：陆万楷

正月起头衰，
二月病到𣍐食摩，
三月正爱好，
四月尻仓生大癩②，
五月𣍐食粽，
六月破裘唔甘放，
七月𣍐普度，
八月𣍐食芋，
九月险险③去夯④山埔，
十月𣍐食新米饭，
十一月𣍐食冬节丸，
十二月险险𣍐过年。

【注释】①起头：开始。②癩［tue⁵］〈托锅⁵〉：皮肤上的肿块。③险险：差点儿。④夯［ham²］〈何庵²〉：方言借音字，意为扔掉。

井底扣竹篙

井底扣竹篙，
向畔①娘团好风骚。
米缸存无三把米，
赶人②买花插头毛。

井底扣竹筒，
向畔娘团好睇人。
米缸存无三把米，
赶人买花插头芳。

（选自"丘本"第 67 页）

【注释】①向畔：那边。②赶［guan²］〈肝²〉人：跟着人家。

无好姿娘

搜集人：柯鸿材

蜘蛛食饱坫瓦槽，
无好姿娘好风骚。
米缸存无一把米，
赶①人买花插头毛。

蜘蛛食饱坫瓦洞，
无好姿娘好睇人。
米缸存无一把米，
赶人买花来鼻②芳。

【注释】①赶［guan²］〈官²〉：跟着。②鼻：嗅。

痴哥①睇人

搜集者：庄群

鸡翁②叫吱吱，
痴哥看人目圆圆。
问你睇了有乜好？
睇了着去病相思。

鸡翁叫喥喥③，
痴哥睇人目挙挙④。
问你睇了有乜好？
睇了着去病相思。

【注释】①痴哥：指见到异性作痴呆相或痴心妄想的男子。②鸡翁：指公鸡。③喥喥［ge¹ge¹］〈居居〉：指公鸡叫声。③挙挙［ge⁵ge⁵］〈巨巨〉：借音字，瞪眼状。

124

鲜明大光灯

鲜明大光灯，
色水风炉窗。
老婆镶金齿，
愈想愈欢喜。

（选自"丘本"第 65 页）

一班大夫^①好风流

一班大夫好风流，
麦秆草帽挂绣球。
飞花衫头绿川裤，
好好槟袋^②二绺须。

一班姿娘^③好踢跎，
花衫裤绿屐桃，
三面胭脂四面粉，
耳钩^④老鼠拖葡萄^⑤。

（选自"丘本"第 33 页）

【注释】 ①大夫：男子。②槟袋：装槟榔的小袋。③姿娘：女性。④耳钩：指耳环。⑤老鼠拖葡萄：耳环上的装饰物。

一帮痴哥^①

搜集者：马风、洪潮

一帮痴哥，
想食鲜腥。^②
父母唔顾，
妳囝受饿。
马路坐车，

色水②好绝。

【注释】①痴哥：指好色之徒。②好食鲜腥［co¹］〈初〉：此处暗指玩弄女性。鲜腥，原意指荤菜。②色水：意为架势、派头。

白鹭鸶

搜集者：林札义

白鹭鸶，飞溪头，
唔如意溪①娘团势，
会梳后斗②共胖头③。
抹粉点胭脂，
摇摇摆摆到棚边④。
所搭鲎壳扇，
所嗑⑤白肚个瓜子。
一班抛鱼哥，
唔俏市，
叫个剃头来假辫，
支辫假腊如索线。
父母咀着颔横横，
新衫新辫穿起掀掀飞⑥，
飞到江中食淖糜。

【注释】①意溪：潮州一镇名。②后斗［ao⁶dao²］〈欧⁶兜²〉：指后脑勺。③胖头：妇女一种发式。④棚边：临时搭的戏台子，用于演戏或做纸影。⑤嗑［koi³］〈契〉。⑥掀掀飞［pi⁷pi⁷bue¹］〈披⁷披⁷杯〉：意为四处张扬。

某家阿爷嘴阔阔

某家阿爷嘴阔阔，
尺二辫团须二撇①。
勾结薰②友三十人，
每暝轮流各一宿。

入门尚未食薰茶，
倒落薰铺③呬就喝④。
左畔四右畔三，
好似咸鱼双畔烙。

薰瘾讨㞎有精神，
说起书史大哗叱。
半暝听见卖鱼生⑤，
想食鱼头熬番葛。

食到醉饱转回归，
八字骸马拨呀拨。
阿四擎灯头前⑥行，
去到门骸屎就泼。
虽是黉门一秀才，
看来人品佮过绁⑦。

（选自"丘本"第 58 页）

【注释】①撖［puah⁴］〈泼〉。②薰［hun¹］〈昏〉：指鸦片。③薰铺：坑床，供吸鸦片。④呬［hi³］〈戏〉就喝［huah⁴］〈华⁴〉：就打起哈欠。喝呬，打哈欠。⑤鱼生：生鱼片。潮州鱼生以新鲜鲩鱼切成薄如蝉翼的鱼片，再蘸以生萝卜丝、杨桃、金不换、豆酱、香油。⑥头前：前面。⑦佮过绁［zuah⁸］〈纸⁸〉：太差。

好戏梅来兴

好戏梅来兴，
戏爹阿金升。
大部金石宫，
铜锣拍雕窗，
副钹囝拍剩二个钟。
大鼓哩无钉，
枪哩无缨，
无囊跋落筐，
鼓首哩无盘，

大吹贴草纸。
小生七十七，
花旦八十三，
红面曲手，
乌面拐骸，
做文戏哩穿热衫，
做武戏哩挈扁担。

（选自"丘本"第58页）

一时肚饥

一时肚饥，
想食溪中鱼鲜。
买到珍馐合百味，
又愁房中无娇妻。

生到五男共二女，
又愁无田食根基。
田园买到数百石，
又愁白额①分人欺。

不觉做到官府职，
又愁官微怕上司。
不觉做到宰相位，
又愁无子来登基。
人生知足未为足，
不如骑鹤飞上天。

（选自"丘本"第59页）

【注释】①白额：没戴乌纱帽，意即无官阶。

终日昏昏

搜集者：丁耀彬

终日昏昏无时闲，
思欲嫁夫美少年。
既要少年又美貌，
又欲伶俐出人前。

既出人前称贤达，
又欲发财众人钦。
财利入手已富足，
恐夫贪妾淫婢女。

妾也唔孳婢唔买，
又恐老来无子儿。
生下五男共二女，
又欲有官封夫人。

远近赞颂名声好，
又欲夫妻命平长①。
一朝阎王签团②到，
半暝空手命归天。

【注释】①平［bên⁵］〈棚〉长：一样长。②阎王签团：这里指决定生死的时刻。签团，令牌。

贫穷思大猪

搜集者：庄群

贫穷思大猪，
肚困①思番薯。
肚食饱，心想巧，

饭碗放落就去嫩②。

【注释】①肚困：肚子饿。②嫩［can²］〈差（鼻化音）〉：嬉戏玩耍。

枵 鸡①

搜集者：庄群

枵鸡路上行，
枵人觅亲情②。
枵鸡唔惊棰，
枵人勿面皮③。

【注释】①枵［iao¹］〈天〉：意为饥饿。②亲情［cin¹ziaŋ⁵］：亲戚。③面皮：脸面。

老人咳嗽①

老人咳嗽，
亲人叫到②。
客厅去扫，
厢门去剥③，
团孙号号哭④。

【注释】①咳嗽［kam⁶sao³］〈槛⁶哨〉：暗指病危即将离世。②亲人叫到：把亲戚族人都请来。③剥［bag⁴］〈北〉：卸下。④号号哭：号啕大哭。

短命大伯就行到

日哩昼①，团哩哭，
睡目②攄③倒灶。
屎又爱流，
裤带未解好，

130

短命大伯就行到。

【注释】①日哩昼：指已到中午。②眰 [co⁸]〈初⁸〉目：斜视眼，看不清。③攎 [le⁵]〈驴〉：推。

祷 祝

搜集者：庄群

拜老爷，烧长香，
保护下世来潮州出世做姿娘。
有食无食待翁赚，
一暝夗落抱烧烧。

拜老爷，烧大钱，
保护下世来潮州出世做女儿。
有食无食待翁赚，
一暝夗落皮到鸡讨啼。

有钱着施济

搜集者：丁耀彬

有钱着施济，
无钱掇掉路边莉。
今世丢好，
图修下世。

摇鼓团①

摇鼓团，
叮咚声，
娘团开门出来听，
听着是阿笑嘴姐。
"笑嘴姐唅，

来，来，来，
你爱咋呢?"
"我爱买个钱②胭脂抹嘴边，
爱买个钱丝线绣鞋墫。"

（选自"丘本"第 67 页）

【注释】①摇［iê⁶］〈窑⁶〉鼓囝：担货郎。②个钱：一个铜板。

虱母欲嫁虼蚤翁

虱母欲嫁虼蚤翁，
猪虱狗虱做媒人。
木虱听着去破说①，
破说虼蚤唔是人。

虱母听着气到冲冲潮，
咒骂木虱老花娘！
人爱嫁翁关你什乜事，
破说姻缘天火烧。

（选自"丘本"第 70 页）

【注释】①破说：说人家的坏话。

竹篙摇摇好晾纱

竹篙摇摇好晾纱，
盖瓯①深深好冲茶。
"先嫁之人未有囝，
未嫁之人囝先生。"
"雷扣行路君，
呾话无思忖。
前面是我嫂，

后面姑抱孙。"

（选自"丘本"第53页）

【注释】①盖瓯：潮州工夫茶的茶具之一。

廿九三十暝

廿九三十暝，
月团①光益益。
一班鼠贼团，
偷凿个空②隙。

鸡卵长，
鸭卵大，
胡蝇③蚊团飞唔过，
大牛牯牵着百外只。

青盲个④睇着⑤，
哑个⑥就叱掠⑦。
拐骸走去追，
曲手走去掠。

走对水田边⑧，
并无个骸迹。
走对石桥边，
摸头合摸额。

追到大山墩，
睇见鸡团踏死牛。
追到寨门骸，
睇见人刉老爷去拜猪。

又有吹钹拍箫团，
嗌鼓拍的禾，
嗌锣拍喇叭。

咀你者绝种囝⑨，
待我搭猪饲鼎好，
食浴洗饭饱，
闲闲觅枝棰，
拍你双天翘上骸。

（选自"丘本"第70页）

【注释】①月囝：指月亮。②空［kang¹］〈康〉：洞穴。③胡蝇［hou⁵sin⁵］〈侯神〉：苍蝇。④青盲个：盲人。⑤睇［toin²］〈胎闲²〉着：看到。睇，看。⑥哑个：哑巴。⑦叱掠［duah⁴liah⁸］〈带⁴罗益⁸〉：大声喊抓贼。⑧走对水田边：往田边跑去。⑨绝种囝：骂小辈的口头禅。

自古无

搜集者：钟克宁

孥囝伙，门第坐，
唱条自古无。
自古无，皇古无，
鸡囝踏死鹅，
牛母生狗囝，
松柏缀②大桃。
做戏嗌战鼓，
冲锋拍军号。
皇帝当奴才，
阿公着人抱。
扛车攃轿溪底行，
担井抱风扛虱母。
草纸钉做大眠床，
石部耢出红粿桃。
老鼠拖走猫，
山顶种出蚝。
由古无，自古无，
和尚相拍相挽毛。

金来香

搜集者：林札本

金来香，
菊花红，
鲤鱼来逗水，
娘囝来睐人。
蟹在田中园，
鸟在枝尾跍①。
牛在沟墘食幼草，
母囝相会食暝昏。

【注释】①跍［ku⁵］〈区⁵〉：蹲。

白睇想①

搜集者：庄群

雅姿娘，
别人妋。
睇瞹目②，
企困肚。

雅大夫，
别人翁。
睇瞹目，
企掉工③。

雅姿娘，
别人妻。
日暝想，
好咋呢？④

雅大夫，

别人翁。
日暝想，
白白输。

【注释】①白睇想：看了也是白看。②暚〔siab⁴〕〈涩〉目：眼困。③企掉工：这里指站着也枉费工夫。

遇 着

搜集者：庄群

遇着秀才呾刣猪，
遇着屠夫呾经书。
遇着唐人呾番话，
遇着番囝①就叽据②。

【注释】①番囝：外国人。②叽据〔gih⁸geh⁸〕〈基⁸居⁸〉：语塞。

昔年广告歌

搜集者：庄少文

（一）

万金油，万金膏，
又好食，又好搓①。
肚痛抹肚脐，
齿痛抹下颏②，
目③痛抹目眉。
无抹唔知，
一抹就知。
先抹先有，
慢来对唔住。
有钱买去内④，
无钱刻苦耐。

【注释】①搓［so¹］〈索¹〉。②下颏［hai⁵］〈何唉⁵〉：下巴。③目：眼睛。④买去内：买回家去。

（二）

松粉松粉白，
松粉分人抹后生。
雅个①抹了愈更雅，
斑个②抹了好补平。

【注释】①雅个：长得好看的。②斑个：脸上长斑的。

十二生肖歌

口述者：陈锐清

搜集者：丁耀彬

第一生肖人相鼠，
鼠儿出世鼠目金，
从细食着好米仁。
去到东畔衔粟种，
衔来俺厝救人民。

第二生肖人相牛，
牛儿出世半面丑。
神农教伊着耕作，
种了加加①厝人②收。

第三生肖人相虎，
虎囝出世虎皮黄。
早晨唔出待暝昏，
伯公③饲虎来做马，
功曹骑虎巡花园。

第四生肖人相兔，
兔囝出世香龙香。

八月十五科期场，
人呾兔毛好缚笔，
缚分才子写文章。

第五生肖人相龙，
龙囝出世龙身灰，
骹驾风云满天飞。
人呾龙鳞会卷水，
龙鳞卷水力凶横。

第六生肖人相蛇，
蛇囝出世蛇身长，
田蟹挖空④做眠床。
人呾蛇行会变化，
变做蟒蛇把朝门⑤。

第七生肖人相马，
马囝出世马跳栏，
马鞭策落如飞蜂。
去时草鞋共雨遮，
来时白马挂金鞍。

第八生肖人相羊，
羊囝出世咩咩声，
刘永金花同上京。
刘永流到京中去，
金花流转⑥见嫂兄。

第九生肖人相猴，
猴囝出世猴呕熬，
走入深山石部头。
仙人听知来点化，
将它驯服化做猴。

第十生肖人相鸡，

鸡囝出世昭昭声，
饲大报晓分人听。
催得人人早走起，
叫得满间亮晶晶。

十一生肖人相狗，
狗囝出世狗灵精⑦。
自幼缀着厝人穷，
三顿糜饭食套饱，
槌囝骹支⑧无容情。

十二生肖人相猪，
猪囝出世肚皮红。
人咀饲猪靠财气，
猪是认食无认人。

【注释】①加加：数量多。②厝人：主人。③伯公：山神。④空［kang¹］〈康〉：洞穴。⑤把［bê²〕〈柄²〉朝门：指在朝廷任官职。把，把守。⑥转［deng²〕〈当²〉：回来。⑦灵精［lêng⁵zêng¹〕〈龙钟〉：聪明活泼。⑧骹支：用脚踹。

求　雨

口述者：陈源宏
搜集者：佃锐东

善堂求雨天就知，
哄橱一响雨就来。
戏请成，雨霙霙①。
戏啰做，雨大倒②。
戏歇棚，雨就晴。
戏做直③，天出日④。

【注释】①霙［ying⁵〕〈英⁵〉霙：形容雨细微。②雨大倒：指倾盆大雨。③做直：结束。④日：太阳。

雨 囝

口述者：文母
搜集者：林添福

雨囝霁霁，
暂歇凉亭。
妇人放尿，
污秽神明。

畲歌畲嘻嘻

搜集者：马风、洪潮

畲歌畲嘻嘻，
一人二个妻。
一个有囝一个无，
无个终着坫莳莳①。

畲歌畲咳咳，
一人二个嬭。
一个是真一个假，
假个终着掠去刣。

【注释】①坫［diam³］〈店³〉莳［mi¹]〈咪〉莳：坫，藏。莳莳，无
空隙。

门骹一丛梨

门骹一丛梨，
弯弯曲曲生一个。
食到佶老正孳奺，
昨暝恋恋①叫奺叫做嬭。

门骹一丛桃，

弯弯曲曲生一朵。
食到倍老正孥妗，
昨暝戆戆叫妗叫做老婶婆②。

（选自"丘本"第 53 页）

【注释】 ①戆 [kong³]〈控³〉戆：愚笨状。②老婶婆 [lo⁵]〈浨⁵〉·年长妇人的称谓，也是辈序的称谓。

爱妗来参详

搜集者：马风、洪潮

青盲①青盲锣②，
无妗真凄凉。
爱妗做乜事？
爱妗来参详！

【注释】 ①青盲：盲人。②锣：铜器市声，敲击以招揽生意。

朥投①朥投青

朥投朥投青，
朥投青青好搭棚。
后生抹粉是本等②，
老人抹粉老破家③。

朥投朥投翘，
朥投翘翘好搭寮。
后生抹粉是本等，
老人抹粉是妖娆。

（选自"丘本"第 59 页）

【注释】 ①朥投 [la⁵dao⁵]〈啦⁵兜⁵〉：潮州话借音字，指芦荟。②本等：应该的。③破家：败家。

门骹一丛白石榴

搜集者：许丽绯、舒顾彦

门骹一丛白石榴，
阿公七十好风流。
洞房花烛是好事，
你心欢喜我心忧。

七十嫁分八十翁①

七十嫁分八十翁，
擎槌擎棒②做新人。
人人笑恁拢无齿，
讨齿咬你一家人。

（选自"丘本"第 71 页）

【注释】①七十、八十：分别指 70 岁、80 岁。②擎槌擎棒：此处意为拄拐杖。

姿娘团

口述者：李娟
搜集者：吴燕君

姿娘姿娘团，
想欲电毛①人睇雅。
爱学番婆学唔成，
变做猪头叠草饼。

【注释】①电毛：烫发。

四、时政歌

一世做官三世穷

一世做官三世穷，
春蚕作茧总归空①。
三两黄金四两命，
蟋蟀②无毛能过冬。

（选自"丘本"第 61 页）

【注释】①空［kang¹］〈康〉：暗指为官清廉。②蟋蟀［dêg⁴sug⁴］〈竹术⁴〉。

文明世界

搜集者：陆万楷

文明世界，
薰团①食派②。
女子解放，
自由择婿。

【注释】①薰［hung¹］〈分〉团：纸烟。②派［pai³］〈俳³〉：气派、风度。

神　明

搜集者：陈亿琇、陈放

神明神明，
有目盉①明，

有耳朵灵，
有骹②朵行。
终日静坐，
受人奉迎。

奉迎无益，
不如拍平③。
拍平拍平，
铲个干净。
人群进化，
社会文明。

【注释】①朵［bhoi⁶］〈买⁶〉："无"和"会"的合音字，不会。②骹
［ka¹］〈卡¹〉。③拍平［pah⁴pêng⁵］〈泡⁴评〉：把"神明"铲除。拍，打。
平，整平。

衙 门

搜集者：陈亿琇、陈放

衙门八字开，
无理莫进来。
事理有大细，
官府有主裁。

衙门八字开，
无礼①莫进来。
情礼有大细②，
礼大理伊个③。

【注释】①礼［li²］〈李〉：礼品。②大细：大小。③伊个［gai⁵］〈该⁵〉：
他的。个，的。

144

正配红袍上官厅[①]

搜集者：陈亿琇、陈放

行路厄[②]到开封城，
做官厄做真包爷[③]。
谁敢舍心截逆侄，
正[④]配红袍上官厅！

【注释】①此歌谣说的是包公铡侄的故事。包拯大义灭亲，下令斩首贪赃枉法的亲侄包勉，体现包拯公私分明、铁面无私情的高尚品德。正，恰够。②厄 [oh⁴]〈哦⁴〉：困难、不容易。③包爷：对包拯的敬称。

不见老爷闻书声

去年走过老爷宫，
老爷坐定目瞪瞪。
今年走过老爷宫，
不见老爷闻书声。

崩　堤[①]

崩堤勿崩西，崩西哭哀哀。
崩南勿崩北，崩北官府无头壳[②]。

（选自刘尧咨《说潮州话》）

【注释】①此歌谣道出韩江西岸多为平原，田园房屋甚多，若崩堤，老百姓将流离失所。西岸南、北堤，北堤牵涉数县，北堤崩比南堤崩后果更为严重。在封建社会，若北堤出现崩决，地方官员可判失职罪，最高可判处死刑——杀头。②头壳：指脑袋。

有权有所归

搜集者：丁耀彬

有权有所归，
食酒坐上位，
夹①尽盘中肉，
人赞福禄随。

无权无所归，
食酒坐下位。
夹着夭大嘴②，
人骂枵饿鬼。

【注释】①夹［goih⁴］〈鸡⁴〉：夹饭菜。②夭［iou¹］〈妖〉大嘴：大口地吃东西。夭，比较。

糜哩滒①

搜集者：丁耀彬

糜哩滒，
菜脯哩冇②，
粗桶③哩大担，
欲搿④工钱着斗诬⑤。

【注释】①滒［gah³］〈较〉：米汤多，饭粒少。③菜脯［bou²］〈补〉：萝卜干。②冇［pan³］〈怕〉：松而不实，不好吃。③粗桶：挑水肥用的木桶。④搿［kie⁸］〈戈腰⁸〉：握、持、拿。《广韵·陌韵》："搿，手把着也。"《集韵·祸韵》："搿，持也。"（转引自张惠泽著《潮语僻字集注》）⑤斗诬［a³］〈啊³〉：互相争辩。

公厅账目①

搜集者：庄群

字哩写微微，②
贴哩贴危③危。
欲睇哩着担梯，
欲算哩着请雷。

【注释】①本歌谣有谚语"担梯睇唔见数薄"。意为旧时宗族公款公账公布时"写微微贴危危"，是否清廉群众无法知道。若要清算公账，则要（大声）吵架。公厅，祠堂。②此句意为账本的字写得极其细微。③危〔guin⁵〕〈县⁵〉：高。

天生人唔平

搜集者：陈亿琇、陈放

天生人唔平，
有人无齿，
有人重牙。
有人无囝，
有人双生。
有人无米食，
有人粟发芽。
有人出门坐大轿，
有人扛到浮浮哪①。
有人有钱使唔了，
有人一生硞过虾。
有人一日饿三顿，
有人啉酒②食肉食鱼生③。
有人无间厝囝耳，
有人阔阔企大厦。
大家想一想，

咋会佫④唔平？

【注释】 ①嗌 [hê¹]〈何哑¹〉：急促喘息。②啉 [lim¹]〈淋¹〉酒：小口喝酒。③鱼生：生鱼片。潮州鱼生以新鲜鲩鱼切成薄如蝉翼的鱼片，再蘸以生萝卜丝、杨桃、金不换、豆酱、香油。④佫 [riêh⁸]〈而药⁸〉：表示程度，这么。

提起反动统治个时期

口述者：文香
搜集者：陈焕钧

提起反动统治个时期，
咂①起剥削真惨凄。
地主欺负硗团人，
时时来家迫利钱。
咀无三句生哩支②，
半食半饿养命丝。

咂起剥削真凄惨，
目汁③泅落四垂滴。
耕牛农具卖了了，
想欲再掠无本钱。
想欲去赚哩丢行，
骹酸手软难张治。

望星向月盼青天，
土改同志到乡里。
斗倒地主共恶霸，
贫农分田共分地。
又退租来又退押，
又分农具共家私。

党个恩情勿忘记，
农民兄弟心叱齐。

深耕细作勿嫌苦，
肥粪知积着知机。
落力定夺好年冬，
大家共享太平年。

【注释】①啵［ŋuêh⁸］〈皮⁸〉·说、讲。②生「cên¹」〈青〉哩支［zin¹］
〈钱¹〉：手捏成拳头，一顿猛打。③目汁：泪水。

饥荒草①

口述者、搜集者：潮州市古巷镇农民

【注释】①本组歌谣共 14 首，是"土改"时期为阶级教育展览会而作，
后发表于 1952 年《工农兵》，流传于古巷、登塘一带。

（一）春花儿
春花儿来春花儿，
回想米荒个时期。
地主米粟堆积起，
农民无食去摘伊，
食后一家哭啼啼。

（二）竹　草
竹草摧摧①，
米荒时期。
毃②苦来食，
无食饿死。

【注释】①摧［ti¹］〈提¹〉摧：胶漆状。②毃［kan⁴］〈确〉：勤苦用力。
《集韵·锡韵》："勤苦用力曰毃。"

（三）包血莉①心
包血莉心，
未曾食着，

双目金金②。
一食落肚，
头壳昏眩。

【注释】①莿：潮州一种野生药材。②目金金：形容眼睛睁大的神情。

（四） 米碎草

米碎草，米碎草，
食落肚，就着呕。
地主鱼肉胀一嘴①，
农民还租还到老。
耕田个人无米食，
饥荒来食米碎草。

【注释】①胀 [diên³]〈张³〉一嘴：口里填满。胀，填。

（五） 甜蜜草

甜蜜名好听，
食后正知惊。
入嘴吟①涩涩，
落喉肚拚痛②。

【注释】①吟 [nê⁶]〈冷⁶〉：表示一种程度。②肚拚痛：肚子痛发作。

（六） 莿苋

莿苋苦苦，
农民无食，
毂苦堵①肚。
食落去到②，
就生哩吐③。

【注释】①堵：填、充。②食落去到：吃下去之后。③生哩吐：吐得厉害。

（七） 胶墙①

胶墙有红枝，

地主收租放重利。
农民被剥削，
食了丢走起②。

【注释】①胶墙：马齿苋，一种野菜。②食了丢走起：吃完之后起不来。

（八） 盐钱菜

盐钱菜，名好听。
饥荒搭来食，
落肚大拚痛。
搓来又搓去，
地主害人精。

（九） 香菜

香菜本饲鹅，
饥荒饿到无奈何。
地主占去给鹅食，
农民爱食哩觅无①。

【注释】①觅［cuê⁷］〈吹⁷〉无：找不到。

（十） 荷兰豆叶

荷兰豆叶叶青青，
肚困够碗①生哩扒。
食好穿好大地主，
农民穷苦过一生。

【注释】①够［gao³］〈高³〉碗：满满一碗。

（十一） 水芋

水芋生在田，
饥荒许时间①，
肚困挽②来食，

食了哼哼呛。

【注释】①许［he²］〈虚²〉时间：那时候。②挽［mang²］〈梦²〉：
扯、拔。

（十二） 莿榴芯

莿榴芯，摘来食，
滞①掉粕，水滚滚，
无盐落，骸苦吞，
想着拍忖伦②。

【注释】①滞［dê³］〈茶³〉：挡住渣粕倒出液体。②拍忖伦：打寒噤。

（十三） 塗①木耳

塗木耳，像青苔②。
农民饿到欲断气。
骸苦挽来堵肚饥，
一时堵过又一时。

【注释】①塗［tou⁵］〈土⁵〉木耳：野菜的一种。塗，土。②青苔
［cen¹ti⁵］〈星提〉。

（十四） 尾声

幸得来了共产党，
农民解放出头天。
大家团结一条心，
斗倒地主分田地。

忆四三年①

（一） 弓蕉②头

弓蕉头，泥流流，
涩沥涩沥唔到喉。
挐团骸苦食，

母团头食又头哭③。

【注释】①四三年：1943 年。1943 年潮州久旱无雨田园失收，天灾人祸，这组歌谣是当年的真实反映。②弓蕉头：指香蕉块根。弓蕉，香蕉。③头食又头哭：边吃边哭。

（二） 苦莉

苦莉死父①苦，
阿姈②我唔食，
食去镇③屎肚。
孥团毂苦食，
无奈田地地主估。

【注释】①死父：作"非常"解。②姈〔nê¹〕〈冷¹〉：潮州人对母亲的一种称谓。③镇：作"填、塞、不消化"解。

（三） 埔芋①

埔芋生在坑，
孥团哭阿姈。
我个肚困绝，
无奈走去食，
食了喉生疱②。

【注释】①埔芋：又叫"海芋头"，是野生植物的一种。②疱〔pa⁶〕〈泡〉。

（四） 鼠耞①

鼠耞，鼠耞，
熬奁糜霜②，
食了溜屎③，
双目塌塌④。

【注释】①鼠耞〔ce²kag⁴〕〈此确〉：鼠耞草。②糜〔mi⁵〕〈咪⁵〉霜〔nam³〕：稀烂。糜，烂。③溜屎〔lao³sai²〕〈老³西²〉：拉稀。④塌〔tab⁴〕塌：凹下去。

153

（五） 青金叶[1]

青金叶来青金叶，
舂[2]了煮熬，
变作铜青膏药。
食到喉，唔到肚。
食一块，吐二块。
劫肠劫肚，
条命无定着[3]。

【注释】①青金叶：野生植物。②舂［zêng¹]〈钟〉。③条命无定着：生死不定。

（六） 郭勾芼[1]

郭勾芼，生在山沟墘[2]。
地主害人罪如天。
堆积米粟唔欲粜，
害到硗囝去食伊。

【注释】①郭沟芼：野生植物名。②墘［gin⁵]〈旗（鼻化音）〉：旁边、边上。

（七） 朴子

口述者：陈文宽
搜集者：陈文亮

朴子是朴子，
舂了吟青青。
孥囝哭阿姈，
无奈走去食，
食了就大病。

154

苦瓜苦

搜集者：程汉灏

苦瓜苦，
苦瓜唔如猪胆苦。
解放前，
农民实在苦。
三座大山压头顶，
勬生拚死饿屎肚。
农民咋会①苦，
只因田厝地主估。

甜瓜甜，
甜瓜有如蜜糖甜。
解放后，
农民有党好领导。
生活如蔗节节甜，
年年丰收粟簞满，
三顿灯饭②在③在摭④。

【注释】①咋会［zo³oi⁶］：怎么会。②灯饭［da¹bung⁷］〈打¹本⁷〉：干饭。③在［zai⁶］〈灾⁶〉：放心。④摭［giam²］〈兼²〉：用筷子夹菜。

恶霸须翘翘

搜集者：程汉灏

恶霸须翘翘，
乡里是你俏①。
你勿俏，
共你算老数②。
占阮③偌敛④田，
抢阮偌敛厝，
啊唔⑤坦白来交代，

许时⑥将你干干掉。

【注释】 ①俏［ciao³］〈悄³〉：横行逞霸。②算老数：算旧账。③阮［ng²］〈嗯²〉：我们。④偌［riêh⁸］皴：多少。⑤啊唔：要是不。⑥许时：到时候。

地主真狡猾

搜集者：程汉灏

地主真狡猾，
也①斗唔倒唔欲殁②。
农民兄弟团结起，
一定将伊掠③来捋④。

【注释】 ①也［a⁷］〈阿⁷〉：如果。②殁［ug⁸］〈熨⁸〉：睡觉。③掠［liah⁸］〈罗益⁸〉：捉。④捋［lug⁸］〈律〉：惩治。

指甲①花

搜集者：程汉灏

指甲花，骸青青，
地主是俺②大冤家。
农民兄弟团结起，
一定掠伊来斗争。

指甲花，骸红红，
地主是俺大仇人。
一定将伊来斗倒，
农民正能分好田。

【注释】 ①指甲［zeng¹gah⁴］〈庄教⁴〉。②俺［nang²］〈人²〉：我们。

多谢先生一碗来①

搜集者：陈亿琇、陈放

多谢先生一碗来，
阮个肚困②真难耐。
日本烧掉阮个厝，
日本刣③死阮父嫒④。
害阮细细⑤来受苦，
此仇永久记心怀。

【注释】①以下 12 首为日本侵略中国，潮州沦陷时，潮州人民口头创作并流传的歌谣。②肚困：肚子饿。③刣［tai⁵］〈太⁵〉：杀。④嫒［ai⁵］〈唉⁵〉：潮州人对母亲的称谓。⑤细细：（年纪）小小。

一筒白米四万元①

搜集者：陈亿琇、陈放

清明时节天光光②，
路上行人骸酸酸。
借问米店何处有？
一筒白米四万元③！

【注释】①此歌谣写在国民党统治下，出现严重的通货膨胀，百姓生活举步维艰。②天光［geng¹〈斤〉光：天气晴朗。③元［ngeng⁵〈银〉。

米 瓮

搜集者：陈亿琇、陈放

米瓮无粒米，
夫妻无主意。
孥囝饿唔去，
大叫肚困死。

老个①火爆着②，
掠③囝来出气。
你者讨债囝④，
肚困屎来饲！

【注释】 ①老个：指丈夫。②火爆着：潮州方言，发脾气。③掠［liah⁸］〈罗益⁸〉：拿。④讨债囝：用来骂孩子的话。

雨囝落落

搜集者：陈亿琇、陈放

雨囝落落滴临檐，
开开门楼①来望天。
天唔晴，
无讨无赚饿到颠倒爬。
爬到田洋②中，
共人布田③赚个工。

个工二百元，
买做半篮番葛④根。
番葛买了无火煮，
拖支斧头脈⑤大橱。
大橱脈起裂雳声，
惊着隔壁保长兄。

保长来到头欹⑥欹，
拳头捻紧生哩支⑦。
支我是咋呢？
支你有钱买番葛，
就是唔还壮丁钱。
壮丁钱唔还欲掠去鹅⑧，
番葛保长搭去食踢跎⑨。

【注释】 ①门楼：潮州统称对外出入的门为"大门"或"门楼"。②田洋：田地。③布田：插秧。④番葛［hung¹guah⁴］：地瓜。⑤赈［poh⁴］〈粕〉：劈、砍。《康熙字典·片部》："赈，《玉篇》：或作劈。"⑥欹［ki¹］〈欺¹〉：歪斜。⑦生哩支：猛打。⑧鹅：这里专指一种夹刑具，俗称"咬柴鹅"。⑨食踢跎［ting⁴to⁵］〈胎因⁴桃〉：吃着玩。

马 屎

搜集者：陈亿琇、陈放

马屎臭到蛮①，
提起惨难当。
饥哩饿唔去，
爬入倭鬼个马房。
冒死偷马屎，
马屎扒了急忙忙。
急忙欲咋呢？
猛猛②走到大池墘，
双骹下③落水，
双手托粪箕。
洗掉屎汁筛豆粒，
手捧豆粒心欢喜。

提起心肝裂，
臭臭豆粒好充饥。
有此臭豆粒，
减缓一日死。
骹冻共手薛④，
速速把火起。
水滚蒸气贡⑤倒人，
臭臭豆糜⑥臭又糜⑦。
父囝戤苦食，
双目合眯眯。
马食豆，人食屎，

只个世道是咋呢？

【注释】①臭到蛮：非常臭。②猛［mê²］〈骂²〉猛：快速。③下［ê⁶］〈哑⁶〉：趋。④薛：潮州话借音字，发抖。⑤贡：潮州话借音字，熏。⑥豆糜［muê⁵］〈每⁵〉：豆粥。⑦糜［mi⁵］〈迷〉：糜烂。

乌鸦呀呀啼

雨团微微湿桃枝，
乌鸦枝头呀呀啼。
问呾乌鸦啼乜事，
啼俺人民真惨凄。
九一八，许珍时，
东洋鬼子无道理。
侵俺土地抢俺钱，
杀抢烧火无天理。
同胞们，快起来，
一齐上前抵抗伊。

午时花

搜集者：陈亿琇、陈放

午时花开在午时，
花红叶团尖哩哩。
入嘴苦到耐唔去，
食了骹大肚圆圆。

糠

搜集者：陈亿琇、陈放

粗糠入嘴梗喉咙，
孥呀勿怨父无能。
田园铁租沉①沉重，

俺是从有还到穷！

【注释】①沉〔tim⁷〕〈胎音⁷〉。

手持纸字①

搜集者：陈亿琇、陈放

手持纸字哭哀呵，
纸字孬②使无奈何。
昨日正卖一个囝，
今日囝无钱也无。

手持纸字哭哀呵，
纸字孬使无奈何。
昨日正卖一间厝，
今日厝无钱也无。

【注释】①纸字：纸币。②孬〔mo²〕〈毛²〉：不好。

囝哭母亦啼

搜集者：陈亿琇、陈放

囝哭母亦啼，
无米又无钱。
现死驳①赊死，
唔离亦着离。

【注释】①驳〔boh⁴〕〈报⁴〉：借音字，赌。

儿是母亲心头肉

搜集者：陈亿琇、陈放

儿是母亲心头肉，
惜肉惜命①无了局②。
只为你父将饿死，
无奈剜去心头肉！

儿是母亲掌上珠，
惜珠惜宝疼儒儒。
只为债主来迫债，
无奈舍去掌上珠。

【注释】①惜肉惜命：与下面"惜珠惜宝""疼儒儒"均表示对亲生骨肉的爱惜、疼爱。②无了局：无结果。

天无云

搜集者：庄茂镇

天无云，
溪无船。
穷者饿死，
富者着瘟。

五步一乌青①

口述者：文衍藏、文永光
搜集者：林木杰、文衍长

五步一乌青，
十步一哨棚。
拳头甲骹支②，
搭米又搭钱。

勒无灯路③剥④篮粿⑤,
掠无后生掠老个。

【注释】①乌青：指国民党统治时期的警察。②骹支：用脚踢。③无灯
路：潮州话借音字，无门路。④剥［bag⁴］〈北〉：摘走。⑤篮粿：一篮粿品。

五更鼓

口述者：文衍贺、佘花蜜
搜集者：林木杰

一更鼓响声咚咚，
灶下①洗碗心朦胧。
今日无米戳苦过，
明日米瓮好扣空②。

二更鼓响目欲眯，
北风吹来带雨丝。
该死该杀国民党，
剥削百姓实惨凄。

三更鼓响是半暝，
想起儿夫心头青③。
儿今无食咋会大，
夫去开④溪放掉家。

四更鼓响月色斜，
心中想着父共兄。
父今年老荟种作，
兄欠军饷掠县城。

五更落泪天曈昽⑤，
想着者事惨难言。
今朝荟除国民党，
分伊屈死去阴间。

五更苦歌将唱完，
婶姆姐妹欲知端。
男女联合来革命，
许时⑥正会咀女权。

【注释】①灶下：厨房。②空：潮州方言借音字，潮州民乐乐器，俗称"钦囝"，敲击时发出来的声音似"空空"。③心头青：心中惊悸。④开[kuiˡ]〈亏〉：挖掘。⑤天曈昽[laˢlangˢ]〈拉ˢ狼〉：天将亮，东方露出鱼肚白的样子。⑥许[he²]〈虚²〉时：到那时。

剃头免钱①

搜集者、整理者：庄群

胡琏②胡琏，
剃头免钱。
剃刀真厉害，
剃到无目眉。
唔知预③，出妈屿④，
唔知观，到台湾。

【注释】①这首歌谣反映 1949 年国民党军溃逃到台湾地区前，在潮汕大抓壮丁的罪行。剃光头、剃眉毛是新兵的标志。②胡琏：国民党某兵团司令。③唔知预：与下面"唔知观"均意为一不留神。④妈屿：汕头港外一岛名。

天顶一条虹①

天顶一条虹，
地下浮②革命。
革命铰掉辫③，
娘囝④放⑤骹缠。
骹缠放来真架势⑥，

插枝花囝动动搉⑦。

（选自"丘本"第30页）

【注释】①虹［kêng⁶］〈肯⁶〉：彩虹。②浮［pu⁵］〈匍〉：发生。③铰［ga¹］〈胶〉掉辫：指推翻清朝，男子剪掉辫子。④娘囝：未出嫁的女子。⑤放［bang³］〈扮〉：意为解下。⑥架势：气派。⑦搉［hin³］〈弦³〉：甩、抖动状。

闹革命

搜集者：刘粦玉

天顶一条虹，
地下闹革命。
革命革呀革，
穷人家内就有粟。

擎①驳壳

搜集者：陆万楷

天顶一条虹，
地下浮革命。
革命擎驳壳，
拍到敌人无头壳。

【注释】①擎［kia⁵］〈骑〉：单手握持。

去掉辫

口述者：李惜心
搜集者：林裕彬

天顶一条虹，
地下闹革命。

定欲大夫①去掉辫，
定欲姿娘②抛骸缠。

【注释】 ①大夫［da²bou²］〈打埠〉：男性。②姿娘［ze¹niê⁵］〈书粮〉：女性的统称。

飘红旗　驾长风①

红个红，
红花开遍满山间。
飘红旗，
驾长风，
努力奋斗，
革命成功。
人人平等，
世界大同。

【注释】 ①大革命时期，饶平汛洲岛上渔民在共产党领导下开展武装斗争。这首歌谣是当时地下党所教唱并在海岛流传的。

分田地

搜集者：蓝光哲

天顶一条虹，
地下浮革命。
革命革咋呢？
革来分田地。
田地一下分，
烟筒顿顿熏。①
大人有事做，
孥囝笑齜牙②。

【注释】 ①此句意为一日三餐烟囱都冒烟，即有饭吃。烟筒［ing¹dang⁵］

〈因¹ 同〉，烟囱。②笑觑焖［bha¹bhung¹］〈无¹文¹〉：浅笑貌。觑焖，潮州方言借音字。

补衫曲

才提针线来补衣，
一头补衣一头啼。
大儿个衫补未好，
二儿又哭衫破裂。
北风刺骨难忍耐，
手冻骹虩①手难持。
想俺硗囝真凄惨，
一生受寒又受饥。
富人食饱无事做，
喝着热茶穿棉衣。
人生如此不平等，
富上加富贫受欺。
若欲孥囝有出路，
唯有革命出头天。
把将针儿来收起，
打倒蒋匪勿延迟。

【注释】①虩［sih⁴］〈薛〉：发抖的样子。

灯笼歌（红军歌曲）①

正月点灯笼，
点呀点灯笼，
婚姻制度真荒唐。
男女事事不平等，
生做姿娘不如人。

二月君行舟，
君呀君行舟，
婚姻大事不自由。

嫁着丈夫合唔落，
苦情难言目汁流。

三月君行山，
君呀君行山，
生为妇女苦万般。
贫穷家计难料理，
翁姑相拍②无日安。

四月针花围，
针呀针花围，
睇俺妇女无能力。
政治经济共文化，
件件将俺来踢开。

五月扒龙船，
扒呀扒龙船，
苛捐杂税乱纷纷。
贫穷之家还唔起，
卖女还税惨万分。

六月热毒天，
热呀热毒天，
白派害人真惨凄。
丈夫活活被打死，
少年守寡真惨凄。

七月跳粉墙，
跳呀跳粉墙，
工农兄弟上战场。
为着解放来奋斗，
妇女也要搭刀枪。

八月跳粉船，
跳呀跳粉船，

工农掩护俺红军。
为着翻身来奋斗,
陇送丈夫当红军。

九月秋风寒,
秋呀秋风寒,
硗囝家无破被单。
富人重毡共叠褥,
还了叫凝无心肝。

十月收大冬,
收呀收大冬,
讨租催债逼死人。
富人收租粟簟瀰,
硗囝还后米瓮空。

十一月去探亲,
去呀去探亲,
满腹冤情何处伸。
一年三百六十日,
挨饥受冻受欺凌。

十二月年又终,
年呀年又终,
富人硗囝唔相同。
富人盼望年关至,
硗囝逃债入山中。

【注释】①此歌谣在第二次国内革命战争时期流传于凤凰山革命根据地。
②相拍:打架。

送郎当红军

搜集者：黄财进

送郎当红军，
坚决杀敌人，
你去前方坚决杀敌人。

劝妹转①家庭，
切莫挂在心，
我去前方坚决杀敌人。

阿哥当红军，
搭起刀和枪，
精心细练做个好榜样。

劝妹在后方，
努力搞生产，
胜利归来夫妻再团圆。

劝妹转家庭，
勤耕又力作，
胜利归来夫妻笑呵呵。

【注释】①转〔deng²〕〈当²〉：回去。

开一双

搜集者：刘粦玉

莿团花，开一双，
阿妹送兄上路中。
拥护阿兄去革命，
革命成功来收冬。

莿囝花，开一枝，
阿妹送兄上路边。
拥护阿兄去革命，
革命成功来团圆。

土地革命就成功

田主鬼囝实在凶，
一到村来气汹汹。
开声合口欲争谷，
减少一粒都不容。
日头一出东方红，
手搦红旗，
土豪劣绅除净净，
土地革命就成功。

李树砍倒接桃枝①，奇奇奇！

一株桃树一株李，
工农搦起斧头镰。
李树砍倒接桃枝，
待到明年二三月，
满园桃花红，
大地真美丽。

【注释】①李树砍倒接桃枝：李树开白花，此歌谣中暗指当时的国民党反动派。桃树开红花，此歌谣中指革命。

俺迎红军来

口述者：李荣星
搜集者：李镇平、钟克宁

红军是俺个①，
力量向②大个。

红军为着俺，
俺迎红军来。

红军进俺村，
世事好安排。
地主若迫债，
田租俺唔还。
抗租又抗息，
伊人③唔敢怪。

劣绅敢做俏，
俺掠伊来刽！
硗团来做主，
翻身喜扬眉。

红军是俺个，
力量向大个。
军民同协力，
天下是俺个！

【注释】①俺个：我们的。②向〔hiên¹〕〈香¹〉：潮州话借音字，那么。③伊人：他们。

红军纪律歌

搜集者：黄财进

红军纪律上①严明，
爱护群众们。
公平买卖，唔相欺，
到处受欢迎。
工农如兄弟，
处处着留心。
呾话欲和气，
军民着相亲。

开嘴②孬③骂人。

无产阶级，劳动群众，

个个拢④欢迎。

出动与宿营，

样样欲留心。

拥山卓、上门板⑤，

房子扫干净。

借物爱送还，

损失欲赔钱。

大便到厕所，

洗澡避女人。

三大纪律、八项注意，

大家要照行。

【注释】①上［siang⁶］〈尚〉：最。②开嘴：开口。③孬：不能。④拢［long²］〈垄〉：都。⑤上门板：指红军在老百姓家借宿时拆下门板当床板，离开时要把门板装回去。

日出东畔红

口述者：刘义英

搜集者：沈维才

日出东畔红，

老蒋①唔是人。

抽兵拍内战，

捐税日日重。

物件日日贵，

害俺肚空空。

种作②又无地。

再唔拚，觅无人，

唔反也着反。

加入解放军，

来与老蒋战，

老蒋唔除心唔甘。

【注释】①老蒋：指蒋介石。②种作〔zêng³zoh⁴〕〈证做⁴〉：耕作。

日出东畔一点红（客家）

口述者：刘义英
搜集者：沈维才

日出东畔一点红，
手擎红旗因家穷。
投身加入共产党，
刀山火海也敢冲。

农民兄弟心莫慌，
蒋匪罪恶摆细全。
抽掠新兵拍内战，
年年都是做①饥荒。

老蒋愈来愈猖狂，
一心都想做帝王。
人民死活拢唔管，
饥荒还欲征军粮。
记住当年伤心事，
蒋匪罪恶永难忘。
提高警惕多准备，
手握钢枪上战场。
阿哥从军妹莫愁，
自有春光在心头。
革命自有成功日，
破厝③烧掉企洋楼。

【注释】①做：发生。②厝：房子。

杀敌歌

搜集者：黄财进

嘶哩啪，嘶哩啪，
握紧枪，向前杀。
杀敌着坚持，
巩固苏维埃。
握紧枪，向前杀，
前进向前杀。

童子团歌

口述者：文衍贺、佘花蜜
搜集者：林木杰、文衍长

来来来，
童子团，
快起来。
打倒伊，
国民党，
反动派。
建立政权苏维埃。
苏维埃，
是俺个。
俺是穷人个孩子，
所以俺爱苏维埃。
大家来，
齐心共伊干。
拍出去，
俺胜利。
哈哈哈，
真欢喜。

打倒封建立政权

口述者：李荣星
搜集者：李镇平、钟克宁

暝雨萧萧，深闺寂寥。
虫声唧唧，惹侬心焦。
社会唔平等，
阶级有富硗。
富家之人千金女，
读书谢字经①妖娆。
贫家之女虽才貌，
畅日②勵到面枯焦。
卖猪卖鹅嫁出去，
父母无钱心也枭。
夫家贫穷苦愈大，
每暝泪珠伴深宵。
万般苦楚无处诉，
咋唔教孥心头焦！
唉！
免哀叹，勿心焦。
社会硗富既如此，
老天也难来陈调③。
想起来，气难消。
倒不如，求生计，
共伊�，路一条。
团结起来闹革命，
打倒封建立政权。
没收地主个田地，
分给农民把身翻！
分给农民把身翻！

【注释】①经［gêng¹］〈弓〉：只会。②畅［tang³］〈坦³〉日：整天。③陈调［ting⁵ tiao⁵］〈胎因⁵ 挑⁵〉：调解。

举拳头　闹革命①

口述者：李荣星
搜集者：李镇平、钟克宁

想农民，终日勤，
田园勳作如马牛。
风吹日曝雨淋身，
费尽了，全身力，
换得五谷好收成。
只可恨，旧社会，
一群地主共劣绅。
槌扣大斗来收租，
全年血债还唔清！
伊人畅日拍麻将，
横卧炕床守薰灯。
鱼肉酒菜擦②唔了，
丝绸绫缎一身轻。
花天又酒地，
专门欺侮俺农民！
俺硗团，尽苦情。
所企哩是土角寮，
所食哩是番薯根。
菜脯咸菜淖饮糜③，
衣衫褴褛唔然形④。
者社会，如此唔平等，
穷人咋不恨难平！
来想定⑤，着团结，
举拳头，闹革命！
跟着中国共产党，
建起苏维埃政权。
实行抗租共抗息，
打倒土豪与劣绅。
推翻国民党，

翻身解放享太平。

【注释】①此歌流传于潮州秋溪一带。②摖〔ji³〕〈祭〉：吃，含贬义。③淳饮糜〔ciê⁴am²muê⁵〕：稀粥。④唔然形：没人样。⑤定：清楚。

工农兵出路歌

搜集者：黄财进

谁是革命主力军，
我们工农兵。
工农和士兵，
原来就是一家人。
只有受剥削，
血汗被吸尽。
受苦受难受压迫，
爱得解放求革命。
团结一致，
向着敌人去拚命，
不怕流血和牺牲。
争自由，求平等，
军阀资本家、帝国主义，
定肃清。
工人有工做，
农民有田耕。
工农兵，真快乐，
革命才完成。

打土豪

搜集者：黄财进

天旱时，曝死田，
硗埆无食勿①愠人②。
着③叱齐④，觅富人，

富人粟簟大大个，
擎刀擎斧来脈⑤开。
米粟担来食，
物件⑥搭来用，
钱银搭来使。
在人⑦敢唔敢、知啥知，
唔知就着饿到哭譆⑧譆。

【注释】①勿：不做。②愐人：老实人。③着：要。④叱齐〔duah⁴zoi⁵〕：一齐。⑤脈〔poh⁴〕〈粕〉：劈、砍。《康熙字典·片部》："脈，《玉篇》：或作劈。"⑥物件：东西。⑦在人：就看你。⑧譆〔hain¹〕〈海¹（鼻化音）〉：悲痛的哭声。

天顶无粒星

搜集者：丁耀彬

天顶无粒星，
三步一乌青。
五步一哨棚，
人民硗过虾。

硗囝苦①

搜集者：林琴园

硗囝苦，
苦！苦！苦！
骨头勮到散，
四十还无妦。
欠钱无能还，
厝囝②分③人估③。
兜囝④无变⑤饲，
卖去四五都。

硗囝苦，

苦！苦！苦！

正月人闹热⑥，

俺哩抱屎肚⑦。

佮久⑧无米食，

肥在骸肠肚⑨。

硗囝苦，

苦！苦！苦！

时节无物配，

咸菜共⑩菜脯。

暝哩歹塗下⑪，

无床合无铺。

凝⑫哩无被盖⑬，

终暝听更鼓。

硗囝苦，

苦！苦！苦！

胶脊⑭曝到裂，

衫裤件件补。

死落⑮骸翘翘，

无衫无裤见公祖。

硗囝苦，

苦！苦！苦！

夫人有钱有势又收租，

着挈起刀枪闹革命。

只有只⑯条路，

想来想去只有只条路！

【注释】①此歌谣由陈玛原作曲，在潮汕地区广为流传。硗［kiao¹］〈翘¹〉囝：穷人。②厝［cu³］〈处〉囝：房屋很小。③分［bung¹］〈本¹〉：给。③估：抵押。④兜囝［dao¹gian²］〈逗¹仔〉：男孩、儿子。⑤无变：没办法。⑥闹热［lao⁵riêg⁸］〈劳⁵然⁸〉：热闹，这里专指游神赛会。⑦屎肚：肚子。⑧佮［kah⁴］〈卡⁴〉久：太久。佮，太、过。⑨骸肠肚：小腿。⑩共：

和。⑪夗［ug⁸］〈熨⁸〉塗下：睡在地上。夗，睡觉。⑫凝［ngang⁵]〈言〉：寒冷。⑬盖［gah⁴]〈甲⁴〉：盖上。⑭胶脊：指后背。⑮死落：去世。⑯只：这。

十三月歌

搜集者：黄财进

正月点灯笼，
点呀点灯笼，
城内乡下起农工。
大家劳苦共一样，
有作无食受饥寒，
呃了呃，受饥寒。

二月君行舟，
君呀君行舟，
屠杀工农白匪仇。
国民党只个刽人党，
真是工农大敌仇，
呃了呃，大敌仇。

三月君行山，
君呀君行山，
铲除白匪贪财官。
苛捐杂税还唔了①，
软厘狗饷②千万般，
呃了呃，千万般。

四月针花围，
针呀针花围，
反对保长警察队。
人丁生死着报告，
无去报告着受亏，
呃了呃，着受亏。

五月扒龙船，
扒呀扒龙船，
奸淫掳掠白匪军。
奸淫掳掠无天理，
见着姿娘掠去轮，
呓了呓，掠去轮。

六月热毒天，
热呀热毒天，
白匪落乡迫饷厘。
唔管三七二十一，
骹皮紧过死人钱，
呓了呓，死人钱。

七月跳粉墙③，
跳呀跳粉墙，
工农兄弟上战场。
为着大家个痛苦，
大家合作缴敌枪，
呓了呓，缴敌枪。

八月跳粉船，
跳呀跳粉船，
工农兄弟是红军。
为着革命干到底，
死去作鬼人钦尊，
呓了呓，人钦尊。

九月秋风寒，
秋呀秋风寒，
硗囝家无破被仔，
富人重毡叠褥单。
还了叫凝无心肝，
呓了呓，无心肝。

十月人收冬，
人呀人收冬，
讨租迫债是民团。
富人只时粟簟澌，
硗团只时米瓮空，
呓了呓，米瓮空。

十一月，去探亲，
去呀去探亲，
下乡剥削是豪绅。
一年三百六十日，
作田作去饲仇人，
呓了呓，饲仇人。

十二月，年又终，
年呀年又终，
硗团富人唔相同。
富人盼望年关到，
硗团过年觋山中④，
呓了呓，觋山中。

十三月天顶营⑤雷公，
营呀营雷公，
同心合力是工农。
杀尽地主共白匪，
争取政权归工农，
呓了呓，归工农。

【注释】①还唔了：还不完。②软厘狗饷：指苛捐杂税。③粉墙：和下面的"粉船"都是潮俗农历七月初七（即"七夕"）之夜和八月十五中秋之夜青年男女相会的地方。④觋［bhih⁴］〈篾⁴〉山中：意为躲入山林逃避讨债。觋，躲避。⑤营［ian⁵］〈影⁵〉：将神像从庙里抬出来游行。

妇女歌①

口述者：文衍贺、佘花蜜
搜集者：林木杰、文衍长

劳动妇女听缘因，
听阮从头详细陈。
自古及今个天下，
生做姿娘人睇轻。

自从落塗②哭哇哇，
分人睇做别家③婆。
倘若会活是造化，
不然江边分狗拖。

饲大起来真不堪，
件件拢是唔如人。
所食所穿无块好④，
束缚家己⑤惨难言。

女团读书本应该，
无奈父母无钱财。
纵有读书人剧相⑥，
呾出臭话东共西。

婚姻自由理正宜，
情投意合好夫妻。
谁知父母主婚配，
将女买卖如猪儿。

男女交游本无奇，
可恨礼教来缚伊。
说道男女不相亲，
禁在闺房唔见天。

父母财产无俺份，
是好是歉靠郎君。
郎君对人⑦免忧虑，
倘若唔好难生存。

啵⑧到政权与政治，
都是男子占便宜。
女子参军罕睇见，
法律条例也无提。

女子作工更惨凄，
工课⑧做多又减钱。
男女工钱唔一样，
真是下贱分人欺。

婶姆姐妹欲知机，
天下不平是咋呢？
只因封建恶制度，
将俺妇女来睇鄙。

又因贫富不相同，
富家妇女心内安。
贫家姿娘真艰苦，
终日勳作骹手忙。

勤家业计理应当，
有个还着去作田。
有人上山觅柴草，
草担压到禧禧呛。

上山摘茶共采桑，
风吹日曝面乌黄。
无事在家着纺织，
苦用针工无出门。

织布抛梭无时歇，
又逢番纱⑩工钱下。
纵然磨⑪暝磨日做，
一日赚无几个钱。

终日勮拚未打紧⑫，
还食淖糜番薯汤。
俺睇有钱阿奶样，
出门奴婢随两旁。

捶腰拍扑⑬心不足，
天热还欲拨凉风⑭。
所企大厝洋楼房，
终日十指免沾溅⑮。

身穿绫罗食鱼肉，
无事抹粉打雅鬃。
真是有钱千金身，
贫穷之女不如人。

婶姆姐妹听分明，
一桩一件爱记清。
爱知共产（党）个政策，
打倒劣绅勿容情。

地主土地尽没收，
贫雇中农免愁忧。
男女老少拢有份，
丰衣足食乐悠悠。

失业工人有救济，
劳动保险有实施。
红军兵士一般同，
参加红军好分田。

婶姆姐妹爱知道，
欲做偌生⑯丢艰难。
只要大家团结齐，
反动政府勿留伊。

爱叫丈夫共团儿，
参加革命理正宜。
建立政权苏维埃，
工农兵士自己个。

许时天下正是好，
工农解放乐万年。
男女自由结婚姻，
天下无富甲无贫。

妇女也着理政治，
唔比从前人睇轻。
一步一步向前进，
行到共产正安宁。

【注释】①此歌谣曾流传于潮州、澄海、饶平交界山区的革命根据地。②落塗：出世。③别〔bag⁸〕〈缚〉家：别人家的。④无块好：没一样好的。⑤家己〔ga¹gi⁷〕〈胶枝⁷〉：自己。⑥剧相〔pin³siên³〕〈鼻³箱³〉：意为揭人短处或中伤他人。《康熙字典·刀部》："剧，〈集韵〉：刀析也，剥也。又披义切，披去声。"（转引自张惠泽著《潮语僻字集注》）⑦对人：意为人品好。⑧呲〔puêh⁸〕〈皮⁸〉：谈、讲。⑨工课〔kang¹kuê³〕〈康科³〉：做活。⑩番纱：指国外传入的纱粒。⑪磨〔bhua⁵〕〈无蛙〉：辛苦、劳累。⑫未打紧：还不算。⑬捶腰拍扑：两手合掌拍打腰部，是一种按摩之法。⑭拨〔puah⁴〕〈泼〉凉风：扇凉风。⑮免沾湛〔dam⁵〕〈耽⁵〉：不用沾到水。湛，湿。⑯偌生：这样。

妇女解放歌

一

鸡啼就起床，
做到日落西。
风吹共雨打，
痛苦有谁知。
实在是惨凄，
劝我姐妹们，
快快团结起，
快快团结起。

二

地主来逼债，
穷人唔谢字。
爰写又爰算，
一生受人欺。
真正无天理，
劝我姐妹们，
学习莫延迟，
学习莫延迟。

三

地主反动派，
心肝如狼豺。
剥削我穷人，
妇女受辱害。
大家快醒悟，
加入工农会。
打倒旧封建，
打倒旧封建。

四

英明共产党，

领导工农兵。
号召妇女来翻身,
振起我精神。
男女团结紧,
齐心闹革命。
胜利归我们,
胜利归我们。

深闺怨

搜集者:黄财进

深闺寂寥寥,
惹俺心焦。
社会唔平等,
阶级分富硗。
富贵之家千金女,
读书谝字,
装扮妖娆。
贫农之女虽才貌,
田园勚作,
形容枯焦。
家中贫穷,
激气终朝。
卖猪卖鸡嫁出去,
珠泪未敢来轻抛。
老天难管人憔悴,
父母无钱心也枭。
世界倡自由,
贫农实难求。
富人情理定,
俺家虽有反抗力,
无奈团结还未周。
幸得共产党来领导,
谋求解放得自由。

公路恨

搜集者：黄财进

手挈锄头公路来，
满腹愁情有谁知。
想俺工农受压迫，
如牛如马任安排。
睇那富豪之家，
摇摇摆摆，快乐自在。
俺今在只做公路，
为谁辛苦有谁知。
唉，想到此时，怨气冲天。
刮民党[①]，无天理，
作公路，争权利。
害得俺，情惨凄，
大家合力来反抗，
罢工抗战勿延迟。

【注释】①刮民党：指国民党。

无日好

搜集者：庄群

封建无消灭，
农民无好日。
地主无打倒，
农民无日好。

地主目汁[①]是炸弹

搜集者：程汉灏

地主老经弹[②]，

诈③穷叫苦来诓人。
目漱目滴④哭凄惨，
叫俺农民着海涵。
至切⑤唔好受伊骗，
伊个目汁是炸弹。

【注释】①地主目汁：指"土改"时，地主不认罪，还诉苦。目汁，泪水。②老经弹：老谋深算。③诈〔dên³〕〈郑³〉：假装。④目漱目滴：泪眼汪汪。⑤至切：至关重要。

欲降啊唔降①

搜集者：马凤、洪潮

我革命，
你巡警②。
你走，
我靖③。
欲降啊唔降，
唔降我就掷炸弹！

【注释】①欲降啊唔降：投不投降。②巡警：指国民党时期的一种警察。③靖〔zêng⁶〕〈净〉：驱赶。"靖"与"趬"（〔riao⁷〕〈饶⁷〉，追赶）义同。

东畔鱼肚白

搜集者：程汉灏

东畔鱼肚白，
阿兄去种麦。
种麦阿妈①挨②，
作田劳军是阮先。
大军食饱会相刣③，

刣赢④日寇早转来。

【注释】 ①阿妈：潮州人对祖母的称谓。②挨［oi¹］〈矮¹〉：推磨。③相刣：与日寇战争。④刣赢：打赢。

花中之王是牡丹

花中之王是牡丹，
兄弟姐妹相爱心相和。
相亲相爱来抗日，
抗日救国心头欢。

花中君子是芝兰，
兄弟姐妹相爱心相同。
同心同德来抗日，
抗日救国心头安。

红花红

红花红花红，
日寇是俺大仇人。
仇人占俺土地无时歇，
如蚕食叶真惊人。

青花青花青，
日寇是俺大冤家。
冤家害俺无时歇，
害俺东北同胞无国又无家。

一只鸡团蹁①啊蹁

一只鸡团蹁啊蹁，
蹁到耷骹啄米仁。
中国再如唔抗日②，
永世免想会翻身。

一只鸡囝喔喔啼，
亡国凄凉话难提。
国亡才想来救国，
许时欲救已太迟。

【注释】①蹁〔piŋ⁵〕（屏）：走路东倒西歪。②中国再如唔抗日：中国要是再不抗日的话。

恨唔消

日本鬼，真野蛮，
来中国，散①刮人。
端阳节，拜祖公，
日本囝，来进攻。
占汕头，攻府城②，
拍澄海，动兽行。
大屠杀，千外人，
玉带河，水变红。
日本囝，真正枭，
仇唔报，恨难消。

【注释】①散：乱。②府城：潮州市境内曾是潮州府治所在地，故称"府城"。

恶心肠

矮奴矮骹罗①，
胶脊背铳手挈刀。
前厝掠人鸡，
后厝掠人鹅。

倭奴上等②恶心肠，
四处搜掠俺人民。
掠着后生当苦力，
掠着老人堵铳烟③。

[以上四首选自潮州市党史资料征集研究领导组办公室编《潮州党史资

料》1987 年第 1 期（总第 9 期），第 40～42 页]

【注释】①矮骹罗：指潮州一种竹编低矮的箩，潮州话指双脚短小的人，此处专指日本侵略者。②上等：最，程度加重。③堵铳烟［yin¹］〈音〉：充当炮灰。

长荚①豆

长荚豆，骹哗哗，
叫道阿兄来买鞋。
买鞋买来穿，
穿来踏死日本鬼。

踏做鲑②，做鲑好配饭。
食饱饱，食了来当军。
当军是本等，
刣到日本着绝种。

【注释】①荚［koih⁴］〈契⁴〉。②踏做鲑［goi⁵］〈鸡⁵〉：指卤咸鲑，踩烂。鲑，一种潮州小菜，小鱿鱼加盐腌制而成。

矮奴矮骹罗

搜集者：陈俊粦

矮奴矮骹罗，
胶脊背铳手挈刀。
前厝掠人鸡，
后厝掠人鹅。
老个掠去担铳子①，
细个掠去堵铳烟。
阿兄睇着咬齕齿②，
雨囝③霺霺④沃树枝⑤，
一刀刺伊头壳碗⑥，

一刀刺伊屎肚脐⑦。

【注释】 ①铳子［cêng³ zi²］〈清³ 紫〉：子弹。②咬齩［baoh⁴］〈暴⁴〉齿：咬牙切齿。③雨围：小雨。④霺［mui⁵］〈微⁵〉霺：指小雨，微雨；同"溦"。《集韵·微韵》："溦〈说文〉：小雨也。或作霺。"（转引自张惠泽著《潮活俗字集注》）⑤沃［ag⁴］〈恶〉树枝：雨水打在树枝上。⑥头壳碗：脑袋。⑦屎肚脐［sai² dou² zai⁵］〈西² 都² 在⁵〉：肚脐。

九月十八①秋风凉

搜集者：伊子

九月十八秋风凉，
日本起兵拍沈阳。
沈阳当时唔抵抗，
东北三省就沦亡。
沦亡到今已八年，
东北飘扬日本旗。
刣人放火日本狗，
害俺三千万同胞受惨凄。

【注释】 ①九月十八：指"九一八"事变。是1931年9月18日日本驻中国东北地区的关东军突袭沈阳，蓄意制造并发动的侵华战争。此后，日军侵占了东北三省，东北全境沦陷，开始对东北人民长达14年之久的奴役和殖民统治。（百度百科）

东洋日本太野蛮

口述者：蓝声顺
搜集者：蓝光哲

东洋日本太野蛮，
飞机无故来掷弹。
掷掉留隍街①，
炸死中国人。

此仇何日报？
此恨何时雪？
愿我同胞，
一齐起来，
打倒日本鬼团！
打倒日本鬼团！

【注释】①留隍街：今梅州市丰顺县留隍镇街道。

日本鬼团真正枭

搜集者：陈家鹏

日本鬼团真正枭，
害俺家内生哩硗。
行情枯竭无钱赚，
害俺读书着放掉①。

【注释】①放掉：放弃。

日本鬼团真野蛮

搜集者：陈家鹏

日本鬼团真野蛮，
来俺中国掷炸弹。
强奸杀人又烧厝，
害得人民受苦难。

血和火

搜集者：陈家鹏

血！血！血！
中国人民流个血。

火！火！火！
东洋鬼团放个火。

日出东畔红

搜集者：程汉灏

日出东畔红，
日本帝国真野蛮。
来俺中国开纱厂，
招俺同胞去做工。
一日赚无几①毫子，
做牛做马真凄凉。
工头畅日巡呀巡，
无道无理散拍人。
五月十五许一日，
拍死工人顾正红。
学生听见忍唔去②，
成群结队来宣传。
宣传日本无道理，
宣传日本拍死人。

五月三十许一日，
来在南京路当中。
英国巡捕就开枪，
当场拍死几十人。
南京路，血红红，
此仇永久记心中。
记心中，记心中，
今年"五卅"③勿放松。
忍辱到今十余年，
报仇雪耻等何时？

一年又一年，
准备又准备。

愈准备，愈更糜。
国耻家仇何时了，
定掠倭鬼斫④肉丸。

【注释】①几［gui²］〈鬼〉。②忍［lung²］〈轮²〉唔去：忍不住。
③"五卅"：1925年5月30日爆发的反帝爱国运动。④斫［dog⁴］〈独⁴〉：用
力砍。《说文·斤部》："斫，击也。"《玉篇·斤部》："斫，之若切，刀斫。"
（参见李新魁、林伦伦著《潮汕方言词考释》，广东人民出版社1992年版，第
183页）

拆战舰

搜集者：程汉灏

仇人①战舰敚敚②只，
来俺海面四散歇③。
想俺大铳④唔敢开，
大展色水⑤觅空隙。
有一时，气起来，
将它牵来拆拆拆。
一块一块掉落海，
拆到了了无半只。

【注释】①仇人：指当时的日本侵略者。②敚［zoi⁷］〈之矮⁷〉敚：非常
多。③四散歇：四处乱停。④大铳［cêng³］：大炮。⑤色水：威风。

日本起头①衰

搜集者：程汉灏

现今日本起头衰，
中国飞机啼啼飞②。
飞来飞去炸日舰，

炸死日军不能回。

【注释】 ①起头：开始。②啼啼飞：潮州话借音字，形容多架飞机飞行貌。

做人切勿做汉奸

搜集者：程汉灏

大家都是中国人，
做人切勿做汉奸。
汉奸卖国当走狗，
随人指使随人牵。
有个①就去探军情，
有个就去造谣言，
有个就去落毒药，
家己害死家己人。

骂声汉奸太不良，
亲敌卖国去投降。
破坏救国个团体，
将俺人民乱摧残。
兄弟姐妹听我言，
遇着汉奸勿放松。
掠来割肉剥掉皮，
汉奸除尽正平安。

【注释】 ①有个：有的。

好孥囝

搜集者：伊子

好孥囝，
唔食糕，唔食饼，

唑买日布^①做新衫。

俭起钱，献国家，

买支^②大炮拍倒日本团！

【注释】 ①日布：日产棉布。②支 [gi¹]〈枝〉：量词，门。

大炮"砰"一声

口述者：文衍藏、文永光

搜集者：林木杰、文衍长

大炮"砰"一声，

阿孥哭阿爹。

阿爹去当兵，

当兵到前线，

去刣日本团。

阿姈^①邀你来，

邀你来逃命。

日本鬼团一睇见，

开枪就扫射。

阿姈跋^②落去，

血流一大坪^③。

阿孥啰食奶，

阿姈丢开声。

【注释】 ①阿姈：潮州方言对母亲的称谓。②跋 [buah⁸]〈播⁸〉：跌倒。③一大坪 [pian⁵]〈聘⁵〉：一大滩。

孥团歌

口述者：文衍藏、文永光

搜集者：林木杰

恁勿睇阮奴团鬼，

孥囝细细上色水。
手裓①扎平②猫鼠囵③，
裤骹扎到骹大腿。
欲来去，
赶④走日本囝。

赶啊赶，
赶到门骹口。
遇着汉奸大走狗，
走狗吠啊吠，跳啊跳。
分我一下踢⑤，
死到吟⑥翘翘。

【注释】①手裓［ciu² ung²］：衣袖。②平［bing⁵］〈宾⁵〉：至。③猫鼠囵：上臂。④赶［riou⁷］〈饶⁷〉。⑤分［bung¹］〈本¹〉我一下踢：给我一踢。分，给。下［ê⁷］〈哑⁷〉。⑥吟［nê⁶］：语气助词。

杀敌歌

口述者：文衍藏、文永光
搜集者：林木杰、文衍长

月娘①光光好开枪，
刣到矮奴②叫阿娘。
矮奴害俺无好日，
杀尽矮奴转回乡。

月娘光光好冲锋，
刣到矮奴叫阿公。
矮奴害俺无好日，
杀尽矮奴勿放松。

月娘光光好驶车，
刣到矮奴叫阿爹。
矮奴害俺无好日，

　　　　杀尽矮奴正回营。

　　　　月娘光光好相刣，
　　　　刣到矮奴叫阿娘。
　　　　矮奴害俺无好日，
　　　　杀尽矮奴转归来。

【注释】①月娘：月亮。②矮奴：指日本侵略者。

慰劳大军

　　　　搜集者：程汉灏

　　　　番瓜藤，舵①上棚，
　　　　阿嫂织布姑纺纱。
　　　　阿嫂织来猛，
　　　　阿姑纺来加②，
　　　　纺纱织布支前线，
　　　　杀倒日寇早回家。

【注释】①舵〔dua⁶〕〈带⁶〉：攀爬。②加〔gê¹〕〈家〉：多。

石榴开花嘴含缨

　　　　搜集者：陈亿琇、陈放

　　　　石榴开花嘴含缨，
　　　　卫国守土是忠臣。
　　　　兄你爱做韩世忠，
　　　　嫂你着做韩夫人。

　　　　春蚕作茧终归空，
　　　　汉奸卖国计也穷。
　　　　岳飞抗战俺着学，
　　　　唔做秦桧老奸雄。

莉団花

口述者：柯义木
搜集者：林木杰、文衍长

莉団花，
白茫茫，
细妹掼^①饭到田中。
吩咐阿兄戴苦种，
听呾大军^②到华南。

莉団花，
白披披，
细妹掼饭到田边。
保护^③阿兄年冬好，
勤耕力作在此时。

【注释】 ①掼［guan⁶］〈官⁶〉：提。②大军：解放军。③保护：保佑。

民谣二则

（一）

搜集者、整理者：惟勤

东乌^①西红^②，
南敌^③北虫^④。
逢影食影，
遇人食人。

【注释】 ①乌：指吴乌森部，原为海盗。②红：指洪之政部。"红"与
"洪"同音，意为土匪。③敌：指盘踞在海山、南澳岛上的日伪军。④虫：指
自卫团，时称"食人虫"。

（二）

搜集者、整理者：惟勤

三里一乌青，
五里一哨棚。
爱去死家己，
唔去死全家。

望你来

搜集者：蔡泽民

望你来，望你来，
正月桃园望花开，
二月旱田望雨落，
四月大军渡江到，
九月大军广东来。
望你来，望你来，
四处欢笑闹猜猜。

今世妇女胜木兰

雄赳赳，气昂昂，
今世妇女胜木兰。
暝读书，日作田，
生产学习齐赶上，
能文能武世无双。

雄赳赳，气昂昂，
今世妇女胜木兰。
肩背枪，手执弹，
弹弹射中靶中央，
吓得美蒋心胆寒。

三年苦战万年福

搜集者、整理者：吴承藩

宽宽公路用手开，
绿绿树苗用手栽。
新新房屋用手盖，
花花衣服用手裁。
人间乐园何处来，
不是从天降下来。
三年苦战万年福，
社会主义放光彩。

送别歌

一朵红花红彤彤，
送妹送到大北山。
荒山野岭踩出路，
步步花果红烂漫。

一朵红花结彩绸，
送哥送到南海洲。
海疆划区播种子，
虾跳鱼跃唱丰收。

二朵红花东西行，
只分路来不分心。
山歌一区相对唱，
山南海北战鼓鸣。

柑林舞

碧绿丛间柑桔红，
累累鲜果压枝弯。
采果姑娘似蝶舞，

丰收歌声传四方。

满园柑桔耀人眼，
只只圆熟闪金光。
千百柑农细心摘，
捧出对对绿竹筐。

捧出竹筐千万对，
金色颂歌献给党。
曲曲颂歌献给党，
百里山梁好风光。

大埕湾

大埕湾，大埕湾，
过去十年尽沙滩。
沙灼热，土发烧，
过路行人如搜火。
东风起，沙蔽天，
田园庄稼遭祸殃，
今日一片吟苍苍。
木麻黄，相思树，
排排屹立似钢墙。
拒东风，挡沙浪，
一片沙埔变良田。

黄冈河巨变

黄冈河，
竹筒溪。
三月无落雨，
过溪好穿鞋。
三日落大雨，
洪水冲崩堤。
整治黄冈河，

祸河变福河。
过去小旱，
如今已根稳。
凤江河两岸，
高唱丰收歌。

畲歌畲嘻嘻（畲族）

口述者：雷书财
搜集者：蔡网里
搜集时间：2023 年 4 月

畲歌畲嘻嘻，
俺有畲歌一簸箕。
选条党徽来歌唱，
唱出万马齐奔腾，
唱出民族凝结心。

畲歌畲咳咳，
俺有畲歌一米筛。
选条党恩来歌唱，
唱出各地变新辉，
唱出人民心花开。

红花开放满山坡

红花开放满山坡，
专摘一朵送情哥。
妹望哥你回归日，
胸挂红花当劳模。

好风景印人心（畲族）

口述者：雷书财
搜集者：蔡网里
搜集时间：2023 年 4 月

畲乡山深深，
遍地树林林。
山窝鸟叫会回音，
若听畲歌赢过琴。
畲语先祖传到今，
深山里大树遮荫荫。
山坑水如镜面，
清清坑鱼看得见。
石古崛石蛙咕咕叫，
泉水长长流。
居在高山看四周，
好山好水好风景，
印人心，印人之心。

畲乡迎客来（畲族）①

口述者：雷书财
搜集者：蔡网里
搜集时间：2023 年 4 月

日著茶花艳红开，
彤彤光彩迎客来。
院庭佳境清风伴，
入住宾客自感欢。

【注释】①这是赞美李工坑村民宿的歌谣。

溪美①美景悦人心（畲族）

口述者：雷书财

搜集者：蔡网里

搜集时间：2023 年 4 月

小小竹排溪中撑，
瀑布洒音似乐声。
波涌弹起优柔曲。
绵绵云雾绕川行。

【注释】①溪美：潮安区归湖镇溪美村。

潮汕人民怀念朱德

口述：詹锡伍

记录：蔡英豪

记录时间：1980 年 5 月

流传地区：潮州、澄海一带

红旗打从山畔来，
一个巨人把路开。
十八件宝一席话，
留与潮友打狼豺。

五、 情歌

茉莉花

茉莉花，
白披披。
赠情人，
摘一枝。

（选自"丘本"第6页）

七丈溪水七丈深

七丈溪水七丈深，
七个娘囝赛观音。
七枝金扇烨烨熠①，
撑渡阿哥睇到目金金。

七丈溪水七丈流②，
七个娘囝梳雅头。
七枝金扇烨烨熠，
撑渡阿哥睇到潦流流③。

（选自"丘本"第70页）

【注释】①烨烨熠〔iab^{8}iab^{8}si^4〕〈压^{8}压^{8}薛〉：闪光、闪动。《说文·火部》："熠，盛光也。"（转引自张惠泽著《潮语僻字集注》）②流〔lao^5〕〈楼^5〉。③潦〔nua^6〕〈烂^6〉流流：流口水。潦，口水。

210

韩江水，日暝流

搜集者：刘彝玉

韩江水，日暝流，
七个娘囝梳胖头。
七枝金扇烨烨熠，
七个哥囝睇到漦流流。

东畔雨来

搜集者：柯鸿材

东畔雨来白纷纷，
擎支雨伞去等①君。
二人相共②一支伞，
四目相睇笑齞炯③。

东畔雨来白披披，
擎支雨伞去等伊。
二人相共一支伞，
四目相睇笑嘻嘻。

东畔雨来白茫茫，
擎支雨伞等伊人。
二人相共一支伞，
四目相睇笑酣酣。

【注释】①等［dang²］〈党〉。②相共：合用。③笑齞炯：暗喜浅笑貌。

竹囝箸

竹囝箸，飘落田，
共①娘②讨水娘唔甘③。
阮是喉灱④来食水，

唔是风流好睇人。

竹囷箸，飘落河，
共娘讨水娘咀无。
阮是喉干来食水，
唔是风流来踢跎。

（选自"丘本"第 33 页）

【注释】①共：跟、向。②娘：此处指妇女。③唔甘：舍不得给。④喉
奶：口渴。

一群娘囷穿红裘①

一群娘囷穿红裘，
恁呀未嫁好风流。
恁呀未嫁嫁给阮，
待阮抔布②来做裘。

一群娘囷穿红衫，
恁呀未嫁留到今③。
恁呀未嫁嫁分阮，
待阮抔布来做衫。

（选自"丘本"第 5 页）

【注释】①裘 ［hiun⁵］〈休⁵〉：棉袄。②抔 ［bung⁴］〈不〉布：手捧布
匹。抔，手捧。③今 ［dan¹］〈担〉：此处为借音字。

崎山崎

崎山崎，
崎山发草闹萋萋。
君呀十八娘十七，
有如好米拍糖枝①。

东山东，

东山发草闹苍苍。
君呀十八娘十七，
有如好米指糖粄②。

（选自"丘本"第5页）

【注释】 ①糖枝：用爆米花和糖制成。②糖粄［bang¹］〈坢〉：潮州小食之一，用爆米花加工而成。

杨桃开花在桠斗①

搜集者：刘粦玉

杨桃开花在桠斗，
欲食杨桃嫁溪口。
杨桃开花在枝头，
欲嫁雅②翁③溪口刘。④

【注释】 ①潮州市磷溪镇溪口村盛产杨桃，杨桃成熟时，个大金黄，有甜有酸，久负盛名。桠斗，树桠。②雅：意为漂亮。③翁［ang¹］〈安〉：指丈夫。④溪口刘：溪口村刘姓。

菱角开花四点金

搜集者：陆万楷

菱角开花四点金，
桃李开花动人心。
后园种花好打扮，
娘团开嘴值千金。

龙　眼

龙眼龙眼龙眼枝，
阮欲龙眼做媒姨。
阮欲伊人做阮妡，

情愿唔赚三日钱。

龙眼龙眼龙眼皮，
阮欲龙眼做阮媒。
阮欲伊人做阮妱，
情愿唔食三日糜。

（选自"丘本"第 16 页）

连郎歌（畲族）

口述者：文香
搜集者：雷楠

月亮无火也会光，
井水无风也会凉。
阿哥相似桂花样，
身中无花也会芳。
阿哥欲来自家来，
不可三三二二凑斗①来。
阿妹不是果子祥，
来得多时分不开。

【注释】①凑斗：成群结伙。

哥是隔官①妹里官（畲族）

口述者：文香
搜集者：雷楠

哥是隔官妹里官。
哥是日头妹月亮，
月亮出来同日聊，
两人月索③平平长。

【注释】①官：畲语，住所。③月索：年龄。

自谦（畲族）

口述者：李两英

搜集者：雷楠

喊偃唱歌唱无来，
偃母生偃无口才。
食饭唔知挟菜送①，
哇②话还着问爱勿。

【注释】①送：畲语，配，下饭。②哇：畲语，说。

深山深（畲族）

口述者：文香

搜集者：雷楠

深山深山深山深，
深山鸟囝会弹琴。
深山鸟囝来吹唱，
吹吹唱唱郎开心。

摘一枝

搜集者：柯鸿材

莿囝花，白披披，
秀才行过摘一枝。
借问摘去做乜①事，
欲分娘囝插鬓边。

莿囝花，白芳芳，
秀才行过摘一双。
借问摘去做乜①事，

欲分娘团插头鬃。

【注释】①乜［mi⁴］〈迷⁴〉：什么。

绿竹绿竹枝

绿竹绿竹枝，
绿竹所种河溪墘。
五娘坐在绿竹顶，
吊渴①陈三在路边。

绿竹绿竹丛，
绿竹所种河溪东。
五娘坐在绿竹顶，
吊渴陈三在路中。

（选自"丘本"第36页）

【注释】①吊渴［diou³guah⁴］〈刁³割〉：故意刁难。

手帕诗

口述者：陈瑞龙
搜集者：陈冰消

手持针线来用工，
终日房中谈笑言。
举目观清睇世间，
婚姻错对惨难言。

姈啊，俺今行年①已十八，
想起同房心朦胧。
若有情郎合我意，
阿侬情愿倒贴钱。
家企市尾我乡里，

不知情郎在何乡？

【注释】①行［gian⁵］〈惊⁵〉年：现年。

一丘田囝

口述者：婵妆
搜集者：郑耀生

一丘田囝狭①狭好种葱，
种着三百六十丛。
无好园地种唔起，
无好郎君耽误人。

一丘园囝狭狭好种姜，
种着三百六十厢②。
无好园地种唔起，
无好郎君耽误娘。

【注释】①狭［oih⁸］〈鞋⁸〉：狭窄。②厢：畦。

一双银箸插落河

口述者：李瑞粦
搜集者：李春忠

一双银箸插落河，
八幅罗裙水上波。
新科状元你唔嫁，
情愿嫁分作田哥？

状元头戴是乌纱，
只顾朝廷唔顾家。
情愿嫁分田家婿，
日来耕田暝回家。

做官做府名声芳，
不如农夫来做翁。
夫唱妇随同见面，
算将起来好主张。

石 榴

搜集者：陈亿琇、陈放

石榴开花嘴含英，
孟良焦赞①对两屏②。
兄你可比杨宗保，
阿妹可比穆桂英。

【注释】①孟良焦赞：指花灯题材。②屏：指花灯屏。

钟底钟

钟底钟，
钟底开花金素英。
好君亦着好娘配，
好娘配君正孬穷。

筒底筒，
筒底开花是海棠。
好君亦着好娘配，
好娘配君名声芳。

（选自"丘本"第 5 页）

好君着有好娘配

搜集者：柯鸿材

盅叠①盅，
盅底开花是素馨。

好君着有好娘配，
好娘好君家道兴。

瓶②叠瓶，
瓶底开花是海棠。
好君着有好娘配，
好娘好君名声芳。

【注释】 ①叠［tah⁸］〈塔⁸〉：堆积。②瓶［bang⁵］〈帮⁵〉。

蜜柑跋落古井心

搜集者：陈亿琇、陈放

蜜柑跋落古井心，
一半浮来一半沉。
你欲沉来沉到底，
半浮半沉伤人心。

半瓮糯米半瓮葱

半瓮糯米半瓮葱，
半瓮糯米生蛀虫。
自细①无食君处米，
留毛打鬃君处人。

半瓮糯米半瓮姜，
半瓮糯米生蛀羊②。
自细无食君处米，
留毛打鬃君处娘。

（选自"丘本"第 47 页）

【注释】 ①自细：从小。②蛀羊：一种小蛀虫。

客家情歌

口述者：刘素清
搜集者：沈维才

（一）

落雨落到两月余，
屈指算来无日晴。
一心想欲同妹聊，
水浸家门无路行。

（二）

很好日头很好天，
很好番薯无藤牵。
很好灰埕无谷晒，
很好人材无妹恋。

（三）

生欲恋来死欲恋，
生死同妹结良缘。
生欲生在妹身边，
死欲死在妹面前。

阿哥唱歌妹接声（客家）

搜集者：刘辉庆

（一）

阿哥上坑妹下坑，
阿哥唱歌妹接声。
阿哥好比养鸟子，
阿妹唱出画眉声。

（二）

白蜡点火因为光，
蜜蜂采蜜因为糖。
老虎下山因为肉，
阿哥卜山因为娘。

（三）

新做箩筐像茶盘，
新骹①连妹因为难。
心肝好似擂战鼓，
面目好像火烧山。

【注释】①新骹：新角色。

（四）

苦瓜打子点点清，
石打秤砣不如锡。
新骹连妹无胆水，
有情阿妹先开声。

（五）

人穿草鞋嗒嗒行，
我穿草鞋会脱跟。
人人连妹三五个，
我连一个人相争。

（六）

自古不到这里坑，
到这坑来寒邦邦。
鹧鸪画眉叫到转，
怎么阿妹你唔声？

（七）

我欲唱歌静静听，

我的歌子落本钱。
我的歌子赔成本，
赔掉南山一段田。

（八）

叫我唱歌唱无来，
无好文章对秀才。
日时对个梁山伯，
暝时对个祝英台。

（九）

看你阿妹真是会，
一唱阿哥心花开。
唱得鸡毛会沉水，
唱得石子浮水来。

八月十五聊月光（客家）

搜集者：刘辉庆

（一）

八月十五聊月光，
照见鲤鱼在水上。
鲤鱼不怕漂江水，
连妹不怕路途长。

（二）

八月十五是中秋，
好个月饼送朋友。
无个价钱加情妹，
特好人情不能丢。

（三）

八月十五月团圆，

粉丝炒面缠又缠。
我与妹交了情人，
两人交情千万年。

（四）

妹子生来真斯文，
可比天上七彩云。
七色云里盖天下，
人材特美盖一村。

（五）

洗衫就欲长流河，
晒衫就欲长竹篙。
连妹就欲有情人，
无情无义当过无。

（六）

阿哥路上妹路下，
阿哥带笠妹带伞。
阿哥珍珠妹是宝，
珍珠是宝无厘差。

（七）

耕田耕个上下丘，
上丘无水下丘有。
连妹就欲照两面，
肉食不到看也有。

（八）

敢唱山歌敢大声，
敢唱明月同云行。
风来月明宽云幕，
舍情不得雨来行。

（九）

桐子开花白茫茫，
也有母牛落田洋。
哪有母牛不带子，
哪有细妹不连郎。

（十）

今早起来开大门，
望见东片起横云。
只个阿妹连得到，
相似白手拿到银。

（十一）

细茶好食味道香，
手拿钱子称二两。
细茶愈喝愈更渴，
心想娇娘暝更长。

（十二）

细茶好食味道清，
茶杯倒影影交情。
手拿茶杯食落肚，
相当难舍这条情。

（十三）

新买茶具四方方，
哪只茶具无茶缸。
哪只茶具无茶座，
哪个细妹不连郎。

（十四）

天欲落雨无粒星，
看妹不是我婚姻。
是我婚姻看得出，

目箭①竟丢我身边。

【注释】 ①目箭：眼光。

（十五）

正月过了二月天，
百般树木都抽茵①。
百样鸟子都开口，
样般②妹子唔开言。

【注释】 ①抽茵：树发嫩芽。②样般：客家方言，怎么。

阿哥实情真实情（客家）

口述者：刘素清
搜集者：沈维才

（一）

阿哥实情真实情，
路中放有地豆仁①。
一心放来两人食，
无想来了一群人。

【注释】 ①地豆仁：花生米。

（二）

新做炭筐十二皮①，
炭筐底下绣箸枝。
搭信阿妹来担炭，
一担最轻分你担。

【注释】 ①皮：片。

（三）

砍柴欲砍山埔姜，

贪图好烧贪图轻。

恋妹欲恋十七八，

贪图好看贪图精①。

【注释】①精：美貌、乖巧。

（四）

哥哥岭崟种荔枝，

荔枝开花十三皮。

阿哥十三妹十四，

前世无修来对你。

（五）

石壁企来石壁坐，

石壁坐下斗山歌。

斗我得赢我姐妹，

斗我唔赢做老婆。

（六）

入山看见藤缠树，

出山看见树缠藤。

树死藤生缠到死，

树生藤死死也缠。

（七）

手擎担杆①架哩横，

保护阿妹做唔成。

保护日历无日子②，

保护水浅无船行。

【注释】①担杆：即扁担。②无日子：无吉祥的日子。

妹欲交情尽管交（客家）

口述者：刘义英
搜集者：沈维才

（一）

坐下来哩嬲①下来，
嬲到妹你心花开，
嬲到鸡毛沉落水，
嬲到石头浮上来。

【注释】①嬲：玩耍。

（二）

妹欲交情尽管交，
切莫交到半中摇。
洗衫欲洗长流水，
曝①衫欲曝长竹篙。

【注释】①曝：晒。

（三）

日头一出在半天，
船仔天天在河边。
阿哥搭船赶水大，
妹欲恋郎赶少年。

会弹会唱话几多（客家）

口述者：刘李娘
搜集者：蔡网里
整理者：沈维才
搜集时间：2023 年 4 月

会唱山歌多得多，
会敬哥嫂勿啰唆。
哥拿胡弦妹弹线，
会弹会唱话几多。

想断肠（客家）

口述者：刘李娘
搜集者：蔡网里
整理者：沈维才
搜集时间：2023 年 4 月

汕头出去七洲洋，
七日七暝雾茫茫。
转眼无个亲骨肉，
想妻想子想断肠。

斩柴要斩山普参，
贪图好烧贪图轻。
恋妹爱恋十七八，
贪图后生贪图靓。

日头一出东边上，
阿哥住在闪桥乡。
看见阿妹这样靓，
敢问靓妹家何方？

一只弓鞋吊在钩

一只弓鞋吊在钩，
昨暝狗吠贼来偷。
爹妈问娘锁乜线，
五色丝线缀鞋头。

一只弓鞋吊在篱，
昨暝狗吠贼来拈①。
爹妈问娘锁乜线，
五色红线缀鞋墘。

（选自"丘本"第45页）

【注释】 ①拈［liam³]〈念³〉：用手指捏走。

长梯接短梯

长梯接短梯，
接去后园望花围。
望见花围分水浸，
浸到三年也弲开。

长板接短板，
接去后园望花丛。
望见花丛分水浸，
浸到三年也弲芳。

（选自"丘本"第45页）

睇花围

搜集者：柯鸿材

长梯接短梯，
接去后头睇花围。
眠起①睇花花含蕊，

　　　　暝昏睇花花蕊开。

　　　　长板接短板，
　　　　接去后头睇花丛。
　　　　眠起睇花花含蕊，
　　　　暝昏睇花花蕊芳。

【注释】①眠［mung⁵]〈门〉起：清晨。

的的喋喋①

搜集者：许丽菲、舒硕彦

　　　　的的喋喋，
　　　　桃花柳绿。
　　　　松粉②二块，
　　　　水粉二粒。
　　　　猪囝捞潘，
　　　　鸭囝扒船，
　　　　猫囝守厝。
　　　　娘囝青春，
　　　　春花二枝，
　　　　牡丹二叶，
　　　　无钱无银咋得娘囝着。

【注释】①的的喋喋：起兴，无义。②松粉：和下面的"水粉"都指化妆用的粉团。

正月食菜食孔明葱

　　　　正月食菜孔明葱，
　　　　葱叶蒜叶请媒人。
　　　　父母八丑娘也惜，
　　　　郎囝亲彩①是别人。

二月食菜食熨瓜，
无妱阿哥走骸皮②。
鸡啼五更春鸟叫，
弇去插翼赶鸟飞。

三月食菜食吊瓜③，
吊瓜好食免刨④皮。
君是半天⑤鹦哥鸟，
娘是佛前牡丹花。

四月食菜蕹菜枝⑥，
蕹菜好食正是时。
爹妈桌上交杯盏，
双入帐内说因依⑦。

五月食菜食浮麟⑧，
浮麟煮羹满鼎烟。
兄弟三身同床盖⑨，
同桌食饭隔床眠。

六月食菜食冬枫，
冬枫煮羹满鼎黄。
劝君勿食更深酒，
着踢着扑娘心酸。

七月食菜芋糜⑩心，
孯个好妱喜人心。
人来客去会接搭⑪，
当如好银找⑫好金。

八月食菜食菜头⑬，
菜头煮羹白抛抛。
君呀银瓶饮烧酒，
娘拍金狮⑭叠瓶头。

九月食菜食芥蓝⑮，
上园斩羹⑯下园担。
君呀有娘娘有婿，
想俺有缘食到今。

十月食菜食大丛，
大丛煮羹满鼎芳。
君是苏州饶器⑰碗，
借人园⑱菜借人捧。

十一月食菜食茼蒿，
茼蒿煮羹满鼎波。
君是主星娘是月，
主星引月去踢跎。

十二月食芫荽⑲，
长流溪水洗裙衣。
刀砍人情也荞断，
斧破姻缘也荞开。

（选自"丘本"第 88 页）

【注释】①亲彩［cing³cai²］〈清采〉：借音字，此处意为怎么说都……。②走骸皮：走路、奔波。③吊瓜：黄瓜。④刨［pao¹］〈抛〉：用小刀削去水果、瓜类的皮。⑤半天：意为半空。⑥蕹菜枝：空心菜梗。⑦说因依：互诉衷肠。⑧浮麟：和下面"冬枫"均为菜名。⑨盖［gah⁴］〈甲⁴〉：盖上。⑩芋糜：芋茎。⑪接搭：接待、接洽。⑫找［dao²］〈岛〉：换、卖。⑬菜头：萝卜。⑭拍金狮：金银锡打制的器皿，是潮州久负盛名的工艺，早在清代已有艺谚传诵："苏州样，潮州匠。"⑮芥蓝［kah⁴na⁵］〈壳篮〉。⑯斩羹：用刀砍菜。⑰饶器：指冰裂纹瓷器。⑱囥［keng³］〈勤³〉：装、放。⑲芫荽［uêng⁵sui¹］〈完虽〉：香菜。

掼　水①

搜集者：柯鸿材

踢跶官路②东，
新开井水淹井栏。
君今掼水去磨墨，
娘团掼水沃花丛。

踢跶官路西，
新开井水淹井眉。
君今掼水沃花开，
娘团掼水沃花栽。

【注释】①掼［guan⁶］〈官⁶〉水：提水。②官路：封建社会专为当官的人修的路。

南山有园姜

南山有园姜，
娘呀共君细思量。
君呀早早来去①卖，
好分娘你去烧香。

南山有园烟，
娘呀共君细思忖。
君呀早早来去卖，
好分娘你做罗裙。

南山有园柑，
娘呀共君咀到今。
君呀早早来去卖，
好分娘我做绉衫②。

南山有园薯，

娘呀共君咀徐徐。
君呀早早来去卖，
好分娘我找帽珠。

（选自"丘本"第 7 页）

【注释】①来去：去。②绉［riou³］〈绕〉衫：指有皱纹的丝质衣服。

枕头神

口述者：立姆
搜集者：郑耀生

枕头枕头神，
枕头咀话有分明。
阮母咀话我唔信，
阮呍咀话句句真。

枕头枕头爷，
枕头咀话有名声。
阮母咀话我唔信，
阮呍咀话句句听。

初来新妇①

搜集者：柯鸿材

新拍酒瓶锡青青，
新掠猪团好过家②。
初来新妇唔食饭，
目团微微睇大家。

新拍酒瓶白贲贲，
新掠猪团唔食潘。
初来新妇唔食饭，

目囝睇③睇睇郎君。

【注释】①新妇［sim¹bu⁶］〈媳捕〉：儿媳妇。②过家：串门。③睇［mi¹］〈迷¹〉：闭眼，合眼。《康熙字典·目部》："睇，《集韵》：民卑切，眇目也。"（转引自张惠泽著《潮语僻字集注》）

蚵蝴娘①

搜集者：陈德名

蚵蝴娘，
歇在墙。
翁扒船，
嫲烧香，
保护儿婿抢头标。

【注释】①蚵蝴［sua¹mê¹］〈沙夜¹〉娘：蜻蜓。

臼①头舂米伤着腰

臼头舂米伤着腰，
夫婿听知冲冲潮②。
寻无乌鸡来补腹③，
寻无杉皮来押腰。

臼头舂米伤着骹，
夫婿听知走来呵④。
寻无乌鸡来补腹，
寻无杉皮来押骹。

（选自"丘本"第62页）

【注释】①臼［ku⁶］〈邱⁶〉。②冲冲跳［cong⁵cong⁵diê⁵］〈从从潮〉：因惊慌而双手双脚不停抖动。③补腹：补养。④呵［ha¹］〈哈〉：在伤处哈气，有怜爱的意思。

235

莉芣芣

口述者：李瑞舜

搜集者：李春忠

莉团花，白芣芣①，
呵嗬阿兄孳个好老婆。
日来同食暝同歇，
夫唱妇随乐呵呵。

【注释】①芣［po³］〈颇³〉芣：繁茂的样子。《汉语大字典·乙部》："芣，草木繁茂貌。"

井底养胡溜①

搜集者：刘舜玉

井底养胡溜，
井面开花四抛须。
今日天时②好，
夫妻双双来闲游。

【注释】①胡溜［hou⁵liu¹］〈户⁵留¹〉：泥鳅。②天时［tin¹si⁶］〈体¹世⁶〉：天气。

同甘苦

搜集者：柯鸿材

灶前点火灶后烧，
不是姻缘不配娘。
日来有食同甘苦，
暝间无被盖围腰①。

灶前点火灶后薰，

不是姻缘不配君。
日来有食同甘苦，
暝间无被盖腰裙。

【注释】①围腰：围裙。

杉做水桶竹箍腰

杉做水桶竹箍腰，
五尺乌纱披肩墙。
娘囝担轻荽担重，
肩头未酸先酸腰。

秀才会做诗，
何必咀话来相欺？
我是山顶老松柏，
大风猛雨拍唔欹①！

（选自"丘本"第 62 页）

【注释】①欹〔ki¹〕〈欺〉：歪斜。

莉囝花

莉囝花，
白披披，
阿妹掼饭到田边。
保护阿兄年冬好，
金钗重重拍一枝。

莉囝花，
白抛抛，
阿妹掼饭到田头。
保护阿兄年冬好，

金钗重重拍一抛①。

（选自"丘本"第 18 页）

【注释】①抛：潮州方言借音字，这里作"簇"解。

去后头

去后头，
睇见七粒桔团做一抛，
桔团酸酸摘来食。
煞①君喉，
煞娘喉。
煞君七日叐走起②，
煞娘七日叐梳头③。

去后园，
睇见七粒桔团做一方，
桔团酸酸摘来食。
煞君肠，
煞娘肠。
煞君七日叐走起，
煞娘七日叐梳头。

（选自"丘本"第 52 页）

【注释】①煞〔suah⁴〕〈杀〉。②叐走起：起不来。③叐梳头：梳不了头。

钓鱼钓巴鳞①

钓鱼钓巴鳞，
钓到林厝大花丛。
君呀叫娘早纺共早织，
勿到许时箱囊空。

我个箱囊亦叐空，

叫君起厝②起双房。
叫君眠床银朱漆，
勿到许时漆咬人。

（选自"丘本"第12页）

【注释】①巴鳞⌊lang¹⌋〈狼'〉：海鱼名。巴，畓佪语谑庹昆语，意为鱼。鳞，做修饰语后置。（参见林伦伦《"时"与"地"之味道》）②起厝：建房子。

田　蟹

搜集者：陈亿琇、陈放

田蟹是田蟹，
双骸相爬礼。
别①事父母教，
惜妁家已会。

【注释】①别［bag⁸］〈缚〉：别的、其他的。

井底一块金

搜集者：刘粦玉

井底一块金，
菱角开花七个心。
阮嬢咀话我唔信，
阮妁咀话句句真。

井底一块石，
菱角开花七片叶。
阮嬢咀话我唔信，
阮妁咀话句句着①。

【注释】①着［diêh⁸］〈潮⁸〉：正确。

嘴含槟榔笑唠咳

搜集者：马风、洪潮

踢跎官路西，
红纱蚊帐绿纱边。
红红枕头双人枕，
嘴含槟榔笑唠唏。

踢跎官路西，
红纱蚊帐绿纱眉。
红红枕头双人枕，
嘴含槟榔笑唠咳。

新做眠床四点金（客家）

搜集者：刘辉庆

新做眠床四点金，
阿哥眠角妹眠心。
人人咀阮①感情好，
感情特好一生人。

【注释】①阮：我们。

五更唔到天唔光（客家）

搜集者、整理者：刘辉庆

（一）

五更唔到天唔光，
妹手做枕当皮箱。
夫妻双双共枕睡，
百年偕老寿命长。

（二）

新买扇子写条龙，
手里摇扇扇引风。
妹哩悦郎郎悦妹，
两人亲热一般同。

厝头鸟囝叫

厝头鸟囝叫啼咮，
嫁着儿婿目凸珠。
钱银甘使未甘食，
只世凸珠下世再凸珠。

厝头鸟囝叫朕琛①，
嫁着儿婿如观音。
出官入府会呾话，
饿到七日也甘心。

厝头鸟囝叫咻咻，
嫁着儿婿如观音。
三日无食也都愿，
朝朝起来嘴相亲。

（选自"丘本"第10页）

【注释】①朕琛：潮州方言，鸟叫声。

状元头戴是乌纱

搜集者：陈少溪

状元头戴是乌纱，
只在朝廷不在家。
情愿嫁分农夫婿，
日来耕田暝回家。

状元头戴是乌巾，
只在朝廷不在村。
情愿嫁分农夫婿，
日来耕田暝回村。

箸子歌（畲族）

口述者：文香
搜集者：雷楠

一双红筷赤壁好①，
十八龙船水上舶。
新科状元偦②唔嫁，
情愿嫁分作田哥。
新科状元头缠乌绉纱，
行路勿纺纱。

【注释】①赤壁好：畲语，非常好。②偦：畲语，我。

船头一只鹦哥鸟

口述者：文香
搜集者：雷楠

船头一只鹦哥鸟，
头又乌，尾又红。
共君咀，孬笑人，
人无千日好，花无百日红。

楼角开花四点金

口述者：文香
搜集者：雷楠

楼角开花四点金，

在理开花在人心。
老人咀话句句着①，
娘囝咀话值千金。

【注释】 ①着：中肯。

一座花园四点金①

搜集者：陆万楷

一座花园四点金，
夫妻相伴坐花荫。
眠起看花花含蕊，
暝昏睇花花同心。

【注释】 ①四点金：潮州民居建筑的一种格局。

天顶一粒星

搜集者：柯鸿材

天顶一粒星，
孥着雅妱又后生。
三顿食饭勿物配，
一头睇妱一头扒。①

【注释】 ①此句意为边看着老婆边扒拉着饭。扒 [bê¹]〈伯¹〉，扒饭。

待阮花枝对花叶

搜集者：柯鸿材

井骹①一块石，
娘囝骹幼踏唔着。
累恁②众人行开去③，

待阮花枝对花叶。

井骹一块板,
娘囝骹幼踏唔安。
累恁众人行开去,
待阮花枝对花<u>丛</u>。

【注释】 ①井骹:井边。②累恁［lui⁷ning²］〈蕊⁷挪因²〉:麻烦你们。③行开去:一边去、走开。

井底一块板

井底一块板,
三人掼水沃唔灼。
待俺老伙①行开去,
待恁②后生花枝对花<u>丛</u>。

井底一块石,
三人掼水沃唔着。
待俺老伙行开去,
待恁后生花枝对花叶。

井底一个球,
君呀③掼水分娘鞧④。
问娘会轻呀会重,
唔轻唔<u>重</u>正好鞧。

井底一个柑,
君呀掼水分娘担。
问娘会轻呀会重,
唔轻唔<u>重</u>正好担。

(选自"丘本"第 18 页)

【注释】 ①老伙:长辈的自我称谓。②恁［ning²］〈挪因²〉:你们。③呀:还是。④鞧［ciu⁵］〈仇〉:打井水时收拢井绳,直至把桶提上来。

嫁囝歌

口述者：立姆

搜集者：郑耀生

粗糠拨火池池红，
嫁囝嫁分读书人。
读书之人晓情理，
一句骂妙一句诳①。

粗糠泼火池池薰，
嫁囝嫁分读书君。
读书之人晓情理，
一句骂妙一句吞。

【注释】①诳［guang¹］〈光〉：半哄半骗。

白茫茫

搜集者：陈亿琇、陈放

莿囝花，
白茫茫，
细妹送兄到路旁。
目汁拭屻①共兄咀，
记得十月来收冬。

莿囝花，
白披披，
细妹送兄到路边。
目汁拭屻共兄咀，
记得年尾来团圆。

【注释】①目汁拭屻：擦干眼泪。

唪嘤

搜集者：许丽菲、舒硕彦

唪嘤[1]！唪嘤！
阿兄去卖茶。
吩咐贤妻着经布，
吩咐细妹着纺纱。

厝[2]哩近路边，
狗囝哩着饲，
咸菜卤唔垃[3]，
鱼囝屑[4]囝买来添[5]。

【注释】①唪嘤［ong⁶ên¹］〈翁⁶榅¹〉：潮州话借音字，知了。②厝：房子。③垃［la⁶］〈拉⁶〉：足够。④屑［ciouh⁸］〈悄⁸〉：碎小。⑤买来添［tin¹］〈天〉：买来补充。

一只白马挂白鞍

一只白马挂白鞍，
分君骑去海南山。
路上有花哩勿采，
同宫同厝采牡丹。

一只白马挂白须，
分君骑去海南洲。
路上有花哩勿采，
同宫同厝采石榴。

（选自"丘本"第13页）

君去南海买麦生

君去南海买麦生，
吩咐娘囝勿过家[1]。

别人呾话勿斟嘴②，
目囝③放落面带青。

君去南海买糖板，
吩咐娘囝勿睇人。
别人呾话勿斟嘴，
目囝放落面带红。

（选自"丘本"第 13 页）

【注释】 ①过家：串门。②勿插［cab⁴］〈此盒⁴〉嘴：不要插话。③目囝：双眼。

潮州柑

搜集者：陈亿琇、陈放

绿林坡上朱红装，
原来蜜柑压枝弯。
阿妹摘对①通园大②，
祝君过番③身平安。

绿林坡上鲜红衣，
原来蜜柑压满枝。
阿妹摘对通园雅④，
祷祝夫妻偕百年。

【注释】 ①摘对：摘一对（柑）。②通园大：园里最大的。③过番：下南洋谋生。④通园雅：园里最好看的。

十指尖尖提一杯

口述者：李瑞粦
搜集者：李春忠

十指尖尖提一杯，

不知君去何时回。
路边野花君勿采，
家中自有一枝梅。

唱歌啰曲^①心就开

口述者：陈说珍
搜集者：江启昌

唱歌啰曲心就开，
眉弯额皱食丢肥。
无奈肩头做米瓮，
公婆工课无相推。

今夜食饭无心情^②，
明日巳时欲起行。
放掉^③亲房共亲戚，
净怕外房欺负妻。

三吩四咐你欲知，
勿去闲游满天啰^④。
待到运转赚有转，
许时^⑤夫妻来团圆。

【注释】①唱歌［ciê³gua¹］〈笑柯〉啰曲：唱曲（娱乐）。②情［zian⁵］〈正⁵〉。③放掉：舍下。④满天啰：整天闲聊。⑤许时：到那时。

寄信（畲族）

口述者：文香
搜集者：蔡泽民

女：张溪寄信过东都，
　　我郎回来犁荒埔。
　　等到两年哥唔转，

田子租人种番薯。

男：东都寄信转张溪，
　　叮嘱我妹田莫租。
　　等到两年哥会转，
　　乘暝点灯就来犁。

一心想着房内①人

搜集者：马风、洪潮

行桥是行桥，
手攍②书册入书场。
双目金金睇一字，
一心想着房内娘。

行板是行板，
手攍书册入书房。
双目金金看一字，
一心想着房内人。

【注释】①房内：指房间里面。②攍［lah⁴〕〈拉⁴〉：抱、揽。《广雅·释诂三》："攍，持也。"

儿夫赚钱在外洋

搜集者：马风、洪潮

雨漏漏，
儿夫赚钱在外头。
虽是别人囝，
挂挂在心头。

雨融融①，
儿夫赚钱在外洋。

虽是别人囝，
挂挂在心腔。

【注释】 ①雨融［iên⁵］〈羊〉融：意为湿漉漉。

想到死来也想伊

搜集者：马风、洪潮

目汁双双挂念郎，
想来想去到天光。
烧茶愈食喉愈㤉，
心内愈想暝愈长。

旧年①前天已想伊，
想来想去变相思。
想来想去唔到手，
想到死来也想伊。

【注释】 ①旧年：去年。

正月思君在外方

正月思君在外方，
自君去后心头酸。
自君去后相思病，
相思病重苶落床。

二月初二三，
日日思君眠床骹。
自君去后相思病，
相思病重苶洗衫。

三月清明雨纷纷，
路上行人成大群。

人人祭扫上山去，
唔见君家来拜坟。

四月日头长，
单身娘团鼻头酸。
思父思母有时阵①，
思君思婿割断肠。

五月扒②龙船，
溪中锣鼓闹纷纷。
船头打鼓别人婿，
船尾掠舵别人君。

六月热毒时，
手擎莲房③立路边。
头毛唔梳也唔掠，
姑团④睇着笑嘻嘻。

阿姑你勿笑，
等你嫁后去思君。
你兄早来你早好，
你兄早来你早抱孙！

七月秋风转凉哩，
欲寄衣衫去分伊。
爱寄凝个又俗⑤早，
爱寄热个又过时。

八月初九二十暝，
月上月落二三更。
一日三顿⑥等三过⑦，
弓鞋踏破君唔回。

九月凝又凝，
开开箱团搭被单。

有缘夫君被来盖，
无缘夫君被外凝。

十月人收冬，
园中青青是香葱。
树上鸟声成双对，
笑娘无君不成双。

十一月对节时^⑧，
家家处处人舂圆。
头毛蓬松惰走起^⑨，
手托下颏靠床边。

十二月是年边，
收拾房舍来过年。
廿九暝昏君就到，
围炉食酒来过年。

天光起来是新年，
朋友相招去赚钱。
衫裾劏^⑩紧无君去，
忆得去年相思时。

（选自"丘本"第87页）

【注释】①有时阵［si⁵zung⁷］：有时候。②扒［pê⁶］〈帕⁶〉：划。③莲房：莲蓬。④姑囝：小姑。⑤佮［kah⁴］〈脚⁴〉：太、过。⑥顿［deng³］〈肠³〉。⑦三过：三遍。⑧节时：这里指冬至。⑨走起：起床。⑩劏［dui²］〈对²〉：用力拉扯。

千想你来万想你（客家）

搜集者：刘辉庆

（一）

十想你来万想你，
千想万想妹唔知，
一月想你三十日，
一日想你十二时。

（二）

千思念来万思念，
思念妹你路头长，
食饭唔得共桌凳，
夗目唔得共眠床。

（三）

人人无𠊎按①凄凉，
十七八岁当流浪，
东西南北𠊎走过，
望妹大树来遮凉。

（四）

当初唔愿妹欲声，
半途而废事难行，
今日到来无见妹，
石灰掩路拍白行。

【注释】①按：这么。

正月点灯笼

正月点灯笼，
上炉烧香下炉芳。

君今烧香娘插烛，
保护阿伯大轻松。

二月君行舟，
君今叫娘买香油。
是加是减共君买，
是好是歹共君收。

三月君行山，
君今行紧娘行宽①。
君今衫长娘衫短，
衫长衫短来相幔。

四月簪花围，
一头簪花二头开。
有缘阿姑哩来插，
无缘阿姑花含蕊。

五月人扒船，
一溪锣鼓闹纷纷。
船头拍鼓别人婿，
船尾掠舵是我君。

六月热毒时，
五娘楼顶②掷荔枝。
陈三骑马楼下过，
五娘睇见掷分伊。③

七月跳粉船，
一跳二跳唔见君。
我君离远我也剐，
我君离近板逢春。

八月跳粉墙，
一跳二跳唔见娘。

我娘离远我也刜，
我娘行磨④香龙芳。

九月担酒祝我兄，
我兄主意嫁潮城。
人呾潮城　块好，
人呾潮城大名声。

十月担酒祝我姨，
我姨主意嫁海墘⑤。
人呾海墘一块好，
人呾海墘大鱼鲜。

十一月担酒祝我姑，
我姑主意嫁棉湖⑥。
人呾棉湖一块好，
人呾棉湖口口粗。

十二月北风凝，
开箱开囊拾被单。
有缘阿姑被来盖，
无缘阿姑被外凝。

（选自"丘本"第 11 页）

【注释】 ①行宽［kuan¹］〈夸（鼻化音）〉：慢走。②楼顶：楼上。③"五娘掷荔"是民间故事《陈三五娘》（又名《荔镜记》）中的情节，以荔传情。④行磨：走近。⑤海墘：海边。⑥棉湖：揭阳市揭西县一镇名。

十二月歌（畲族）

口述者：文香
搜集者：雷楠

正月点灯笼，
上炉烧香下炉芳。

君今烧香娘插烛，
保福哥你大轻松。
呓了呓，大轻松。

二月君行舟，
君今寄钱买香油。
是好是歹共君买，
是加是减共君收。
呓了呓，共君收。

三月君行山，
君今行猛娘行宽。
君今衫长娘衫短，
二人手裌来相幔。
呓了呓，来相幔。

四月插花围，
一头插花两头开。
有缘阿哥花来插，
无缘阿哥花含蕊。
呓了呓，花含蕊。

五月人扒龙船，
溪中锣鼓闹纷纷。
船头拍鼓别人婿，
船尾掠舵是侬君。
呓了呓，是侬君。

六月是热天时，
五娘上寮拗①荔枝。
陈三骑马寮下过，
伸手掷分伊。
呓了呓，掷分伊。

七月跳粉船，

一跳二跳唔见君。
催君远远阮都剟，
催君行近笑齄焖。
呓了呓，笑齄焖。

八月跳粉墙，
一跳二跳唔见娘。
催娘远远催会剟，
催娘行近香龙芳。
呓了呓，芳龙芳。

九月秋风冷，
有缘阿哥被来盖，
无缘阿哥被外凝。
呓了呓，被外凝。

十月人收冬，
嘴衔槟榔面抹粉，
手抱茶盘等儿夫②。
呓了呓，等儿夫。

十一月担酒等阿姨，
阿姨主意嫁海墘。
别位唔知海墘好，
海墘大鱼鲜又鲜。
呓了呓，大鱼鲜又鲜。

十二月担酒等阿姑，
阿姑主意嫁归湖③，
别位唔知归湖好，
归湖米谷酥。
呓了呓，米谷酥。

【注释】①拗：折。②儿夫：丈夫。③归湖：潮州市一镇名。

五嫂谂字①

口述者：陈源宏
搜集者：佃锐东

厝边②五嫂雅又勢③，
丈夫过番无回头。
欲诉苦情唔谂字，
想将起来目汁流。

嫂你何必按偌生④，
厝边有个小先生。
猛猛请伊来教你，
年纪青青勿哭加⑤。

五嫂读书走在前，
问长问短长过街。
从此谂字会写信，
丈夫年年寄番批⑥。

【注释】①谂字：识字。②厝边：邻居。③雅又勢：长得好看又能干。④按偌生：这样子。⑤加：多余。⑥番批：侨批，海外华侨寄回国内的汇款单，一般附有简单的家书。

只只渔船做书斋

搜集者、整理者：杨思

一声叱齐医青盲①，
只只渔船做书斋。
不分舵手共拓梏，
谂字就来做先生。

【注释】①青盲：这里指文盲。

绩苎（畲族）

口述者：文香

搜集者：雷楠

买苎头着安公须，①
十裈②八接也都无。
君今唔知娘艰苦，
长衫阔裤穿了去风流。

买苎买着安公毛，
十裈八接也都无。
君做唔知③娘艰苦，
长衫阔裤穿了去游溜④。

【注释】①此句指泥塑有胡子，但胡子用料便宜，货较差。安公，指潮州大吴泥塑的人物。须，胡子。②裈：拼、接。③做唔知：一点都不知道。④游溜：畲语，即游玩。

门骸一个壶

门骸一个壶，
嘴团生来嘴嘟嘟。
问你亲情①做底处？
嫁分乞食卖尿壶。

门骸一个钵，
嘴团生来嘴阔阔。
问你亲情做底处？
嫁分乞食卖番葛。

门骸一丛柑，
嘴团生来嘴昂昂。
借问娘你嫁底处？
嫁分裁缝做裙衫。

门骸一丛梅，
客鸟飞来嘴横横。
借问娘你嫁底处？
嫁分乞食讨清①糜。

（选自"丘本"第64页）

【注释】 ①亲情〔cing¹ zian⁵〕〈清晶⁵〉：亲事。②清：冷。

嫁囝嫁在溪涧墘

搜集者：陈亿琇、陈放

嫁囝嫁在溪涧墘，
无船无只怎得圆？
金簪拔落作渡税，
目汁流落满溪墘。

嫁囝嫁在溪涧畔，
无船无只怎得来？
金簪拔落作渡税，
目汁流落满溪畔。

正月桃花开

口述者：文香
搜集者：雷楠

正月桃花开，
娘呀有孕啼喃泪。
君呀问娘欲食乜①，
欲食蚝囝腌芫荽。

二月人落秧，
娘呀有孕面带黄。
君呀问娘欲食乜，

欲食杨梅捶白糖。

三月人布田，
娘呀有孕面带红。
君呀问娘欲食乜，
欲食薄饼卷糖葱③。

四月人入夏，
娘呀有孕假做病。
君呀问娘欲食乜，
欲食吊瓜③炒沙虾。

五月斗龙船，
娘呀有孕笑齟烟。
君呀问娘欲食乜，
欲食鱿鱼烟糯饭。

六月热毒时，
娘呀有孕笑唠唏。
君呀问娘欲食乜，
欲食枝尾双荔枝。

七月秋风来，
娘呀有孕笑唠咳。
君呀问娘欲食乜，
欲食枝尾双苞梨。

八月是中秋，
娘呀有孕头无梳。
君呀问娘欲食乜，
欲食枝尾双石榴。

九月天疏朵④，
娘呀有孕脱头毛。
君呀问娘欲食乜，

欲食枝尾双杨桃。

十月鸡无孵，
鸭无生，
生无个团见大家⑤。

【注释】 ①乜：什么。②薄饼卷糖葱：糖葱薄饼是潮州的一种小食。③吊瓜：黄瓜。④天疏朵：天气清爽。⑤大家：婆婆。

石①榴花

搜集者：陈亿琇、陈放

五月石榴满丛花，
阿兄结婚免用媒。
新来阿嫂势刺绣，
绣出花红鸟危飞。

五月石榴缀满枝，
阿姐欲嫁免媒姨。
配着阿郎势种作，
种得稻芳百果鲜。

【注释】 ①石 $[siêh^8]$〈惜^8〉。

阿姐孲新郎

搜集者：陈亿琇、陈放

灯火洞洞光，
阿姐孲新郎。
后巷姐妹揞①嘴笑，
阿兄敢是唔胶粘②？
姐妹恁勿笑，
阿郎悦死人！

文武全才盖俺③村。

女婚男嫁都一样，

勿存封建旧脑筋。

【注释】①掐［au¹］〈馅¹〉·用手捂。②胶粘［liam⁵］〈帘〉：关系密切。
③俺［nang²］〈人²〉：我们。

鸡母叫啯家

搜集者、整理者：张耿裕

鸡母叫啯家，

客人来我家。

推门进屋去，

一间吟静静。

主人底块去，

咋尼无在家。

转身出门外，

想爱问动静。

别块觅无人，

只见大树下，

一群孥团弟，

啰唱1、2、3。

上前问阿弟，

今日做乜事，

咋尼吟静静。

阿弟共伊呾，

恁者亲戚家，

儿子已长大，

今日去出嫁。

新娘孥新郎，

男嫁女人家。

全村齐欢送，

哪里有在家。

客人常思量，

男子好出嫁，
新事新风尚。
父母好拍拵，
我家有二女，
二老年一百。
他日女长大，
已欲按照生，
举手大赞成。
拥护者"新生"。
待我转村去，
好事传万家。

无好老娼做媒人

多尼开花满山红，
无好老娼做媒人。
做到山顶一家人，
挨砻无人扶砻头，
舂米无人来相帮。
擎起尖担目汁流，
搭起尖刀来锯喉。

嫁囝歌

搜集者：陈亿琇、陈放

眠起①日出东畔红，
嫁囝切勿听媒人。
着爱②阿孥会同意，
夫妻相好免除人③。

正午个日正丁丁④，
嫁囝勿贪婿小生。
着有本领正切要⑤，
会势丢惊⑥目前穷。

暝昏日落在西山，
嫁囝切勿嫁贪官。
贪官害民又误国，
误国害民罪如山。

一暝无月天乌乌，
谁说姿娘输大夫⑦。
只欲爹娘好教示，
木兰也会平番奴。

【注释】①眠起：早晨。②着爱：要。③除人：给人添麻烦。④正丁丁：潮州方言，高高之意。⑤正切要：才是最重要的。⑥吂惊：不怕。⑦大夫［da^2bou^1］〈打埠〉：男子。

嫁女歌（畲族）

口述者：文香
搜集者：雷楠

正月景春罗，
四娘欲嫁百物无。
又无铰刀又无尺，
紧紧写信给大哥。

大哥赠妹金皮箱，
二哥赠妹金皮绒，
三哥赠妹金古灯，
四哥赠妹花梅香。

大嫂赠姑头上钗，
二嫂赠姑骹下鞋，
三嫂赠姑龙凤髻，
四嫂赠姑百物齐。

内公内婧①赠耳银②，

外公外昔赠枕头。
同寅③姐妹赠娘伞，
娘伞艳艳闪娘头。
七个媒人七骸箱④，
七个赤骸⑤随阿娘。

【注释】①嫱：畲语称谓，祖母。②耳银：耳饰。③同寅：同龄人。④七骸箱：七只箱子。骸，做量词。⑤赤骸：从小被娘家人买来陪女儿的女孩，也随女儿出嫁，丈夫可以娶其为妻，但地位低下。这是潮州旧社会一种不合理的习俗。

赠嫁妆歌

口述：汤隆猷
搜集：郑楚南

正月花开景春萝，
四娘欲嫁乜物无。
也无铰刀也无尺，
也无梳团好梳毛。
内公内妈赠耳钩，
外公外妈赠枕头。
大哥赠妹买梅香，
二哥赠妹金交椅，
三哥赠妹买皮箱，
四哥赠妹猪共羊。
大嫂赠姑头上钗，
二嫂赠姑骸下鞋，
三嫂赠姑龙凤珮，
四嫂赠姑金手指。
大姐赠妹绣花袍，
二姐赠妹红甲团，
三姐赠妹绿绸裙，
物件收落一大堆。
四娘睇着笑吟吟，

多谢大家真有心!

月光月疏朵

搜集者：陈亿琇　陈放

月光月疏朵，
照篱照壁照瓦槽。
照着眠床骹踏板，
照着蚊帐绣双鹅。

月光月烟尘，
照篱照壁照瓦窗。
照着眠床骹踏板，
照着蚊帐绣双龙。

一到轿底笑嘻嘻

搜集者：马风、洪潮

畲歌畲嘻嘻，
红纱蚊帐绿彩旗。
阿姐上轿流目汁，
一到轿底笑嘻嘻。

畲歌畲咳咳，
红纱蚊帐绿彩楣。
阿姐上轿假意哭，
一到轿底笑咳咳。

咳①、咳、咳

咳、咳、咳，
大轿扛到大门第②。
娘囝你勿哭，

加③二里路就到。
新眠床，新铺盖，
新家官④，新儿婿。
轿夫伯，你唔知，
离父离母惨过刣。

（选自"丘本"第25页）

【注释】 ①咳［hoi⁶］〈蟹〉：形容哭声。②门第：门槛。③加：还有。④家官：家公。

一把①红箸

搜集者：陈亿琇、陈放

一把红箸五十双，
专请亲姆②坐厅中。
人呾有缘做亲姆，
囝儿有缘结成双。

一把红箸五十支，
专请亲姆坐厅边。
人呾有缘做亲姆，
囝儿有缘结成双。

【注释】 ①把［bê²］：意为小捆。②亲［cê²］〈醒〉姆：亲家母。

一把红箸廿四枝

一把红箸廿四枝，
怨父怨母怨媒姨。
怨父怨母收人聘，
叫我细细①嫁了欲咋泥？

一把红箸廿四双，
怨父怨母怨媒人。

潮州歌谣集成

怨父怨母收人聘,
叫我细细^①就嫁人。

（选自"丘本"第 19 页）

【注释】①细细：年纪小。

碗头白米饲鸡翁^①

碗头白米饲鸡翁,
饲加一把也会红^②。
日到当昼^③去略奻^④,
略见娘团来打鬃。

碗头白米饲"胶睢"^⑤,
饲加一把也会肥。
日到当昼去略奻,
略见娘团留毛鬒^⑥。

（选自"丘本"第 23 页）

【注释】①鸡翁［ang¹]〈安〉：公鸡。②红：潮州方言，指秤重物，秤杆翘起，重量增加。③当昼［deng¹dao³]。④略［lieh⁴]奻：相亲。⑤胶睢：一种很美的鸟。⑥毛鬒［sui¹]〈虽〉：刘海。

八十公孱十八妻（客家）

口述者：刘义英
搜集者：沈维才

八十公孱十八妻,
老藤缠在嫩花枝。
唔嫌公公年纪老,
只怨家己出世迟。

新开路团（畲族）

口述者：李两英
搜集者：雷楠

新开路团曲曲弯，
来时容易去时难。
今日放哥自身转，
石灰掩路打白行。

同心肠（畲族）

口述者：文香
搜集者：陈焕钧

日头出来日头长，
爷娘嫁团唔好贪阿郎，
也着阿孥二人同心肠。

日头出来日头登，
爷娘嫁团唔好贪小生，
也着阿孥二人同心胸。

一顶红轿四抛须①

搜集者：刘粦玉、丁耀彬

一顶红轿四抛须，
阿姐欲嫁穿红裘。
红裘穿起桃花色，
走来花园摘红菊。

红菊摘起朱朱红，
做父做母唔是人。
好钱好银挐去使，

嫁无一件好见人。

【注释】①四抛须：指轿顶四角垂四串红缨。抛，串。

好花插在牛屎匏①

搜集者：陆万楷

骂声叔婶太糊涂，
无端将妹嫁腰佝②。
者亲若是唔去退，
好花插在牛屎匏。

【注释】①匏［bu⁵］〈波污⁵〉：意为一堆。②腰佝：指佝偻。

我个①母亲恶心肠

搜集者：陈亿琇、陈放

我个母亲恶心肠，
嫁女嫁给乌龙黄。
骹团细细趔山路②，
面皮③白白受风霜。

我个母亲恶心肝，
嫁女嫁给乌东山。
骹团细细趔山路，
只身寂寞受孤单。

【注释】①个：的。②趔［lêng⁸］〈绿〉山路：指跋涉山路。《集韵·职韵》："趔，趔趱，行貌。"（转引自张惠泽著《潮语僻字集注》）

缀①着狐狸就着钻②山草

搜集者：马风、洪潮

我命生前就注好，
缀着鸡来随鸡飞，
缀着狗来随狗走，
缀着狐狸就着钻山草。

【注释】①缀［duê⁴］〈兑⁴〉：跟，这里作"嫁"解。②钻［neng³］〈软³〉。

臼头①春②米心头青③

臼头春米心头青，
怨父怨母怨大家。
怨我爹娘收人聘，
叫我细细咋泥会理家？

臼头春米目圈④红，
怨父怨母怨媒人。
怨我爹娘收人聘，
叫我细细咋泥会做人？

(选自"丘本"第19页)

【注释】①臼［ku⁶］〈丘⁶〉头：石臼。②春［zêng］〈增〉。③心头青：意为忧心忡忡。④目圈：眼眶。

爷娘枭①心肝（畲族）

口述者：文香
搜集者：陈焕钧

爷娘枭心肝，
嫁女嫁在文家山。

骹囝幼幼②行石路，
手囝幼幼扒芒杆。

爷娘枭心肠，
嫁女嫁在李寮门。
骹囝幼幼行石踏，
手囝幼幼爬山门。

【注释】①枭：狠心。②幼幼：细嫩且白。

去过南①

去过南，
蜡蜡梳囝买一双。
同头夫妻你唔惜，
三心二意惜别人。

去过洋，
蜡蜡梳囝买一箱。
同头夫妻你唔惜，
三心二意惜别娘。

（选自"丘本"第 51 页）

【注释】①去过南：去南洋。

疴髲①疴胡溜

搜集者：陈亿琇、陈放

疴髲疴胡溜，
嫁分疴髲大无修②。
三寸红布做个袄，
四寸绿布做个裘。
面桶洗浴恰恰好，
骹桶洗浴拍乒泅③，

吊桶洗浴翻千秋。

阮有金铺厅，

银铺埕，

钱铺路，

咋泥唔中嫂你行？

阮唔嫌你金铺厅，

亦唔嫌你银铺埕，

亦唔嫌你钱铺路，

是欲嫌你一个疴髡兄。

【注释】①疴髡〔gu¹dang³〕〈龟耽³〉：驼背矮子。②修：指修行。③拍乒汹〔siu⁵〕〈修⁵〉：意为游泳。

天顶吊金桃

天顶吊金桃，

有人富来有人无。

阿姐嫁分状元婿，

阿妹嫁分牵猪哥①。

（选自"丘本"第 22 页）

【注释】①牵猪哥：指专养公猪配种的人。

正月人游灯

正月人游灯，

共娘呾知人游灯。

共娘呾知娘勿骂，

勿骂丁古①如拥经。

二月人游山，

共娘呾知人游山。

共娘呾知娘勿骂，

勿骂丁古如唱歌。

三月三，
水缸无水我来担。
骸缠②鞋屐我来洗，
洗了水尾挈来洗白衫。

四月四，
水缸无水我来背③。
骸缠鞋屐我来洗，
洗了水尾挈来我拖粞。

五月龙船鼓相催，
我呀畏妷如畏雷。
见着妷面冻冻虩④，
鱼肉成钵食唔肥。

六月暝短日又长，
捶捶钉⑤钉到天光。
捻颈磕头分我冘，
爱捶爱拍明暝昏。

七月秋风来，
问娘裙衫做乜个？
是长是短我来做，
勿分堂上爹妈知。

八月是中秋，
娘团恼恼头唔梳。
问娘你个恼乜事⑥？
恼你唔知舀水洗目周⑦。

九月天疏朵，
出门遇着一群无妷哥。
人人呾兄你有妷，
我今有妷输过无。

十月人收冬，
弟呀骂兄唔是人。
当初也⑧知兄畏妚，
何唔兄做妚嫂做翁⑨？

十一月是节⑩时，
娘囝恼恼唔搓丸⑪。
阿娘畏凝勿早起，
代你揖粿⑫共搓丸。

十二月人印龟⑬，
娘囝恼恼嘴嘟嘟⑭。
唔知娘囝恼乜事？
恼你唔来抠火灰⑮。

翁龟妚奴，
煮饭共妚挴⑯。
挴唔炌，
分妚祀⑰。
阿娘我唔敢，⑱
下顿挴炌炌。

（选自"丘本"第 95 页）

【注释】①丁古：潮州方言，专指痴呆者。②骹缠［din⁵］〈递（鼻化音）〉：裹脚布。③背［bi³］〈痹〉。④冻冻虩［dong³dong³sih⁴］〈栋栋薛〉：形容发抖的样子。⑤钉［deng³］〈瞪〉。⑥你个［gai⁵］〈该⁵〉恼乜事：你为什么事生气。个，表示反问。⑦目周：眼睛。⑧也［a⁷］〈阿⁷〉：如果。⑨翁：丈夫。⑩节：指冬至，潮州人称冬至为"冬节"。⑪丸：糯米丸。⑫揖粿：把米粉加水揉成团做粿皮，包上馅料印成粿。⑬印龟：用龟模印制。印龟是过年祭祀特有祭品。⑭嘴嘟嘟：翘嘴巴。⑮火灰［hu¹］〈夫〉：灰烬。⑯挴［hou⁵］〈侯〉：沽取。煮稀饭时，趁米熟而不烂时沽取干饭。⑰祀［ba⁷］〈把⁷〉：屈着指头打脑袋。⑱此句为丈夫求饶说的话。

雨淋漓

雨淋漓，
无妱阿哥树下啼。
衫裾破裂无人补，
紧紧孛妱来张治。

孛到妱来破我家，
十日只纺一个纱。
七八个月织块布，
布呀织好搭来市上换沙虾。
换来到，搭一盘敬大家。

（选自"丘本"第 54 页）

雨落落

雨落落，
沃树枝，
无妱阿哥树下啼。
裙衫破裂无人补，
紧紧孛娘来张治。

紧紧孛娘来破家，
三顿配我四斤红沙虾，
三日四日纺粒纱。
轻轻拍妱一下棰①，
骑猪倒羊就来回②。
手擎香炉咒重咒，
下日③拍妱手着瘸。

轻轻拍妱一拳头，
猛猛走来李厝投④。
行到李厝个客厅，
许内狗团吠三声。
阿爹伸头出来睒⑤，

阿郎转口叫阿爹。
阿爹转口叫阿郎，
就命团团擎茶汤。

竹篙蜡蜡好晾纱，
盖瓯深深好冲茶。
借问客厅也人客？
夭是⑥昨日拍妑侪⑦。
茶汤食了正开言，
唔中⑧你女做儿婿，
三心二意忆别人。

稚瓜无瓤，
稚团⑨无肚肠。
稚团食饭无向多，
稚团想事咋有安向长⑩？
后头种树种冬粉，
亲亲姨团⑪出来叫阿郎！

俺姐在家食到白如雪，
去到你家咋向黄⑫？
你姐只会破我家⑬，
破我桃李又委生⑭。
破我猫儿唔缀厝⑮，
破我鸭母唔缀家。
我姐咋会破你家？
桃李老了就委生。
猫儿无腥唔缀厝，
鸭母无粟唔缀家。

（选自"丘本"第84页）

【注释】①棰［cuê⁵］〈吹⁵〉：短小的棍子。②回：回手。③下日：以后。
④投：告状。⑤睒［iam²］〈淹²〉：看了一下。⑥夭［iao¹］〈妖〉是：原来
是。⑦侪［sê⁵］〈纱⁵〉：同类。⑧唔中：不合适。⑨稚团：年轻人。⑩安向
长：那么长久。⑪姨团：小姨。⑫黄：脸色蜡黄。⑬破我家：败家。⑭委生：

278

无法生育。⑮缀厝：待在家里。

月娘光光好读经

月娘光光好读经，
面盆养水养双龙。
娘囝一心明如镜，
嫁分憨①夫亦是穷。

月娘光光好读书，
面盆养水养双鱼。
娘囝一心明如镜，
嫁分憨夫亦是莤②。

月娘光光好挑篯③，
海底光光好掠④鳗。
茶叶好食茶心苦，
勢娘唔畏强大官。

月娘光光好纺纱，
海底光光好掠虾。
茶叶好食茶心苦，
勢娘唔畏强大家。

（选自"丘本"第 93 页）

【注释】①憨［nga³］〈俄啊³〉：憨又愚。②莤［re⁵］〈而〉：萦乱难理。③挑篯［tiê¹cuan¹］〈胎腰¹此鞍¹〉：用针挑刺。④掠：捕捉。

共君坐床头

共君坐床头，
共君细呾目汁流。
在家受尽兄嫂苦，
受尽柴烧熨我头。

共君坐床边，
共君细呾垂垂啼。
在家受尽兄嫂苦，
受尽柴烧共铁钳。

（选自"丘本"第 92 页）

吊篮是吊篮

吊篮是吊篮，
吊鱼吊肉猫来衔①。
君哩骂娘唔收拾，
娘哩骂君臭猫骸。

吊箕是吊箕，
吊鱼吊肉猫来舐②。
君哩骂娘唔收拾，
娘哩骂君臭身尸。

（选自"丘本"第 93 页）

【注释】①衔［gan⁵］〈柑⁵〉。②舐：［zi⁶］〈至⁶〉。

厝顶①曝豆干②

厝顶曝豆干，
雅雅姿娘在南山。
生钱③生银合伊孥④，
孥着个物⑤乌心肝。

厝顶曝骸缠，
雅雅姿娘在溪边。
生钱生银合伊孥，
孥着个物糜⑥目墘。

（选自"丘本"第 23 页）

【注释】①厝顶：屋顶。②豆干：豆腐干。③生钱：贷钱。④合［hab⁸］

〈哈⁸〉伊孥：给他娶（老婆）。⑤个物：这个人。⑥糜：烂。

嫁着翁

搜集者：陈捷金

嫁着作田翁，
日双暝也双。
嫁着教书翁，
七暝六暝空。
嫁着行船翁，
半天吊灯笼。
嫁着过番翁，
有翁当无翁。

哭夫歌（畲族）

口述者：文香
搜集者：雷楠

一钵芝兰颠倒生，
昨晏①夫妻来到㤭过暝。
大大功德公婿做，
死鬼有灵来听斋②。

一钵芝兰颠倒开，
昨晏夫妻来到㤭相随。
大大功德公婿做，
死鬼有灵来领衣。

【注释】①昨晏：畲语，昨晚。②斋：丧礼中为亡灵诵经礼佛。

新新吊桶新新箍

新新吊桶新新箍，①

新新筛斗筛委粗。
新妇哩是别人团，^②
原来爹妈惜细姑。

新新吊桶新新梁^③，
新新筛斗筛也强^④。
新妇哩是别人团，
原来爹妈惜细娘^⑤。

（选自"丘本"第21页）

【注释】①此句意为新箍有毛刺，会扎手，要细心慢慢做。②此句暗指将两件难用的工具给新妇用。别人团，指新妇。③新新梁：此处指新吊桶好用。④筛也强：此处指新筛斗好用。⑤惜细娘：此处指好用的工具留给小姑子使用。细娘，小姑子。

细细鸡

小小鸡，
遍身黄，
底个^①儿女不想娘？
想起娘来无处去，
关起房门哭一场。
虽是公婆待我好，
咋及家己亲生娘？

（选自"丘本"第21页）

【注释】①底［di⁷］〈地〉个：哪个。

竹篮团

搜集者、整理者：张道济

手提篮团来掠蚶，
行到海边水茫茫。
怨我爹娘贪财物，

害我细细手艰难。

手提篮团来拍蚝，
行到海边水罗罗。
恨阮公婆心狼毒，
苦我日日受奔波。

正月桃花开是先

正月桃花开是先，
金英好花列二畔。
好花开在花园内，
园外桃花时时开。

二月桃花开是时，
金英好花列二边。
好花开在花园内，
园外开花睇细姨。

三月雨水粗，
三月雨水沃葫芦。
好花开在花园内，
园外开花睇细姑。

四月是梅天，
双人帐内说因依。
孥你六年荟出息，
我心想欲新孥妻。

五月热烘烘，
人人骂你唔是人。
人人同你未有妱，
你今有妱欲双人。

六月热毒时，

挈支雨遮①略细姨。
细姨略着合我意，
钱银加加②唔论伊。

七月风雨丝，
收掇③房间孲细姨。
今年此时孲，
明年此时抱男儿。

儿呀等你儿，
赤骹生囝唔值钱。
生着男囝是我个，
生着女囝我唔知。

八月金菊黄，
十七十八入君门。
共君生无男共女，
分君苦逐守空床。

九月菊花开转红，
十七十八入君房。
共君生无男共女，
分君苦逐守空房。

十月人收冬，
娘囝赶④鸡到田中。
当初原是南桂树，
今日睇是苦莉丛。

十一月是节时，
娘囝捧筐在厅边。
当初原是金桂树，
今日睇是苦莉枝。

十二月是年边，

春米做粿来过年。
暝昏入房分娘恼，
问娘恼恼是咋呢？

新人箪来在家中，
替⑤你春米共挨砻。
替你饲猪共饲狗，
自家工课⑥免艰难。

自家工课重如山，
自家工课着去磨⑦。
你妏猛猛着去卖，
卖了心正安。

君呀听着笑呵呵，
你看一瓦盖二槽。
唔信娘团担梯睇，
睇睇有共无。

（选自"丘本"第89页）

【注释】 ①雨遮：雨伞。②加加：很多。③收掇［doh⁸］〈倒⁸〉：收拾。④赶［riou⁷］〈绕⁷〉。⑤替［toi³］〈代〉：代理。⑥工课［kang¹kuê³］〈康科³〉：工作。⑦磨：作辛苦干活解。

细姨歌

口述者：文丽芳
搜集者：蔡泽民

正月桃花开头先，
金英开花列二畔。
好花开在花园内，
园外开花四时闲。

二月是早时，

金英开花列二边。
好花开在花园内，
园外开花睇细姨。

三月雨水足，
三月雨水浓。
好花开在花园内，
园外开花游大夫。

四月四月天，
两人房内说因依。
好花开在花园内，
园外开花睇细姨。

五月日头红，
无好老狗唔是人。
合你同寅同伙还无妐，
你者短命欲妐欲双人。

六月热毒时，
雨遮挈起略细姨。
略着好就共你孥，
钱银铁敥[①]无论伊。

七月秋风转凉哩，
拚间拚房孥细姨。
今年只时孥入内，
明年只时生男儿。

男儿做男儿，
赤骹[②]生囝唔值钱。
大人[③]大采采，
二人[④]生囝大人个。

八月柑桔黄，

十七十八踏入俺君门。
三年五载未生男共生女，
苦苦守空床。

九月柑桔红，
十七十八踏入俺君房。
三年五年也无男共女，
苦苦守空房。

十月茶花林，
十七十八同君眠。
夫君苦迫无男也无女，
夫君苦迫在只歇树林。

十一月人食臊⑤，
豆菜掺豆炯⑥。
大人到今无走起⑦，
唔知许内⑧世情是如何？

十二月人食斋，
豆菜掺豆芽。
大人到今无走起，
唔知许内世情是在生⑨？

【注释】①铁敍：非常多。②赤骹：从小被娘家人买来陪女儿的女孩，也随女儿出嫁，丈夫可以娶其为妻，但地位低下。这是潮州旧社会一种不合理的习俗。③大人：指发妻。④二［ri⁷］〈字⁷〉人：指第二房妻子。⑤臊［co¹］〈初〉：腥味。⑥豆炯：潮州有些地方称炒菜为"炯菜"。⑦无走起：病了，起不了床。⑧许内［he²lai⁶］〈虚²来⁶〉：里面。⑨在生［zai⁶sê¹］〈灾⁶生〉：怎么样。

六、 儿歌

洗浴歌

搜集者：庄少文

一、二、三，
洗浴免穿衫。
三、四、五，
阿孥有①过老石部②。

【注释】①有［doin⁷］〈殿〉：结实。②石部［bou⁶］〈步⁶〉：石头。

天顶一粒星

搜集者：陈焕钧

天顶一粒星，
地下开书斋。
书斋门，未曾开，
阿孥拚欲食油馃①。
油馃未曾浮，
阿孥拚欲②偷牵牛。
牛乇牵，偷扒蚶。
蚶乇掰，偷攃③册。
册乇读，偷磨墨。
墨乇磨，偷担箩。
箩乇担，偷收衫。

衫委穿，领④父领母生你无中用⑤。

【注释】①油饱［dui¹］〈追〉：用糯米粉做皮，内有馅料，经油炸而成的团子，是潮州人过年时的一种小吃，象征团圆。②拚［bian³］〈兵³〉欲：吵着要。③攦［lah⁴］〈拉⁴〉：抱、揽。《广雅·释诂三》："攦，持也。"④领［nian²］〈挪营²〉：你的。⑤无中［dêng³］〈订³〉用：不中用。

开书斋

搜集者：陈亿琇、陈放

天顶一粒星，
地下开书斋①。
书斋门未曾开，
阿孥拚欲食油饱。

油饱未曾熟，
阿孥拚欲食猪肉。
猪肉未曾割，
阿孥拚欲食番葛。

番葛未曾扭②，
阿奴拚食老爹三盅酒。
老爹一吓叱③，
扣掉④钵。
钵委鑡⑤，
扣掉瓯。
瓯委缺，
扣破钵蒂。

【注释】①书斋：旧时指书塾。②扭［liu²］〈柳〉：挖、掘。③吓叱［hêh⁴duah⁴］〈赫⁴带⁴〉：大声呵斥。④扣［ka³］〈岂³〉掉：意为摔坏。⑤钵委鑡：这里指钵无裂痕，声音不鑡。鑡，指声音沙哑。

卜卜跳

口述者：张桂珠
搜集者：邱家驰

天顶一粒星，
地下开书斋。
书斋门，未曾开，
阿孥拚欲食油馉。
油馉未曾浮①，
阿孥拚欲去牵牛。
牛未醒，
阿孥拚欲掠草蜢②，
草蜢卜卜跳，
气到阿奴龟鸟③吟翘翘。

【注释】 ①浮：油炸。②草蜢：指蚱蜢。③龟鸟：指小男孩的生殖器。

挨①呀挨

搜集者：魏先上

挨呀挨，
挨米来饲鸡。
饲鸡叫咽家②，
饲狗来吠暝，
饲猪还人债，
饲牛拖犁耙。
饲阿弟来落书斋③，
饲阿妹来雇人骂。

【注释】 ①挨：指推磨。②咽家：指母鸡的叫声。③落书斋：指入学读书。

拥①呀拥

收集者：刘粦玉

拥呀拥，
拥金公②。
金公做老爹③。
阿七阿八来担靴。
担靴担唔浮④，
饲猪大过牛。
黄牛生马囝，
马囝生珍珠。
珍珠辗辗圆⑤，
阿舍⑥读书赴科期。
科期科期科，
阿舍读书中⑦探花。
去时书童担行李，
来时大轿撑彩旗。

【注释】①拥［ong⁶］〈翁⁶〉：抱在怀里轻轻地摇以哄小孩入睡。②金公：对婴儿的爱称。③老爹：古时百姓对地方官的称呼。④担唔浮：挑不起来。⑤辗［ling³］〈邻³〉辗圆：这里指珍珠骨碌碌地转。⑥阿舍：对富人儿子的称谓，这里是对男儿的爱称。⑦中［dêng³］〈订〉。

摇篮曲

口述者：文香
搜集者：雷楠

阿弟拥啊拥，
拥金公，
金公做老爹。
七阿公，
来担瓢。
担浮浮，

饲猪大过牛。

大牛饲马囝，

马囝饲真珠。

真珠饲凤髻，

饲阿孥食一百岁。

拥啊拥

搜集者：许丽绯、舒硕彦

（一）

拥啊拥，

拥金狮，

拥银牌。

金狮银牌俺家有，

状元榜眼俺家来。

（二）

拥啊拥，

拥金公。

金公危，金公大，

猪骹母[1]，熬面线。

面线啰啰长，

一头糯米一头糖。

【注释】①猪骹母：猪蹄子。

（三）

拥啊拥，

拥金公。

拥富贵，

拥发财。

发财起大厝，

大厝大方方，

厝内晾凉风。

一搭①塗

一搭塗，
二搭胸，
三抛手，
四骸亭。

鸡啄鼻，
猴捻②耳，
鹦哥鬃，
铁索笼。
补皮鞋，
绣球过来又一个。

（选自"丘本"第99页）

【注释】①一搭［dah⁴］〈踏⁴〉：（一小片）连接起来。②塗［tou⁵］〈吐⁵〉：泥土。③捻［liam³］〈念³〉：捏。

拍球歌

一油馃，
二油槌①，
三头尖，
四菜馃，
五缚粽，
六甜馃，
七搓罗②，
八酵馃③。
酵馃胡溜空④，
糕馃踏步层⑤，
乌龟⑥包甜馅，
食了⑦免分人。
一块分人哩佮少，

二块分人哩唔甘。

（选自"丘本"第 98 页）

【注释】 ①槌［tui⁵]〈梯⁵〉：糯米粉槌状油炸糖衣。②搓罗：搓罗包。③粿：米浆加糠发酵，蒸制而成，象征发财、发家。④空［kang¹]〈康〉：洞。指酵粿发酵蒸熟后气泡形成的洞。⑤糕粿踏步层：米浆蒸熟一层，又添米浆再蒸一层，逐层加厚，象征步步高升。⑥乌龟：龟状粿品。⑦食了：吃完。

拍铰刀

拍铰刀，手捻螺。
捻螺团，啰深河。
深河深河深，
一群姿娘来听琴。
琴好听，
南北扫客厅。

三个三个疍家①姨，
点火来跋钱。
三个三个三，
点火来种柑。

种柑满树红，
点火来挨砻。
挨砻换米白，
牵须牵大虾。

大虾捻掉②须，
虾团炒香油。
食着贡贡香，
百钱买巴鳞。

巴鳞须须③甜④，
百钱买弯镰。
弯镰好割草，

百钱买戽斗。

（选自"丘本"第99页）

【注释】 ①疍家：过去广东等地内河和沿海一带的水上居民。②捻 [liam³]〈念³〉掉：掐掉。③须须：轻微。④甜：味道鲜美。

相揽肩

搜集者：庄少文

相揽肩，
掇①龙眼②，
掇有相共③食，
掇无勿相睬。

【注释】 ①掇 [doh⁸]〈夺〉：捡。②龙眼 [nêng⁸oin²]〈肉闲²〉。③相共：意为共同享有。

十脶①歌

一脶坐睉②睉，
二脶走骸皮，
三脶无米煮，
四脶有米炊，
五脶五田庄，
六脶掰心肠③，
七脶七益益，
八脶做乞食，
九脶九安安，
十脶会做官。

（选自"丘本"第69页）

【注释】 ①脶 [lo⁵]〈罗〉：指圆形（螺状）的手指纹。②睉 [duê¹]〈刀锅〉：端坐不动的样子。③掰 [beh⁴]〈百〉心肠：意为好多管闲事。

白鹭鸶^①

搜集者：马风、洪潮

白鹭鸶
飞过篱。
红骹裤，
白骹缠，
缠到恁娘双骹縻縻。

【注释】①白鹭鸶［bêh⁸liou⁶si¹］〈百⁸辽⁶丝〉：白鹭。

呢^①，呢，呢

搜集者：陈焕钧

呢，呢，呢，
呼^②猫来上市。
买个猪头独只耳。
一路行，一路舐，
舐到厝内存无点团呢^③。

【注释】①呢［ni⁶］〈年⁶〉：借音字，潮州人唤猫的象声词。②呼［kou¹］〈圈〉：呼唤家禽。③点团呢：一点点。

哈^①，哈，哈

搜集者：陈焕钧

哈，哈，哈，
个钱买猪骸。
一碗食，一碗凉^②。
一碗凉放东司骸^③。

【注释】①哈［ha¹］〈合¹〉：用嘴哈气。②凉［la⁷］〈啦⁷〉：晾着。③东司骸：指厕所边。

马

搜集者：庄少文

马，马，马，
四骹齐[1]齐跳落井。
马肉搭来食，
马皮好钉屐。

【注释】①齐［zoi⁵］〈截⁵〉。

水 鸡[1]

搜集者：陈亿琇、陈放

水鸡是水鸡，
水鸡起厝田埠堤[2]。
石门骹，
石门第，
钓篙一枝索丈二，
钓我细弟在半天。
为着去挽伊，
分伊带吊在半天。

掠转来，
捡圆圆。
刀一枝，
芹菜择几段，
胡椒落数钱，[3]
煎煎煮煮好滋味。
大人试点囝[4]，
孥囝偷偷拈。
胡绳带孝，
狗囝收尸。
老父来告状，

觅无骨头好验尸。

【注释】①水鸡：青蛙。②田埂［huan⁷］〈欢⁷〉堤：小堤、田埂。③此句意为下几钱胡椒粉。④点囝：一点点。

蛤　婆①

搜集者：马凤、洪潮

蛤婆，蛤婆，
站在洞底拍铜锣。
问你拍乜事？
拍分官娘来踢跎。

蛤虬，蛤虬，
站在洞底吹鼓首。
问你吹乜事？
吹分官娘来食酒。

【注释】①蛤婆［gab⁴bo⁵］〈鸽波⁵〉：癞蛤蟆。

叫匀匀

药肤蝉①，
叫匀匀。
大个②拚欲衫，
二个③拚欲裙，
三个拚欲槟榔鼓，
四个拚欲铜面盆。
五个拚欲咀：
爹呀爹，
我爱妆田合妆车，
我爱罗裙十八幅，
我爱手器④叮哨声。

囝呀囝，你爹呾你知，
恁母当初无者个⑤。
乌布做衫白布补，
乌布遮头随爹来。

老狗⑥你勿呾短长，
我无空手入恁门。
也有柴梳三个齿，
也有个篮做嫁妆。
伸伸收收⑦一布袋，
拖拖抽抽一眠床，
荒荒塞塞一客厅，
镇镇倒倒一外埕。⑧
叫阿叔阿伯伙走来睇，
阿叔阿伯睇着笑到喉无声。

（选自"丘本"第82页）

【注释】 ①药肤蝉［ieh⁸bou¹sung⁵］〈腰⁸部¹纯〉：蝉。②大个：老大。
③二［ri⁷］〈字⁷〉个：老二。下面"三个""四个""五个"均为辈序，指孩
子。④手器：手镯。⑤者［zia²］〈遮²〉个：这个。⑥老狗：母对爹戏谑的称
谓。⑦伸伸收收：与下面"拖拖抽抽""荒［heng¹］〈勋〉荒塞［sag⁴］
〈萨〉塞"都指东西乱扔乱塞。⑧以上四句均是形容东西多。镇［ding³］
〈尘³〉镇倒［do³］〈刀³〉倒：阻塞。

药肤蝉

搜集者：陈亿琇、陈放

药肤蝉，
叫匀匀。
五月节，
扒龙船。
扒对①阿兄门骹过，
阿兄插红花②，
阿嫂戴金髻。

金髻哒哒赤，
阿嫂嫁后壁。
后壁臭火灰③，
阿嫂嫁莲墩。
莲墩臭狗屎，
阿嫂嫁澄海。
澄海无黄豆，
阿嫂嫁水鲎。
水鲎水底泅，
黄枝接石榴。
石榴嘴狭④狭，
尖担⑤骂葵笠⑥。
葵笠好闪雨，
猪肠骂猪肚。
猪肚反辗转⑦，
铁钳骂火管。
火管好喷火，
老婶啰⑧烙粿。
烙粿捧入宫，
酒瓶骂酒盅。
酒盅好筛酒⑨，
蛤婆⑩骂蛤虮⑪。
蛤虮纠纠声，
阿婆骂老爹。
老爹一拍床，
阿婆惊到额长长。
老爹一拍椅，
阿婆惊讨死。
老爹一放屁⑫，
阿婆惊到荟敆气⑬。
老爹一放尿，
阿婆惊到跋落轿。
老爹一放屎，
阿婆惊到跋落海。
海底洞洞光，
阿婆惊到荟梳妆。

【注释】①对：经过。②红花：指石榴花，潮州人认为石榴花是吉祥的花。③火灰［hu¹］〈夫〉：炉烬。④狭［oih⁸］〈鞋⁸〉：窄。⑤尖担：一种用竹木制作的两头尖的扁担。⑥葵笠［guê⁵loi⁸］〈瓜⁵礼⁸〉：斗笠。⑦反辗转［boin²ling³deng²］〈畔²邻³当²〉：翻过来。⑧啰［lo¹］〈罗¹〉：表示动作正在进行。⑨筛［sai¹］〈西〉酒；斟酒。⑩蛤婆［gab⁴bo⁵］〈鸽波⁵〉：癞蛤蟆。⑪蛤虬［gab⁴giu²］〈鸽纠²〉。⑫屁［pui³］〈坡位³〉。⑬敲气［tao²kui³］〈透²亏³〉：喘气。

一只猴团跋落沟

一只猴团跋落沟，
老树开花廿四抛。
人人行到唔敢拗，
秀才行到拗一抛。
拗来娘团插鬓边，
鬓边无毛一胶掠。①
胶掠好曝豆，
水鸡合水鲎。
水鲎水底泅，
黄枝接石榴。
石榴嘴狭狭，
尖担合竹笠。
竹笠好闪②雨，
猪肠合猪肚③。
猪肚反④辗转⑤，
铁钳合火管。
火管好喷火，
豆心好做粿。

做粿擎入宫，
酒瓶合酒盅，
酒盅好筛酒，
蛤蟆合蛤虬。
蛤虬纠纠声，
阿婆骂老爹，

301

老爹一拍床，
阿婆气到颔长长，
老爹一拍椅，
阿婆惊妥死⑥。

【注释】①胶掠：夸张发鬓边无头发的地方大。胶掠，潮州一种竹编盛器。②闪 [siam²] 〈森²〉：避开。③猪肚 [dou⁶] 〈宾〉：指猪的胃。④反 [boin²] 〈畔²〉：翻转。⑤辗转 [ling³ deng²] 〈邻³当²〉：回到原地。⑥惊妥 [to²] 〈讨〉死：吓得要死。妥，将近。

手攎①摇篮如撑船

搜集者：马风、洪潮

药肤蝉叫匀匀，
手攎摇篮如撑船。
阿孥阿孥猛猛夗，
阿姈邀②你去出门。
邀你天顶摘朵云，
摘来共你做彩裙。

蟋蟀仔叫啾啾，
手攎摇篮如撑舟。
阿孥阿孥猛猛夗，
阿姈邀你离潮州。
邀你天顶摘星团，
摘来共你缀棉裘。

【注释】①攎 [so⁶] 〈疏⁶〉：推、甩或摆动等。②邀 [giao¹] 〈娇〉：带。

井面开花

搜集者：柯鸿材

瓶①叠瓶，
井面开花是芝兰。
芝兰开花日妥昼②，
茉莉开花贡贡芳。

钟叠钟，
井面开花是素馨③。
素馨开花日当昼④，
茉莉开花贡贡清。

【注释】①瓶［bang⁵］〈房〉。②妥昼［to²dao³］〈讨岛³〉：近中午。③素馨：指素馨花，花色白素淡，芬芳馨香。④当昼：正值中午。

风禽①断线在半天

搜集者：马风、洪潮

九月十五天②，
风禽断线在半天。
竹篙欲揭揭唔着，
双目睇到奁合眯。

【注释】①风禽：风筝。②九月十五天：指农历的九月十五。

月高高

口述者：钟洽明
搜集者：钟平宜

月高高，
照街头。

街头狗吠大门口，
欲去过番动动走①。

【注释】①动动走：潮州方言，踏进踏出状。

月圆圆

口述者：钟洽明
搜集者：钟平宜

月圆圆，
照溪墘。
溪墘老姆哭啼啼，
目汁流到下颏①边。

【注释】①下颏［hai⁵］〈谐〉：指下巴。

天 顶

搜集者：陈亿琇、陈放

天顶有人吹吠橱①，
地下人牵青盲②牛。
勿来只块分阮③吊④，
骗人钱银去内⑤烰⑥。

【注释】①吠橱：指潮剧乐器中的号头。②青盲［cên¹mê⁵］〈星夜〉：眼瞎。③分阮：被我们。④吊：骂。⑤去内：回家。⑥烰［bu⁵］〈富⁵〉：这里有煮饭做菜之意。

天顶一幅云

天顶一幅云，
昨暝牛母生牛豚。
牛豚唔食外边草，

外边草团贡贡春。

天顶一粒星，
昨暝牛母生牛嘤[1]。
牛嘤唔食外边草，
外边草团贡贡青。

（连自"丘本"第41页）

【注释】①牛嘤［ên¹]〈楹¹〉：指刚出生的牛犊。

日出雨来[1]

搜集者：刘粦玉

日出雨来，
二人[2]相刣。
日挈长板刀，
雨挈大竹篙。

【注释】①雨来：指下雨。②二人：指日和雨。

宋橄榄[1]

搜集者：林有钿

宋橄榄，
好食在[2]。
大人有钱买去内[3]，
孥团无钱刻苦耐。

【注释】①宋橄榄：一种腌制果品。②好食在：非常好吃。②买去内：买
回家去。

十二月歌

搜集者：许丽绯、舒硕彦

正月正，
新囝婿，来上厅。
二月二，
阿妈囝[①]，落庵寺。
三月三，
桃囝李囝鲍你担。
四月四，
桃囝李囝鲍你背。
五月五，
龙船囝，满间碰。
六月六，
尖担囝，满街凿。
七月七，
多尼[②]乌[③]，龙眼笷[④]。
八月八，
抽豆藤，摘豆荚。
九月九，
狐狸剬山草。
十月十，
新米饭，胀平目。
十一月十一，
骹凝手曲丟搭笔。
十二月十二，
骹凝手曲丟擤鼻[⑤]。

【注释】①阿妈囝：潮州方言，指老妇。②多尼：山棯子。③乌：成熟变褐色。④笷［big^4］〈笔〉：裂开。⑤擤鼻［hngh^{4}pin^7］〈园^{4}抱院〉：意为擤鼻涕。

赚了正会亲像人

搜集者：马风、洪潮

嘟叮咚，
夆团诓①老人。
阿兄去牵瞽②，
阿嫂做媒人。
阿三扛轿团，
阿四担灯笼③。
一家刻苦赚，
赚了正会亲像人。

【注释】①诓［guang¹］〈光〉：欺骗。②牵瞽［zang¹］〈脏〉：一种淡水捕鱼方法。③担灯笼：潮州习俗。如果晚上游客到码头，客栈就派出小伙计点红灯笼迎客。

开白白①

口述者：婵妆

搜集者：郑耀生

莉团花，
开白白，
后厝②阿娘在挨麦。
大姑春，
二姑簸。
红车团，
纺绞播③。
节节断，
节节散。
散到水缸骸，
存无二尺半。

莉团花，

开白白，
后厝阿娘在挨麦。
尽管春，
尽管簸，
阿妈裙带接蒔④线。
断呀断，
带呀带，
带到猪槽骹。
烦恼⑤猪无糠，
烦恼鸭无卵，
烦恼姑囝欲嫁无嫁妆，
烦恼叔囝欲孬无眠床。

【注释】①开白白：指莉囝花开出的花为白色。②后厝：指屋后人家。③绞播：一种棉纱。④蒔［re⁵］〈而〉：杂乱。⑤烦恼［huêng⁵lo²］〈环啰²〉：担忧。

城内人游神

搜集者：陈少溪

城内人游神，
一位老爷双夫人①。
踢跎三暝日，
头壳吟眩②眩。
睇见许角头③，
一畔乌豆仁。
咋知拾起来，
是只死胡蝇。

【注释】①双夫人：潮州城青龙庙供的安济圣王的两位夫人。②眩［hing⁵］〈何音⁵〉：头昏眼花。③许角头：那边角落。

客鸟①客客声

搜集者：陈亿琇、陈放

客鸟客客声，
底人欲共阿孥做亲情②。
父欢喜，
母欢喜。
父担床，
母担椅。
担到后头埔，
遇着鲤鱼来孥妼。
龟擎灯，
鳖拍鼓，
胡蝇嗌③的禾④，
蛴蚾⑤搭彩旗⑥，
水鸡担布袋⑦，
田蟹来相贺，
虾姑⑧背囊箱，
璙矫⑨扛新娘。
弟哙弟，
你个新娘偌⑩趣味？
趣味哩趣味，
绿豆目，
葱管鼻，
猪哥嘴，
蝙蝠⑪耳，
齿屎⑫扒落⑬一粪箕。

【注释】①客鸟：喜鹊。②做亲情［zian⁵］〈正⁵〉：说媒。③嗌［bung⁵〕〈奔⁵〉：吹。④的禾［di¹da⁵］：唢呐。⑤蛴蚾［sua¹mê¹〕〈沙夜¹〉：潮州话方言字，蜻蜓。⑥彩旗：蛴蚾身上的彩色图案。⑦布袋：指青蛙腹部。⑧虾姑：濑尿虾。⑨璙矫［liou⁵giou⁶］〈撩娇⁶〉：潮州方言借音字，是一种贝壳类海产品。⑩偌［riêh⁸］〈而药〉：这么。⑪蝙蝠［big⁸bo⁵〕〈毕波⁵〉。⑫齿屎：

牙垢。⑬扒［bê⁵］〈爬〉落：耙下来。

蜘蛛无厝哭啼啼

搜集者：马风、洪潮

蜘蛛丝，
缠在厝檐前。
六月十九做风时①，
风时吹落蜘蛛网，
蜘蛛无厝哭啼啼。

蜘蛛网，
缠在厝檐眉。
六月十九透风台②，
风台透落③蜘蛛网，
蜘蛛无厝哭哀哀。

【注释】①风时：指夏季的阵雨，也叫"风时雨"。②风台：指台风。③透落：刮倒。

雨落落

搜集者：许丽绯

雨落落，
阿公去闸泊，
闸着鲤鱼共苦初①。
阿公呾欲煮，
阿妈哩欲焅。
二人相拍相挽毛，
挽去见老爹。
老爹笑呵呵，

310

咀恁二老好②踢跎。

【注释】①苦初：潮州的一种鱼名。②好［haon³］〈孝（鼻化音）〉：喜好。

去闸泊

口述者：杜伯

搜集者：黄楚瑶

雨落落，
阿公去闸泊，
闸着鲤鱼共苦初。
阿公咀欲煮，
阿妈哩欲炯，
二人相拍①相挽毛②。
挽到后头埔，
遇着鲤鱼来孥㚢。
龟擎灯，鳖拍鼓，
蟟蟜扛新娘，
虾公挑囊箱，
虾母做青娘③，
水鸡担布袋，
田蟹来相贺，
蛤虮担肉丸，
担到颔④歆歆。

【注释】①相拍：打架。②挽毛：揪头发。③青娘：青娘母。④颔［am⁶］〈庵⁶〉：脖子。

嘻啊嘻

搜集者：柯鸿材

嘻啊嘻，

和尚相拍相挽辫，
老鼠拖猫上竹枝。
担梯①厝顶戽虾团，
点火烧山掠蟛蜞②。

呵呀呵，
和尚相拍相挽毛，
老鼠拖猫上竹篙。
担梯厝顶戽虾团，
点火烧山掠田螺。

【注释】①担梯：搬梯子。②蟛蜞[pên⁵ki⁵]〈彭期〉：小螃蟹。

天下奇事多又多

口述者：杜伯
搜集音：黄楚瑶

天下奇事多又多，
老鼠拖猫上行篙，
鸡团倒退踏死鹅，
书生上山掠海马，
道士厝顶摸田螺。
尼姑抱团走去睇，
和尚相拍相挽毛，
青盲伊呾睇会着①，
老哑②哩呾无无无。

【注释】①睇会着：能看到。②老哑：指哑巴。

哐①呀哐

哐呀哐，
咸菜颠倒拖。
拖上岭，

遇着阿妈囝。

阿妈囝唅,

你欲去底块?

欲去阮走囝②。

恁走囝搭什乜个分你食?

大麦糜。

什乜个你荡嘴③?

屎沟糜④。

什乜个你剔齿?

扭耳棰⑤。

什乜个你夗?

经机下。

什乜个你盖?

破裘父。

什乜个你枕?

死猪仔,翘翘硬。

(选自"丘本"第71页)

【注释】 ①㧍〔gua⁵〕〈柯⁵〉:指走路身躯扭动。②走囝:女儿。③荡〔deng⁶〕〈断〉嘴:漱口。④屎沟糜:阴沟里的污泥。⑤扭〔liu²〕〈柳〉耳棰:挖耳勺。

颠倒歌

搜集者:刘粦玉

㧍呀㧍,

咸菜颠倒拖。

拖上山,

摘草麻,

草麻好焗羹。

丈姆食,

丈姆生,

生个番①嬷妁。

坐阮船,

313

拍阮鼓，

一只船载鹦鹉，

一只船载葡萄。

葡萄跋落水，

鹦鹉走去劯②。

劯唔起，

投③阿姐，

阿姐气到面乌乌④。

投仙姑，

仙姑唔在厝。

投四句，

四句利。

投招利，

招利拖竹批。

问田鸡，

田鸡气到额长长⑤。

问阿郎，

阿郎去放⑥屎，

跋落海。

海深深，

海淋淋，

海底二只白鹭禽。

一只有⑦，

一只冇⑧，

一只掠来刣，

一只掠来扣。

【注释】①番［huêng¹］〈反¹〉：番邦，指海外。②劯［dui²〕〈对²〉：拉扯。③投：投诉、告状。④面乌乌：黑起脸。⑤额［am⁶〕〈庵⁶〉长长：伸长了脖子。额，脖子。⑥放［bang³〕〈帮³〉：屙。⑦有［doin⁷〕〈殿〉：有肉。⑧冇［pa³〕〈怕〉：无肉。

长荚豆

搜集者：刘粦玉

长荚豆，骸哗哗①。
大姐—姐哕绣鞋。
绣二双，绣三双，
一对分阮伊唔甘。

家己穿鞋勢打扮，
打扮雅雅嫁田东。
田东溪水清悠悠，
又好拍撲②又好泅。

大船撑来头欹欹，
船团撑来载细姨。
细姨掼潘去饲猪，
细舅食饱去读书。

【注释】①骸哗哗：欲倒状。②拍撲［pog⁸］：原意为鼓掌，此处意为用手拍水。

唔知龙虾几对骹

搜集者：柯鸿材

溪水溪忉忉，
一对龙虾来洗骹。
从细拢有龙虾食，
唔知龙虾几对骹。

溪水溪悠悠，
一对龙虾来洗须。
从细拢有龙虾食，
唔知龙虾几对须。

孱妱歌

搜集者：庄少文

阿公①咕咕荡，
阿妈去驶田②。
驶着粒金橄榄，
好个家己食，
孬个分媒人。
媒人食着呵啯好，
双兄孱双嫂。
双嫂孱入房，
房内点灯笼。
灯笼洞洞光③，
烧着阿老姆个尻仓。

【注释】①阿公：雷公。②驶田：耕田。③洞洞光〔dang⁷dang⁷geng¹〕：亮堂堂。

嫁了唔回门

搜集者：马风、洪湖

长荚豆①，
荚长长。
长荚豆，
好煮汤。
娘囝唔肯嫁，
嫁了唔回门②。

长荚豆，
荚青青。
长荚豆，
好煮羹，
娘囝唔肯嫁，

嫁了唔回家。

【注释】①长荚［goih⁴］豆：长豆角。②回门：与下文"回家"均指回娘家。

嘴哩哭，心哩笑

搜集者：马风、洪湖

八月节，
日子好，
家家姑娘变阿嫂。
嘴哩哭，
心哩笑，
尻仓哩坐大花轿。

一只鸡团蹁①呀蹁

搜集者：魏先上

一只鸡团蹁呀蹁，
蹁来砻骹啄米仁。
阿兄三十未有妏，
阿妹细细做夫人。

一只鸡团佤呀佤，
佤来砻骹啄米箩。
阿兄三十未有妏，
阿妹细细做太婆。

【注释】①蹁［ping⁵]〈贫〉：走路不稳，东倒西歪。

顾睇娘囝无睇路

搜集者：柯鸿材

行桥唔行桥，
双目金金顾睇娘。
顾睇娘囝无顾路，
着拐着踢跋落桥。

行仿唔行仿，
双目金金顾睇人，
只顾睇人无顾路，
一拐一踢跋落江。

面盆水，清窝窝

口述者：立姆
搜集者：郑耀生

面盆水，清窝窝，
后头驶牛是我哥。
大牛驶好牛囝代，
咋着阿弟代阿哥。

面盆水，清晶晶，
后头驶牛是我兄。
大牛驶好牛囝代，
咋着阿弟代阿兄。

喜欢欢

喜欢欢，
欢喜喜。
阿妹缀阿姐，
阿爹发财来，

买有鲑脯①共厚鲚②。

欢喜喜，
喜欢欢。
阿弟缀阿兄，
阿爹发财来，
买有鸡𪐗③共猪肝。

（选自"丘本"第6页）

【注释】①鲑［guai¹］〈乖〉脯：用小鱿鱼腌制而成，潮州名小吃。②厚鲚［gao⁶ni²］〈高⁶泥²〉：新鲜的小鱿鱼。③鸡𪐗［nua³］〈烂³〉：未下蛋的母鸡。

大夫①打扮姿娘人②

搜集者：马风、洪潮

一缚③韭菜一缚葱，
戏园④生好外块⑤人。
骹踏棚板会做戏，
大夫打扮姿娘人。

一缚韭菜一缚姜，
戏园生好是别乡。
骹踏棚板会做戏，
大夫打扮姿娘样。

【注释】①大夫［da²bou¹］〈打¹埠〉：男子。②打扮姿娘人：男扮女装。③缚：捆。④戏园：过去对演员的称呼。⑤外块：外地。

悦①通乡②

搜集者：马风、洪潮

一缚韭菜一缚葱，

戏团生来悦倒人。
手团尖尖会做戏,
大夫假做姿娘人。

一缚韭菜一缚姜,
戏团生来悦通乡。
嘴团尖尖会唱③戏,
大夫假做雅姿娘。

【注释】 ①悦 [ruah⁸] 〈而娃⁸〉：长相令人倾慕。②通乡：整个乡。③唱 [ciê³] 〈笑〉。

茼蒿①花

茼蒿花,
开黄黄。
欲好灶下②来铺砖,
昨暝俺兄孥俺嫂,
的禾鼓首③送入门。

茼蒿花,
开黄黄。
欲好灶下来铺板,
昨暝俺兄孥俺嫂,
的禾鼓首送入房。

(选自"丘本"第48页)

【注释】 ①茼蒿 [dang⁶o¹] 〈重窝〉。②灶下：指厨房。③的禾鼓首：吹打班。

一丘园团

一丘园团狭狭好种姜,
种有三百六十厢。
三个姐妹嫁三块,

三个阿郎来担姜。

一丘园团狭狭好种葱，
种有三百六十丛。
三个姐妹嫁三块，
三个阿郎来担葱。

（选自"丘本"第 46 页）

去时多尼①也未生

去时多尼也未生，
来时孙团地上爬。
去时多尼也未乌②，
来时孙团叫阿姑。

（选自"丘本"第 44 页）

【注释】①多尼：潮州方言，即桃金娘，野生植物，果熟呈深紫色可吃。
②未乌：未成熟。

一只鸡团喔喔叫

一只鸡团喔喔叫，
走去大路待阿姑。
阿姑有钱唔坐轿，
跋到一身生撮塗。

一只鸡团喔喔啼，
走去大路待阿姨。
阿姨有钱唔坐轿，
跋到一身生撮泥。

（选自"丘本"第 54 页）

天乌乌

口述者：深姆
搜集者：林瑶

天乌乌，
搋起雨遮等阿姑。
阿姑来，
手带二个大红柿。
一个给阿李，
一个给阿奈。
阿桃睇见就拚欲，
阿姑下次唔敢来！

新娘孲入房

新娘孲入房，
房内点灯笼。
灯笼着火烧①，
阿公气到冲冲潮。

（选自"丘本"第54页）

【注释】①着火烧：着火了。

白鹭鸶

白鹭鸶，
飞上树丛捩①树枝。
树枝捩好赶鸭囝，
鸭囝入水尾朝天。

（选自"丘本"第46页）

【注释】①捩［li³］〈里³〉：撕裂。

担粪箕

搜集者：许丽绯、舒硕彦

白鹭鸶，
担粪箕。
担来河溪墘，
拾着个金古钱。
你欲分我唔？
唔我投恁姨①。
恁姨去洗衫，
投恁爸。
恁爸去戽水，
戽着个池水鬼。
掠来剖，
剖无血。
掠来刮，
刮无毛，
掠来山顶拍踢陀。

【注释】①姨：潮州话中对母亲的一种称谓。

大细拢是一家人

白鹭鸶，
挑粪箕。
挑到大溪墘，
搭着二个钱，
买多尼。
多尼红个挑去食，
乌个送阿姨。
阿姨呵喏好，
三哥挈三嫂。
三嫂手痛丢挨砻，
三哥骸痛丢落田。

厝边头尾来相帮，
你们心肠真是好，
大细拢是一家人。

一只鸡团歇①厝头②

一只鸡团歇厝头，
阿姐欲嫁目汁流。
食饭食着三四碗，
行到半路尿就流。

（选自"丘本"第 54 页）

【注释】①歇：停下。②厝头：屋脊角。

一钵芝兰放在客厅中

一钵芝兰放在客厅中，
雅姐抹粉打龟鬃。
阿总①睇着就欲孪，
外公外妈咂唔甘②。

一钵芝兰放在客厅边，
雅姐抹粉点胭脂。
阿总睇着就欲孪，
外公外妈咂明年。

（选自"丘本"第 29 页）

【注释】①阿总：旧社会对衙门差役的称呼。②唔甘：舍不得（客气地拒绝）。

胡　溜

胡溜胡溜，
恁阿父①去底块？
恁阿父走去上苏州。

恁阿母去底块?
恁阿母在内②补破裘。

（选自"丘本"第53页）

【注释】①恁［ning²］〈挪因²〉阿父：意为你父亲。②在内：在家。

一只鸟团颔朣朣①

一只鸟团颔朣朣，
飞来飞去歇田墩。
底人父母唔惜囝，
底人公妈唔惜孙。

孙也知，
知阿大妗②骂我时时来。
今日犹是公妈在，
公妈死后我唔来。

唔来待你唔来，
阮个门骹唔会生草崽，
阮个咸鱼唔会生秀才③，
阮个饭钵唔会生尘埃。

（选自"丘本"第68页）

【注释】①颔［am⁶］〈暗⁶〉朣［lung¹］〈轮¹〉朣：短颈貌。颔，脖子。朣，短。②妗［gin⁶］〈今⁶〉：舅妈。③生秀才：潮州方言中的一种俏皮说法，即生虫。

门骹一丛大树头

门骹一丛大树头，
客鸟①飞来大声喉②。
客鸟飞来无好歇③，

325

歇在四娘眠床头。

（选自"丘本"第 42 页）

【注释】①客鸟：喜鹊。②大声喉：指嗓门大。③无好歇：指没地方停歇。

问你亲情做底块

门骹一个壶，
嘴囝生来嘴嘟嘟①。
问你亲情做底块？
嫁分乞食卖尿壶。

门骹一个钵，
嘴囝生来嘴阔阔。
问你亲情做底块？
嫁分乞食卖番葛。

门骹一丛柑，
客鸟飞来嘴岩②岩。
借问娘你嫁底厝？
嫁分乞食讨清糜。

（选自"丘本"第 64 页）

【注释】①嘴嘟［du¹］〈堵¹〉嘟：噘着嘴。②岩［ngam¹］〈岩¹〉：上下唇相合。

青花青

搜集者：陈亿琇、陈放

青花青，
青花开花青花棚。
青花雅雅摘来插，
娘囝雅雅嫁到家。

食酒望醉

口述者：杜伯

搜集者：黄楚瑶

食酒望醉，
读书望贵。
先生欲念书，
弟子目涩①无施为。
读书无该哉，
戽②鱼烰③咸莱。

【注释】①目涩［siab⁴］〈涉⁴〉：指眼困。②戽［hou³］〈侯³〉：用戽斗或双手戽干水沟捉鱼。③烰［bu⁵］〈富⁵〉：煮。

蜘　蛛

搜集者：陈德名

蜘蛛食饱坫瓦槽，
骹踏纱规经丝罗。
落着雨团真珠坠，
生着好团也丢无①。

【注释】①无：这里专指家业。

蜜柑蜜柑糖

搜集者：陈亿琇、陈放

蜜柑蜜柑糖，
蜜柑红红挂满园。
吊渴①陈三丢上马，

吊渴五娘丢梳妆。

【注释】①吊渴：意为吊人胃口。

一诓伊就来

搜集者：陈德名

蜘蛛咬蚊胎①，
虱母咬秀才。
阿姐唔肯嫁，
嫁了唔肯来。
猪肉炒韭菜，
一诓伊就来。

【注释】①蚊胎：幼蚊。

孥团敬老人

口述者：李惜心
搜集者：林裕彬

白韭菜，炒猪肝。
猪肝上好食，
掠美翼①。
美翼四散飞，
摘冬瓜。
冬瓜一点红②，
孥团敬老人。

【注释】①美翼［bhuê²iah⁸］：指蝴蝶。②冬瓜一点红：将冬瓜挖空，插上蜡烛，元宵供儿童游灯之用。

月光光（客家）

搜集者：何昌时

月光光，秀才郎，
骑白马，过庵堂。
庵堂背，种韭菜，
韭菜花，好炯瓜。
瓜未大，孙囝掠来卖，
卖无三个钱，学拍棉。
棉线断，学拍砖，
砖断节，学拍铁。
铁生卤①，学刏猪，
做蚀本，学卖粉。
粉会白，学担屐，
屐会花②，拍铰刀。
又无钱，学拍拳，
拳唔会，担肥漉③头菜。
头菜辣，拍烂钵，
烂钵响，换叮当④。
叮当声，换茶瓮，
茶瓮漏，换黄豆。
黄豆脯，换猪肚，
猪肚肥，换擂槌。
擂槌重，换鸡公。
鸡公跋落井，和尚去吊颔⑤。

【注释】①生卤：客家话，生锈。②花：指屐面油漆磨损。③漉：浇。④叮当：小贩卖酥糖时敲击铁板的声音。⑤去吊颔：去上吊。

天乌乌

天乌乌，
擎雨伞，
等阿姑。

阿姑来，
掠鸡刣。
鸡还细，
鸭来代。

鸭唅鸭，
人欲刣你咋呢咀？
一暝生粒卵，
一月一大堆。
勿刣我，
去刣牛。

牛唅牛，
人欲刣你咋呢咀？
上丘是我犁，
下丘是我耙，
勿刣我，
去刣马。

马唅马，
人欲刣你咋呢咀？
眠起①骑阿爹，
下界②骑阿娘，
勿刣我，
去刣羊。

羊唅羊，
人欲刣你咋呢咀？
一日在外口③，
一暝食饱草，
勿刣我，
去刣狗。

狗唅狗，
人欲刣你咋呢咀？

上更是我巡，
下更是我吠，
勿刣我，
去刣猪。

猪吰猪，
人欲刣你咋呢呾？
嘴食米潘骸踏槽，
勿刣我，
去刣鸟鼠哥④。

（选自"丘本"第72页）

【注释】①眠［mung⁵］〈门〉起：早上。②下界［ê⁶gua³］〈哑⁶柯³〉：下午。③外口：在外劳作。④鸟鼠［ngiou²ce²］〈猫²此〉：老鼠。

天顶浮大星

搜集者：刘粦玉

天顶浮大星，
姑囝割草饲牛嘤①，
牛嘤饲大好教驶②，
姑囝饲大嫁别家。

日出东方红，
姑囝割草饲牛筒。
牛筒饲大好教驶，
姑囝饲大嫁别人。

【注释】①牛嘤：和下面"牛筒"均指牛犊。②好教驶：指训练怎样耕田。

阿姐过番畔^①

搜集者：刘粦玉

龙眼鸡，
骹齐齐，
阿姐过番畔。
番畔双条路，
阿姐过塘铺。
塘铺人种蘂，
阿姐捞蚍蝴。
蚍蝴团，
飞直直，
刣鸡刣鸭做生日。
生日过，
食百岁。
百岁百岁红，
起厝^②起大房。
大房人刣猪，
二房人刣羊，
拍锣拍鼓扛新娘。
新娘无插花，
芋瓠^③骂冬瓜，
冬瓜走去死，
扣掉芋瓠二个齿。

【注释】①番畔［huêng¹boin⁵］〈反¹岁〉：指南洋。②起厝：建房子。
③芋瓠［bu⁵］〈逋⁵〉：指瓢。

麻雀相拍跋落坑

麻雀相拍跋落坑，
孥囝相拍大人骂。
大人相拍老人咀，
老人相拍雷公扣，

蛟龙相拍齿哨哨①。

（选自"丘本"第 68 页）

【注释】①齿哨［sa³］〈莎³〉哨：形容张牙裂口貌。

老阿伯

老阿伯，
卖馨香。
老阿姆，
当花娘①。
花娘花，
抛冬瓜。
冬瓜收末梢，
狐狸靖山狗。
山狗跋落坑，
弟子请先生。
先生唔谢字，
恁内刣猪啰做忌②。
猪肠好合腰。
猪骨好架桥。

（选自"丘本"第 69 页）

【注释】①花娘：妓女。②做忌［ki⁷］〈起⁷〉：先辈逝世日称为"忌日"，每年逢忌日举行祭祀，称"做忌"。

鸡食粟

口述者：江浩
搜集者：李泽湘

鸡食粟，
投①阿叔。
阿叔去挽②秧，
胡蜞③咬尻仓。

阿嫂偷�饭，
食了大尻仓。

【注释】 ①投：告状。②挽：拔。③胡［hou⁵］〈侯〉蜞：指蚂蟥。

兔毛好做笔

搜集者：许丽绯、舒硕彦

床顶四碟姜，
床下四只羊。
羊毛好做笔，
做分秀才写文章。

床顶四碟醋，
床下四只兔。
兔毛好做笔，
做分秀才写纸库①。

【注释】 ①纸库：指描摹用的字帖。

龙眼鸡①

搜集者：陈亿琇、陈放

龙眼鸡，
穿红鞋。
红鞋红靴靴，
上树拜阿爹。

阿爹唔受拜，
开后门，
摘蕹菜。
蕹菜开花分二丛，
梅大妗，

做媒人。
大房人刣猪，
二房人刣羊。
啴啴呵，
孥新娘。

【注释】①龙眼鸡：一种昆虫。

潭前一围竹

潭前一围竹，
阿兄锯弦①弟唱曲。
唱乜个？
唱英台。
英台会转魂，
做戏做继春。
继春忌食酒，
做戏做四九。
四九来问路，
桃花姐来搭渡。
搭渡搭免钱，
擎枝伞囝过溪堘。

（选自"丘本"第 36 页）

【注释】①锯［ge³］〈居³〉弦：拉弦。

槟　榔

搜集者：陈亿琇、陈放

槟榔渣，
狗囝来相咬。
咬破瓮，
插花灿。
插灿花，

换冬瓜。

冬瓜好扭臼，

家姑骂新妇。

新妇恼唔食，

大官披胶掠。

胶掠好筛豆，

黄豆骂水鲎。

水鲎水底泅，

木团①骂石榴。

石榴嘴狭狭，

尖担骂葵笠。

葵笠好闪雨②，

猪肠骂猪肚。

猪肚反辗转，

铁钳骂火管。

火管好喷火，

灶洞好烙粿。

烙粿捧入宫，

酒瓶骂酒盅。

酒盅好筛酒，

蛤蟆骂蛤蚁。

蛤蚁咿咿声，

海龙王就来听，

听到额长长。

六角鸟，

出花园。

花园有大锅，

有锅无米炊。

欲哩块分你，

勿哩去扭瓜。

【注释】①木团：指番石榴。②闪〔siam²〕〈森²〉雨：避雨。

雨大大

搜集者：魏先上

雨大大，
沃田塍。
田塍崩，
沃龟鬃①。
龟鬃擎戽斗，
沃老狗。
老狗擎长刀，
剁长槛。
鸡翁相拍日长暝，
大人相拍做冤家，
孥囝相拍哭唔静②。

【注释】①龟鬃：妇女的一种发式，这里指妇女。②哭唔静：意为哭个不停。

雨零零①

搜集者：许丽菲、舒硕彦

雨零零，
好种葱。
葱浮朵，
好种桃。
桃开花，
滴着瓜。
瓜伸长，
娘囝好出门②。

【注释】①零 ［lang¹］〈朗¹〉零：作稀疏解。②出门：专指女儿出嫁。

骹瘸瘸

骹瘸瘸，
挽草来贴鼻。
鼻安安，
牵马去上山。
山危崎①，
鳖母骂鳖父。
鳖父熬山楂，
鳖母熬豆干。
一碗分阿三，
一碗分阿四，
食了骹丢瘸。

（选自"丘本"第 74 页）

【注释】 ①危崎［guin⁵gia⁶］〈归⁵佳⁶〉：又高又陡。

戽斗好戽鱼

戽斗好戽鱼，
百钱买竹锯。
竹锯好锯竹，
百钱买五色。
五色一枝旗①，
五男二女来团圆。
团唔出，
团着老人腰脊②骨。

（选自"丘本"第 69 页）

【注释】 ①五色一枝旗：自宋以后，江南盛行在门口插五彩旗，潮州中元节，也在祭品上插五色旗祈福。②脊［ziah⁴〕〈只〉。

鸭子落水田（畲族）

口述者：李书财
搜集者：蔡网里
搜集时间：2023 年 4 月

鸭子上岭尾钩钩，
落田沕①草禾。
咬到蛤虮活吞吃，
泥鳅惊怕冒死溜，
冒死溜。
草蜢逃命飞上天，
田蛇②割洞泥里藏。
整丘田哦，
鸭子沕够够，
昧也沕够够。

【注释】①沕：在水下屏住呼吸。②田蛇：指黄鳝。

火暝姑①

搜集者：许丽绯、舒硕彦

火暝姑，跋落塗。
金阿姐，银阿孥。
阿奴拥拥哭，
走来后头砌宫灶②。
宫灶陛③陛倒，
压④死后头只鸡母。
鸡母叫啯家，
有卵哩来生，
无卵哩去担草枷。

【注释】①火暝姑：萤火虫。②砌宫灶：儿童一种模仿家庭生活的游戏，相当于普通话称的"过家家"。③陛［loi¹］〈礼¹〉：意为倾斜不正。④压

[dêh⁴]〈茶⁴〉。

无卵过别家

搜集者：陈亿琇、陈放

火暝姑，
跋落塗。
金阿姐，
银阿孥。
阿孥你勿哭，
阿姐抱你后头砌宫灶。
宫灶控控倒①，
惊走阿老姆只老鸡母。
有卵知去生，
无卵过别家。

【注释】①控［kong³〕〈孔³〉控倒：指用棍棒打倒。

海　鹅

搜集者：刘粦玉

海鹅排竹篙，
排直直。
排丢直，
劚①掉骹，
劚掉翅。
鹅头分阿兄，
鹅骹分我做生日。

【注释】①劚［dog⁴〕〈督〉：砍、斫。

初三月如眉

搜集者：马风、洪潮

初三月，
月如眉，
手攫摇篮去又来。
阿孥阿孥猛猛歾，
阿妗邀你上瑶台。
上了瑶台觅李白，
教你做诗当秀才。

中秋月圆圆

搜集者：马风、洪潮

中秋月，
月圆圆，
手攫摇篮危又低。
阿孥阿孥猛猛歾，
阿妗带你上瑶池。
上了瑶池觅鲁班，
教你手艺收徒弟。

挨砻

搜集者：许丽绯、舒硕彦

挨砻唏呼①，
春米撞臼。
煮饭生沙②，
解还阿舅③。
阿舅哩唔认，

解来解去夭体面。

【注释】①唏呼：指挨砻时的声音。②生沙：有沙子。③解［goi³］〈鸡³〉还阿舅：将媳妇交还她娘家的哥哥。

门骹一丛柑

搜集者：柯鸿材

门骹一丛柑，
数来数去三百三。
人咀俺兄会选仸，
选着个仸长短骹。

门骹一丛梨，
数来数去三百个。
人咀俺兄会选仸，
选着个仸无下颏。

绿竹绿竹钩

绿竹绿竹钩，
绿竹所种河溪头。
一筐猪屎挂在绿竹尾，
有人睇做大馒头。

绿竹绿竹枝，
绿竹所种河溪边。
一筐猪屎挂在绿竹尾，
有人睇做落汤糍①。

（选自"丘本"第65页）

【注释】①落汤糍［zi⁵］〈止⁵〉：潮州人用糯米粉做的一种年节食物。

342

绿竹绿竹枝

搜集者：柯鸿材

绿竹绿竹枝，
绿竹生在河溪山。
鲤鱼吊在绿竹尾，
诓到猫团哭啼啼。

绿竹绿竹钩，
绿竹生在河溪头。
鲤鱼吊在绿竹尾，
诓到猫团漦流流。

老爷①呾且未

搜集者：马风、洪潮

阿公会跋杯②，
阿妈会说③话。
阿孥哭欲馃④，
老爷呾且未⑤。

【注释】①老爷：指供于寺庙中的神像或牌位。②跋杯：即掷筶，将筶合拢拿在手里，掷地，观其俯仰，用于问神占卜吉凶祸福。杯，潮州人称筶为"杯"。③说〔suêh⁴〕〈刷〉话：指在老爷面前说明求助的缘由并许愿。④馃：拜老爷要带供品，馃品是潮州人敬神的佳品。⑤老爷呾且未：老爷居然阻止小孩先吃供品。

古昔时

搜集者：马风、洪潮

古昔时，
我公上富上有钱。

起大厝寓①玻璃，
请个先生来教示。
头句"乾为天"，
二句"坤为地"，
三句唔调读一年。

【注释】①寓［gêng⁴］〈菊〉：装、嵌入。

阿公欲食蚶

搜集者：刘粦玉

阿公欲食蚶，
三个新妇叱①唔甘。
荟得阿公猛猛死，
灵前灵后哀哀呛。

阿公欲食蚝，
三个新妇叱咀无。
荟得阿公猛猛死，
灵前灵后哭踢跎②。

【注释】①叱［duah⁴］〈带⁴〉：大声喊说。②哭踢跎：假哭。

阿公会买物

搜集者：庄少文

阮阿公，会买物。
买双袜，做二坐①。
买双鞋，做二畔②。
买付衫裤分阿爸，
衫哩独只裀，

裤哩长短骸。

【注释】 ①二业 ［guêh⁸］〈郭⁸〉：两段。②二畔：两片。

保护阿公食百岁

搜集者：柯鸿材

阿公欲食韭菜羹，
后头韭菜还未生。
保护阿公食百岁，
牵团牵孙入书斋。

阿公欲食韭菜汤，
后头韭菜还未长。
保护阿公食百岁，
牵团牵孙入祠堂。

阿爸上市

搜集者：刘粦玉

阿爸上市转回家，
篮底买有大龙虾。
质问阿爸买乜事①，
买来过年凑五牲②。

【注释】 ①乜事：什么事。②五牲：潮州人年节显示富有、隆重的五种祭品。

雅姿娘

雅姿娘，
嫁潮阳。
三个囊，

四个箱。
红眠床，
白蚊帐，
分蚊公咬到唏嗄叫①。

（选自“丘本”第67页）

【注释】①唏嗄叫：形容叫苦声。

妘是妘

口述者：李红肉
搜集者：丁耀彬

妘是妘，
妘如深山大老虎。
三顿糜饭来落肚，
又欲茶油抹鬃股①。

【注释】①鬃股：指发髻。

妘

搜集者：庄少文

妘、妘、妘，
一个人孥了三个妘。
一个偷开橱，
一个偷捻菜脯，
一个坫在门扇后②，
分人挟到吟③脯脯。

【注释】①门扇后：门后。②吟［nê6］〈冷6〉：表示处于某种状态。

菜头①无毛辫五股

菜头无毛辫五股，
走到沙洲②拜佛祖。
佛祖拜着一个字③，
走到桥头换炒面。
拍掉伊二支汤匙，
害我菜头去掉十二钱，
害我菜头衰到糜④。

（选自"丘本"第 73 页）

【注释】①菜头：潮州人称萝卜为菜头。②沙洲：指潮州城外韩江上一小岛。③一个字：指五分钟。④衰到糜：意为倒霉到极点。

阿舍①学文章

搜集者：丁耀彬

阿舍学文章，
手擸书册入书场。
骹穿红鞋手揳笔，
双目金金偷睇娘。

【注释】①阿舍：旧社会对有钱人家儿子的称谓。

林林拜①

林林拜
拜韭菜。
韭菜十二丛，
李花白，
桃花红。
红大姈，
做媒人。
嫁底块？

嫁大房。
大房人刨猪,
二房人刨羊,
拍锣拍鼓等新娘。
新娘初一嫁,
初二生,
抱囝等大家。
大家问你咋向②早,
阮个快种是偌生。

（选自"丘本"第50页）

【注释】①林林拜：潮州方言借音字，不断地拜。②向：这么或那么。

来去朝鲜拍美帝①

搜集者：林有钿

同志，同志，
顶帽借我戴②，
戴来朝鲜拍美帝。

【注释】①此歌谣传唱于抗美援朝时期。来去，到……去。②戴〔di³〕
〈帝〉。

想食猪肉包

搜集者：林有钿

美国囝，
鼻勾勾，
想食人民猪肉包。
食一个，
糜①肚脐②。
食二个，
糜下颏。

食三个，
去到战场歪相刣③。

【注释】①糜［mi⁵］〈迷〉：糜烂。②脐［zai⁵］〈在⁵〉。③相刣：打仗。

一家欢乐甜过糖

搜集者：马凤、洪湖

鸭囝会撑船，
猫儿会掌厝，
狗囝会守门，
公婆会惜孙，
一家欢欢乐乐甜过糖。

七十八十免据槌①

搜集者：黄利泉

七十八十免据槌，
身顶披领②竹叶蓑，
半腰缠条咸草索，
欲食屎肚③着剥开。
（谜底是粽球）

【注释】①据［ge⁵］〈哥与⁵〉槌：拄着拐杖。据，拄着。②领：作量词"件"解。③屎肚：指肚子。

一生一旦①

搜集者：黄利泉

茅舍草棚做戏台，
一生一旦无加个。
生旦出棚歌歌叫，

唱出诸侯大夫来。

（谜底：母鸡下蛋）

【注释】①生、旦：指戏曲里的生角、旦角。

思 君

搜集者：黄利泉

小生十六超群，
娘囝二八青春。
一个是黑发绿鬓，
一个是桃脸朱唇。
银河相阻隔，
坐也思君，
行也思君。
若会君得着，
方解我愁闷。

（谜底：弈棋）

天 顶

搜集者：陈亿琇、陈放

天顶一园草，
地下人种茗。
茗下二支灯，
灯下一条龙。
龙下一个窟，
一尾红头鲤鱼跳唔出。

（谜底：头发、眉毛、眼睛、鼻子、嘴巴和舌头）

头哩浮大包

搜集者：陈亿琇、陈放

头哩浮大包，
颔哩着臂钩，
身像五肚船①，
双骸染红糟②。
行哩小娘囝③样，
开嘴哩大声掰喉④。
（谜底：鹅）

【注释】①五肚船：一种木帆船。②红糟：红曲，制酒原料。③小〔siê²〕〈烧²〉娘囝：姑娘。④大声掰〔bêh⁴〕〈白⁴〉喉：指说话声音洪大。掰，意为张开。

想当初

搜集者：陈亿琇、陈放

想当初，
绿羽婆婆，
嫁郎后，
青少黄多。
不提起，
犹作罢，
一提起，
泪滴江河。
（谜底：撑船竿）

老伯须赤赤

搜集者：陈亿琇、陈放

老伯须赤赤，

支槌插胶脊。
有事冲冲斐①，
无事门后歇。
（谜底：扫帚）

【注释】 ①斐［hui¹］〈辉〉：前后左右转。

女状元

搜集者：陈亿琇、陈放

七尺长，
八尺宽，
正中坐个女状元。
骹一踏，
手一挽，
一家大细有衫穿。
（谜底：织布机）

市① 中

搜集者：陈亿琇、陈放

市中有鱼篮底空，
霸王被困在乌江。
关羽五关斩六将，
借问刘备何朝人？
（谜底：潮州俗语"无钱屈死英雄汉"）

【注释】 ①市：市场。

儿童赋体谜

（一）

搜集者：庄群

一丛树囝，
矮下①矮下。
开花在顶，
结籽在下。
（谜底：花生）

【注释】①矮下［gê⁶］〈价⁶〉：意为低矮。

（二）

搜集者：庄群

一重壁，
二重壁，
掰开来，
一个老伯须赤赤。
（谜底：玉米）

（三）

搜集者：庄群

一重墙，
二重墙，
掰开来，
一个黄小娘。

（谜底：蛋）

（四）

搜集者：庄群

一对夫妻，
平危平大，
日分开，
暝相孪。
（谜底：两扇门板）

（五）

搜集者：庄群

一间厝囝吟狭①狭，
二个孥囝在②相夹。
（谜底：花生）

【注释】 ①狭 ［oih⁸］〈鞋⁸〉：狭窄。②在 ［do⁶］〈多⁶〉。

（六）

搜集者：庄群

一间厝囝吟狭狭，
好囥①百支杉，
孬囥顶葵笠。
（谜底：火柴盒）

【注释】 ①囥 ［keng³］〈劝〉：藏。

（七）

搜集者：庄群

壁烧火焗，
床下歇息。
有食禄经，

无穿衫命。

（谜底：尿壶）

（八）

搜集者：庄群

会叫孬笑，
会放屎孬放尿。
行哩小娘囝，
叫哩唏哈声。

（谜底：鹅）

（九）

口述者：文香
搜集者：雷楠

火烧葫芦山①，
水浸潮州城。
师公②嗌牛角，
和尚缓缓行。

（谜底：蒸酒）

【注释】①葫芦山：西湖山，因形似卧着的葫芦而得名。②师公：道士。

七、历史传说歌

潮州光景好风流

搜集者：柯鸿材

潮州光景好风流，
十八梭船廿四洲①。
廿四楼台廿四样，
二只鉎牛②一只溜。

潮州光景好踢跎，
十八梭船廿四朵。
廿四楼台廿四样，
二只鉎牛一只无。

【注释】①十八梭船廿四洲：湘子桥用石头砌成桥墩 24 座，叫"廿四洲"；中间由于水深流急，无法砌墩，故用 18 只大木船串联起来做浮桥，因其形如梭，称"梭船"。②鉎牛：湘子桥中间桥墩上有用鉎铁铸成两头水牛，用以镇水，后来有一头被水冲走。

百屏花灯①

搜集者：黄梅岑

活灯睇了睇纱灯，
头屏董卓凤仪亭。
貂蝉共伊在戏耍，
吕布气到手捶胸。
二屏秦琼倒铜旗。
三屏李恕射金钱。

四屏梨花啰吸②毒。

五屏郭怀卖胭脂。

六屏点将杨延昭。

七屏张飞战马超。

八屏孔明空城计。

九屏李旦探凤娇。

十屏关爷过五关。

十一昭君去和番。

十二赵云救阿斗。

十三刘备取西川。

十四大战魏文通。

十五冻雪韩文公。

阿千阿万遇着虎。

十六郑恩下河东。

十七时迁在偷鸡。

十八良玉在思钗。

十九桂枝在写状。

二十碧英遇张千。

廿一莺莺在听琴。

廿二秦琼战杨林。

廿三李密双带箭。

廿四劝君朱买臣。

廿五三休樊梨花。

廿六秦琼去夺魁。

廿七雪梅教商路。

廿八元贵打秦梅。

廿九金真扫纱窗。

三十说古一韩朋。

三一宛城遇张绣。

三二秦桧风波亭。

三三金花在掌羊。

三四大战太平桥。

三五李逵拍大虎。

三六陈三共五娘。

三七唐王游月宫。

三八周氏清风亭。
三九苏秦假不第。
四十八宝遇狄青。
四一霸王困乌江。
四二走贼遇瑞兰。
四三庞统连环计。
四四太公遇文王。
四五蒙正赴彩楼。
四六关公去辞曹。
四七大破万仙阵。
四八五虎战牛皋。
四九三娘在夺槌。
五十永清去打擂。
五一武松收方腊。
五二杨任收张奎。
五三大战野熊仙。
五四孙膑遇庞涓。
五五三鞭遇三铜。
五六秦琼救李渊。
五七打劫祝家庄。
五八削发杨五郎。
五九李通带家眷。
六十潘觉跳油汤。
六一薛蛟遇狐狸。
六二打兔刘咬脐。
六三王莽篡帝位。
六四上表蔡伯喈。
六五狄青解征衣。
六六吴王纳西施。
六七辕门欲斩子。
六八董永遇仙姬。
六九玉英欲落山。
七十挂帅杨令婆。
七一周仓擒庞德。
七二刘邦斩白蛇。

七三乃是女搜宫，
七四魏征去斩龙。
七五火烧葫芦谷。
七六刘备去招亲。
七七国公拍李良。
七八黄忠战潘璋。
七九子龙战张郃。
八十张公困睢阳。
八一大战夏侯渊。
八二投江钱玉莲。
八三包公欲截侄。
八四篡位武则天。
八五仁贵转回窑。
八六杨郡在教枪。
八七辕门在射戟。
八八烈女许孟姜。
八九专诸刺王僚。
九十文广去收妖。
九一武松在歇店。
九二仁贵平西辽。
九三海瑞打严嵩。
九四妲己迷纣王。
九五罗通去扫北。
九六寡妇征西番。
九七万历小登基。
九八武王反西岐。
九九摘印潘仁美。
百屏拜寿郭子仪。

【注释】①百屏花灯：花灯，指潮州花灯。它以潮剧、民间传说故事为题材，装饰屏景，每个故事为一屏。此歌写了一百屏花灯景名称，足见潮州花灯题材之多。元宵夜，由各地各部门制作的各种花灯大游行，甚为热闹。此歌谣表现了潮俗元宵夜游灯的内容，反映了活动盛况。②吸［guh⁴］〈龟⁴〉。

三国人名歌（客家）

口述者：刘义英

搜集者：沈维才

（一）

一样虾公须洋洋，
可比三国关云长。
过了五关斩六将，
擂鼓三声斩蔡阳。

（二）

一样虾公须蔚蔚，
可比三国勇张飞，
擒到严颜过川口，
英雄好汉声如雷。

（三）

一样虾公须浓浓，
可比常山赵子龙，
赤胆忠心救阿斗，
万人头上逞英雄。

钱二百

搜集者：吴奕青

忠恕伯①，招兵马。
投麾下，免担诧。
每日铜钱二百，
大细食到闹闹赫赫②。

【注释】①忠恕伯：指清末潮州农民起义领袖吴忠恕。②闹闹赫赫：形容
热闹状。

拍潮城

搜集者：吴亦青

忠恕爹，好威名。
带硔团，拍潮城。
乡下食白米，
烧①哩用绞只②，
老少皆欢喜。
敢食城内库③骹米，
烧尽官府床骹椅，
官府气讨死④。

【注释】①烧：烧柴。②绞只：一种最好的木炭。③库：官粮仓库。④气讨死：气得要死。

罗娘（畲族）

天顶一匹描①，
地下出有一罗娘。
罗娘出来坐厅中，
儿郎听知就欲孪。
梳头抹粉打雅鬃，
伊厝公婿呾唔甘。

罗娘出来在厅边，
梳头抹粉添胭脂。
儿郎听知就欲孪，
伊厝公婿呾明年。

罗娘担柴担出山，
当着伊厝个大官。
人人生好在相匹②，
唔如我嫂生好如花盘。

罗娘担柴担出坑，
当着伊厝个大家。
人人生好在相匹，
唔如我嫂生好如花芽。

罗娘担柴出山眉，
当着伊厝个秀才。
人人生好在相匹，
唔如我嫂生好如花栽③。

罗娘担柴出山门，
当着伊厝个小郎。
人人生好在相匹，
唔如我嫂生好如花园。

罗娘担柴担出埠，
当着伊厝个阿姑。
人人生好在相匹，
唔如我嫂生好如花模。③

日出日斜东，
风呾罗娘跋落潭。
唔是罗娘跋落潭，
亦是细妹伸手撵④，
亦是细妹相争翁。

日出日斜当，
风呾罗娘跋落坑。
唔是罗娘跋落坑，
亦是细妹伸手撵，
亦是细妹相争郎。

日出日斜溪，
风呾罗娘跋落溪。
唔是罗娘跋落溪，

亦是细妹伸手摔，
亦是细妹来相挨[5]。

日出日斜海
风吔罗娘跋落海。
唔是罗娘跋落海，
亦是细妹伸手摔，
亦是细妹相争婿。

夫吔擎支船篙捞船头，
若是我妻着走起，
唔是我妻勿磨头[6]。

罗娘钩起溪坎墘，
十人行在过[7]，
九人目汁垂垂滴。
是我妻，着走起，
唔是我妻勿磨头。

父吔等团哭啼啼，
母吔等团去哭啼。
母吔等团哭踢跎，
父吔等团哭到双目如苦桃。

有心做犁有犁胚[8]，
有心起厝有粘灰[9]。
有人也对有婿，
对着姐夫无面皮。

桃栽接李栽，
苏英接商来[10]。
也有阿姐接阿妹，
也有阿妹接姐个。

桃枝接李枝，

苏英接商离。
也有阿姐接阿妹，
也有阿妹接姐枝⑪。

【注释】①描：畲语，画图。②相匹：比较。③花栽：花苗。④撺：推操。⑤挨：用身子推。⑥磨头：走近。⑦行在过：经过这里。⑧犁胚：犁头。⑨粘灰：上灰。⑩苏英、商来：传说中的人物。⑪接姐枝：即"娶接枝"，妻子死后再次结婚称为"续弦"，潮州人称为"娶接枝"，新娘称为"接枝"。

手搭牛棰趒牛群

搜集者：马风、洪潮

泪纷纷，
手搭牛棰趒牛群。

金章我大兄，
刘永我夫名，
娇娥我嫂嫂，
金花我小名。

共兄借银五十两，
夫妻双双去上京。
去到龙溪边，
分贼撞散拆分离。
唔知我夫在何地？
人人做官都会转，
刘永做官卺转圆！

枭阿嫂，
恶心肠，
苦我掌①羊受风霜。
身穿布衫薄如纸，
日日都是满山蹲。

"阿妹唉^②！你今在底块？"

"阿兄唉！我在南山脾投下。"

"阿妹唉！阿兄掼饭分你食。"

"阿兄唉！我今都乷食。"

"妹你刻苦食，

食一嘴^③，

挟一筷，

留你生命见刘郎。

若是刘郎做官转，

掠你嫂嫂剥皮胀粗糠！"

【注释】①掌［ziên²］〈桨〉：看管。②唉［oi²］〈矮〉：语气词，强化呼唤力度。③食一嘴：吃一口。

金花受尽阿嫂苦

搜集者：柯鸿材

日日趋羊南山边，

唔得刘永早转圆。

金花受尽阿嫂苦，

刘永做官清心机。

日日趋羊南山崖，

唔得刘永早回来。

金花受尽阿嫂苦，

刘永做官心正开。

正月开书斋

正月开书斋，

苏英梅妃做冤家。

鹦哥扼死盏扣破，

逐出苏英去外家。

正月过了二月来，
张生跳过粉墙来。
红娘月下操奇计，
姻缘二字天安排。

三月日头渐渐长，
六娘忆着继春郎。
金钗罗帕掷伊了，
后来私情分人传。

四月石榴滴点红，
买臣担柴到山中。
肩中担柴手擸册，
后来休妻做相公。

五月人扒船，
番王忆着王昭君。
手抱琵琶番邦去，
投江自尽为汉君。

六月热毒天，
五娘楼上掷荔枝。
陈三骑马楼下过，
五娘抻手掷分伊。

七月秋风转凉哩，
十朋玉莲结夫妻。
继母迫嫁投江死，
知府相救来团圆。

八月是节时，
苏秦无官归转圆。
妻唔落机嫂唔顾，
自怨文章作太迟。

九月菊花红粉妆，
智远求官在远方。
三娘受尽兄嫂苦，
磨房挨磨到天光。

十月木槵化义芳，
世隆走贼遇瑞兰。
双双走入招商店，
店婆为媒结成双。

十一月茶花黄，
英台遇着山伯郎。
因为同窗想到死，
后来转魂分人传。

十二月梨花开满丛，
蒙正当初未成人。
可怜丞相千金女，
受尽饥饿破窑中。

（选自"丘本"第 38 页）

正月是新年

正月是新年，
抱石投江钱玉莲。
放下绣鞋为古记，
连叫三声王状元。

二月雨水龙抬头，
千金小姐上彩楼。
绣球掷分吕蒙正，
蒙正头上逞风流。

三月里三月三，
昭君和番去番邦。

抬头望见毛延寿，
手抱琵琶马上弹。

四月暑难当，
霸王被围在乌江。
霸王困死乌江上，
韩信功劳在何方？

五月莲花红，
世隆起贼遇瑞兰。
二人同到招商店，
王婆为媒结成双。

六月热毒天，
五娘上楼掷荔枝。
陈三骑马楼下过，
益春递来掷分伊。

七月秋风起，
孟姜寻夫唔见伊。
哭倒长城数百里，
秦王赐带归转圆。

八月秋风凉，
梅伦谗害苏娘娘。
李氏夫人去代死，
潘觉一本奏君王。

九月是重阳，
甘罗十二名声扬。
十二为相年纪小，
太公八十遇文王。

十月是立冬，
孟宗哭竹到山中。

哀哀哭得冬天笋，
回家救母心正安。

十一月里隆冬来，
梁山伯遇祝英台。
生前不得偿此愿，
死后还须一处埋。

十二月来年已终，
蓝关冻雪韩文公。
幸亏湘子来搭教，
叔侄相遇在路中。

（选自"丘本"第 37 页）

东畔出有苦孟姜

东畔出有苦孟姜，
西畔出有苏六娘，
北畔出有英台共山伯，
南畔出有陈三共五娘。

（选自"丘本"第 40 页）

丝线丝线丝

丝线丝线丝，
兰英丝线做媒姨。
梅花手镯为古记①，
金花丁袋结夫妻。

（选自"丘本"第 37 页）

【注释】①古记：纪念品。

陈三五娘

搜集者：柯鸿材

井底饲羊肝①，
井面开花是牡丹。
陈三五娘相伴走，
放掉益春在半山。

井底饲胡溜，
井面开花是石榴。
陈三五娘相伴走，
放掉益春在半洲。

【注释】①羊肝：潮州方言，鱼名。

溪水溪灯灯

溪水溪灯灯，
一涸二涸到桥骸。
陈三骑马来砌塔，
五娘骑马砌塔骸。

溪水溪悠悠，
一涸二涸到潮州。
陈三骑马来砌塔，
五娘骑马砌塔州。

（选自"丘本"第36页）

手搭金钗扣坟墩

搜集者：刘粦玉

手搭金钗扣坟墩，
英台跪地哭啼啼。

有灵有感山伯妚，
无灵无感文才妻。

手搭金钗扣坟眉，
英台跪地哭哀哀。
有灵有感山伯妚，
无灵无感配文才。

雷同天熠①坟裂开，
山伯忽然跳起来。
英台上前将伊抱，
双双化蝶上天台。

【注释】①雷同天熠：意为雷鸣电闪。

杨梅开花无人知

搜集者：刘粦玉

杨梅开花无人知，
山伯读书遇英台。
同窗共砚三年久，
英台嫁分马文才。

杨梅开花无人知，
无仁无义蔡伯喈①。
可怜公婆伊饿死，
妾身勒路哭哀哀。

【注释】①蔡伯喈："南戏之祖"《琵琶记》（改编自《赵贞女蔡二郎》）
里的主人公。1958 年，明嘉靖抄本《蔡伯喈》在揭阳渔湖西寨村一明墓出土。

门骹一丛梨

搜集者：柯鸿材

门骹一丛梨，
唔危唔下平目眉。
唔危唔下好打扮，
打扮起来是英台。

门骹一丛竹，
唔危唔下平胸膈。
唔危唔下好打扮，
打扮起来是山伯。

门骹一丛荆，
唔危唔下平目睛。
唔危唔下好打扮，
打扮起来是张生。

门骹一丛橙，
唔危唔下平心胸。
唔危唔下好打扮，
打扮起来是莺莺。

门骹一丛柑，
唔危唔下好晾①衫。
唔危唔下好打扮，
打扮起来像陈三。

门骹一丛蕉，
唔危唔下好合腰。
唔危唔下好打扮，
打扮起来像五娘。

【注释】①晾［nê⁵］〈冷⁵〉：晾晒。

潮州谚语，潮州人称为"俗谚""土话"和"俗话"。它是潮州民间口头集体创造的。它用言简意赅的艺术句子，以民俗事象为载体，总结生产经验、生活经验和社会经验。

潮州谚语集成

一、时政类

富贵富千金，穷人穷得甚。^①

【注释】①此句道出旧社会的不平等现象。

赤骹人^①拍鹿^②，穿鞋人^③食肉。

【注释】①赤骹人：从前潮州穷人通常赤脚。②拍〔pah⁴〕〈泡⁴〉鹿：潮州狩猎民俗。陈桥贝丘遗址，新石器时代文化层发现有鹿骨。拍，打。③穿鞋人：专指富人。

富人饲药铺，硗囝饲当铺。^①

【注释】①指旧社会有钱人怕生病、怕死，经常服药；穷人生活困苦无以为继，经常典当。

穷人无拍算，拍算无穷人。

牛力输猫命。^①

【注释】①旧社会的一种现象，意为有钱能使鬼推磨。

官正^①民无事^②。

【注释】①官正：为官者办事公正。②民无事：百姓有安全感。

官清书吏瘦^①，神灵治宫肥^②。

【注释】①官清书吏瘦：做官的若清廉，记事的书吏便不能从中渔利，自然吃不饱。②神灵治宫肥：寺庙的神若灵验，香客就多，供品也多，自然就把治宫喂肥了。

官到门口，鸡飞狗走^①。

【注释】①鸡飞狗走：连鸡狗都害怕。

官去秀才在。①
【注释】①旧时科举考试中了秀才、举人、进士以后出仕，即使官丢了，但科举称号还保留着。

官凭文书，民凭私约。①
【注释】①官府往来以文书为依据，平民以私人约定为准。

官向官，民向民。①
【注释】①旧社会的一种社会现象。

朝内无人孬做官。①
【注释】①揭示做官的人得有后台，这是旧社会的一种观点。孬〔mo²〕〈毛²〉，不能。

只准州官放火，不准百姓点灯。

衙门①八字开，有理无钱孬进来。
【注释】①衙门：指旧社会的官府。

一官管一印，一锤管一秤。

做官孬做小，做小当无只叮鱼鸟①。
【注释】①叮鱼鸟：一种专吃鱼的小鸟。

做官孬做大，做大风险大。

交官穷，交鬼死，交连牛贩食了米。①
【注释】①此句为旧社会百姓对该种现象的看法。交连，联络。牛贩，买卖耕牛的贩子。

官大理十足，官大手表准。①
【注释】①此句讽刺旧社会官场的恶习。

诬官穷，诬鬼死。①

【注释】①此句指旧时与官辩理被视为不顺从，就没有好结果。诬［a³］〈阿³〉，争辩。

清官清在在，难清人厝内。①

【注释】①清官难断家务事。清在［zai⁶］〈再⁶〉在：清得好。

乌狗偷吃，白狗受罪。①

【注释】①无辜者成了替罪羊，犯罪者逍遥法外。

三日无偷掠鸡，就想当地保。

亲人做官，唔如亲人开摊①。

【注释】①摊：这里指赌摊。开赌摊是旧社会的一种陋习。

做成了人人拢叱①彩，做唔成人人是军师。

【注释】①叱［duah⁴］〈刀活⁴〉彩：喝彩。

得坐炊事食淖糜，得坐领导就知衰。①

【注释】①此句批评某个特定时期一部分滥用权力的人。得坐［zo⁶〕〈阻⁶〉，得罪。淖糜［ciêh⁴muê⁵〕〈尺⁴每⁵〉，稀粥。淖，稀薄。

富人好交斠①，老虎好掠②来做枕头。

【注释】①交斠［cab⁴〕〈此盒⁴〉：此处指交往。《康熙字典·十部》："斠，〈玉部〉：汇聚也。又《集韵》：吐入切，音出，义同。"（转引自张惠泽著《潮州僻字集注》）②掠［liah⁸〕〈罗益⁸〉：捉、捕捉。

一寅压一寅，老爷①欺负家神②。

【注释】①老爷：潮州民俗称谓，指供在庙里的各种神。②家神：潮州民俗称谓，称祠堂公厅供奉的祖先为家神。

人畏虎，虎畏人。

人惊人，虎惊虎。

人无害虎心，虎有伤人意。

死蜂活剌，死蛇活尾。

毒蛇虽死毒还存。

宁做太平狗，勿做乱世民。

饿死唔做贼，气死唔做官。

鸡尌狐狸耐无久[1]。
【注释】 ①耐无久：坚持不了多久。

狐狸伴鸡无屁久。

走兵[1]遇贼，透水入船[2]。
【注释】 ①走兵：指败兵、逃兵。②透水入船：此处作"外通内食"解。

无好屎沟[1]通井水，无好家神通外鬼。
【注释】 ①屎沟：旧时路边、巷边的排污沟。

凶神遇着恶煞。

凶神怕凶人。[1]
【注释】 ①此句意为凶神也怕亡命之徒。

拍蛇丢死，后患无穷。

见蛇唔拍三分罪。

蜈蚣拍丢死大一倍。

救了落水狗，反被咬一口。

剧^①鸡教猴。

【注释】 ①剧［dog⁴］〈琢〉：杀、砍。

掠贼歪着^①分^②贼笑。

【注释】 ①掠贼歪着·捉不到贼。②分「bung¹」〈本¹〉：给。

猇^①狗畏大槌，恶人畏天雷。

【注释】 ①猇［siou²］〈小〉：疯。

凭文取士，照字读经。

掠贼就赃，掠奸就床。

一人做事一人当。

树直先斩，人直先惨。

山花时时开，人心时时变。

一个人客，九个厝人。^①

【注释】 ①家里来了一个客人，吃饭时家人都要作陪。人客，客人。厝人，家里的人。

风吹临檐^①瓦，雨拍出头桁^②。

【注释】 ①临檐［zin⁵］〈钱⁵〉：屋檐。②桁［ên⁵］〈楹〉：指架在山墙上的梁。

工字出头^①，磨^②成老猴^③。

【注释】 ①工字出头：指做工的人。②磨［bhua⁵］〈无蛙⁵〉，辛苦劳累。③老猴［gao⁵］〈高⁵〉：用来形容消瘦的人。

乱世之年钱当马。

穷人食贵物，富贵出凶年。①

【注释】 ①在兵荒马乱或饥荒之年，奸商囤积居奇，勾结官府，哄抬物价。穷人为了活命，就得卖皮当骨，买贵的食物来维持生活，而奸商则非富即贵。

人敬有钱，狗敬屙屎脾①。

【注释】 ①狗敬屙屎脾：狗敬屙屎的人。

四季相轮流。

一子得道，九族升天。

赢了官司输了钱。

下田好泻水。①

【注释】 ①此句比喻身份卑微的弱者或下属成了替罪羊或受气对象。下［ge⁶］〈价⁶〉，低下或一般。泻［sia³］〈舍〉，此处引申为推卸。

烧缶人食缺①，卖席人夗破席蒂②。

【注释】 ①烧缶人食缺：烧瓷器的人用的是残缺的陶瓷器。缶［hui⁵］〈辉⁵〉，瓷器。缺［kih⁴］〈欺⁴〉，残缺。②卖席人夗破席蒂：卖席子的人用的是残破的席子。夗［ug⁸］〈熨⁸〉，躺下，睡觉。

富伙勝饼攦掉膜，硗伙番薯连皮落。①

【注释】 ①有钱人吃勝饼连饼皮都要撕掉，而穷困人吃番薯却连皮都要一起吃下去。攦［li³］〈例³〉掉，撕掉。

正月人游灯①，家门就大兴。

【注释】 ①灯：潮州话"灯"和"丁"谐音。潮州人有元宵节游灯的习俗，期望添丁添财添福。

官到门口，鸡飞狗走。

官正肉痛。

家无浪荡子，官从何处来。①

【注释】①此句为旧社会世俗对当官者的一种看法，认为家庭中如果没有浪荡子弟在外游荡钻营，就难得一官半职。

户看户，社员看干部。

好碰三厅官，孬碰乞食婆。

龙船扒上官厅。①

【注释】①此句比喻胆子大了。

二、事理类

金窝银窝，唔①如家己②的穷窝。
【注释】①唔［m⁶］〈姆⁶〉：表示否定，不。②家己［ga¹gi⁷］〈胶¹枝⁷〉：自己。

龙床唔如狗窦。①
【注释】①此句意为皇帝的御榻还不如自己乱糟糟的床好。或说"龙铺唔如狗窦好"。窦［dao³］〈岛³〉，禽畜的窝。

美不美，家乡水；亲不亲，故乡人。

月是故乡明。

在家日日好，出外朝朝难。①
【注释】此句意为在家天天称心如意，旅外天天困难。

长安①虽乐，唔如古居②。
【注释】①长安：西安的古称。②古居：祖辈以来居住的地方。

穷家难舍，故土难离。

牛耕田，马食米。

石头掉①上天，终须着落地。
【注释】①掉［diou⁷］〈ㄎ⁷〉：抛。

小池难养大鱼，小园难经①大薯。
【注释】①经：培植。

鱼无网大，网无溪阔。

富无过三代。①
【注释】①此句意为一代贤，二代仙，三代颠连。即一代艰苦创业发了财，一代吃前辈老本，不思进取，三代坐吃山空，生活困苦。

只有船靠岸，没有岸靠船。

人往危①处走，水往低处流。
【注释】①危［guin⁵］〈县⁵〉：高。

阿公生日卵贵。①
【注释】①潮州习俗，生日必吃鸡蛋。阿公生日，吃蛋的人自然多了，卖鸡蛋的就趁机涨价。阿公，指祖父。卵［neng⁶］〈女⁶〉，蛋。

鸡寮无隔暝垢蚓。①
【注释】①鸡喜爱吃蚯蚓，故鸡窝没有越宿的蚯蚓。垢蚓［gao⁶ung²］〈厚稳〉，蚯蚓。

临檐滴水点点定。

夹着小理，食着欢喜。①
【注释】①夹得美味食物，既觉不好意思，但吃着高兴。小理，害羞。

丑新妇①终须见翁姑②。
【注释】①新妇［sim¹bu⁶]〈婶¹捕〉：儿媳妇。②翁姑［ong¹gou¹]：公婆。

一物合一药，虼蚤无涎掠唔着。①
【注释】①不沾口水捉不住跳蚤。虼蚤［ga¹zao²]〈铰¹走〉，跳蚤。

天顶①无云不成雨，世上无人不成事。
【注释】①天顶：天上。

田加^①出加米，人加讲出理。
【注释】 ①加〔gê¹〕〈家〉：数量多。

房中无君^①难留娘^②，山中无草难养羊。
【注释】 ①君：指丈夫。②娘：指妻子。

江鱼细细也有个鳔。^①
【注释】 ①鱼虽小，它跟别的大鱼一样也有个鱼鳔。此句比喻人人都有脾气。江鱼，指海里一种细小的鱼。

尺有所短，寸有所长。

饭好散食^①，话孬散呾^②。
【注释】 ①散食：随便吃。②散呾：胡乱说。

一样米粟食百样人。

有理行得天下，无理寸步难行。

心好免烧香^①，命好免看相^②。
【注释】 ①心好免烧香：心地善良的人不用求神拜佛。②相〔siên³〕〈箱³〉：指相命，指要算命先生算命。

地白^①加人坐，团^②好加人抱。
【注释】 ①白〔bêh⁸〕〈百⁸〉：意为干净。②团〔gian²〕〈京²〉：孩子，儿女。

众人目，毒^①过箭。
【注释】 ①毒：形容对人对事看得精准。

众人目相甲。^①
【注释】 ①众人对事物的评判标准都一样。

众人目是秤。

十指①抻②出有长短。
【注释】①指［zoin²］〈前²〉。②抻［cun¹］〈春〉：同"伸"。《康熙字典·手部》："抻，〈唐韵〉〈集韵〉：申去声；展也，抻物长也。"

鸡卵苚苚①也有髈②。
【注释】①苚［mi¹］〈毛衣¹〉：密实，无缝隙。《广韵·桓韵》："苚，无穿孔状。"（转引自张惠泽著《潮州僻字集注》）②髈［pang⁷］〈旁⁷〉：意为裂缝。《玉篇·骨部》："髈，灼。"《集韵·用韵》："髈，灼龟坼。"（转引自张惠泽著《潮州僻字集注》）

麻雀虽细，五脏俱全。

城楼虽破，更鼓①还在。
【注释】①更鼓：报更的鼓声。

骹势跒①得好，草蜢战赢老鸡母②。
【注释】①跒［kia⁶］〈骑⁶〉：站立。《汉语大字典·人部》："企，踮起脚跟；站立。"《集韵·实韵》："企或作跒。"《汉语大字典》引《篇海》："跒，与企同。"②老鸡母：老母鸡。

铜锣孬园①在手裷②底拍。
【注释】①园［keng³］〈劝〉：藏起来。②裷［ung²］〈稳〉：衣袖。

若欲人不知，除非己莫为。

好笋出好竹，好田出好粟。

所出①不如所聚②。
【注释】①出：支付，往外拿。②聚：汇合、聚集。

竹篙拗横行唔出城门。

船免扶，水瀰①自然浮。
【注释】①瀰［doi⁶］〈缠⁶〉：满、涨。

天下无难事，只怕有心人。

心内无清①病，咋惊食西瓜。
【注释】①清［cing³］〈秤〉：凉。

观音生雅①一处败②。
【注释】①生雅：指长相好看。②一处败：指观音的大脚板是败笔。

祸不单行，福无双至。

斧头孬削自身柄。①
【注释】①斧头削不了自身的柄。比喻事若关己，则自己不便处理。

针无双头利①。
【注释】①利［lai⁷］〈来⁷〉：锋利。

一个针孔厄①穿三根线。
【注释】①厄［oh⁴］〈呃〉：难。

放绵羊①，割马草②。
【注释】①放绵羊：放绵羊人只管坐着。②割马草：放马人得靠自己动手割草。

牛毛出在牛身上。

牛惊穿鼻，人惊留字。

纸笔千年会①呾②话。
【注释】①会［oi⁶］〈鞋⁶〉：能够。②呾［dan³］〈担³〉：说。

时船载时货，时人呾时话。

近水楼台先得月。

船团难顶千里浪，灯团难照满堂红。

千人千般苦，无人苦相同。

肉肥汤也肥。

船载千斤，掌舵一人。

日头^①从东出，烟筒^②总朝上。
【注释】①日头：太阳。②烟筒：烟囱。

弯田无弯粟。^①
【注释】①有不规矩的田垄，没有不规矩的禾苗。

慢落船，先走起^①。
【注释】①走起：此处意为上来。

时到花自开。

山中无鸟，麻雀为王。

人无千日好，花无百日红。^①
【注释】①此句比喻人事无常，自然变化。

成人不自在，自在不成人。

三家煮食无相同。

火大无渧^①柴。
【注释】①渧［dam⁵］〈耽⁵〉：湿。

蛤婆好食无在路顶跳。^①
【注释】①若是能吃，蛤蟆早给捉走了。

老虎虽瘦咬赢狗。

狗就是狗，咋管金圈套上头。

狗离唔开东司①路。
【注释】①东司：原指禅林东序僧人所用的厕所，后成厕所之通称。

人哩好①笑，猫哩好叫。
【注释】①好［haon³］〈孝（鼻音）〉：喜好。

老虎总会奔目夗①。
【注释】①奔［dah⁴］〈笪〉目夗：闭眼小憩。

鳝鱼剩掉尾，还比胡溜①长。
【注释】①胡溜［hou⁵ liu¹］〈侯⁵柳¹〉：泥鳅。

到处杨梅一样花。

芋头煮熟丢发芽。

六月水仙开唔长。①
【注释】①水仙花一般在秋季生长，冬季开花，夏季休眠。此句意为水仙纵然六月开花，也是不长久。

搬窦①鸡母丢生卵②。
【注释】①窦［dao³］〈兜³〉：窝。②卵［neng⁶］〈女⁶〉：蛋。

担屎人食屎。①
【注释】①做低下的活，便会捞点低下的好处。

担屎人无偷食。①
【注释】①虽做低下的活，也不从中捞取低下的好处。

灯盏无油枉费心①。
【注释】①心：为"芯"的谐音。

力拍铁，总有一日着火烧寮。①
【注释】①过分专注，也总会有失误的时候。

牛唔过溪尿唔流，火唔烧山地唔肥。①
【注释】①整句意为事非等迫在眉睫才办。火唔烧山地唔肥，这种农事是潮州原始社会畲族刀耕火种的民俗。

水涸鱼相颠①。
【注释】①相颠［dian¹]〈定¹〉：互相碰撞。

人无远虑，必有近忧。

神仙拍鼓有时错。

竹篙量布，价钱有长短。

油麻无枝鸟唔歇。①
【注释】①此句意为芝麻没有枝丫，即使鸟喜好吃芝麻籽，也不愿停靠下来。油麻，即芝麻。

一人孬比一人，蕉叶孬比蕉丛。

三成人七成打扮。

唔怕天无理，只怕无人理。

今年番薯唔比旧年①芋。
【注释】①旧年：去年。

习惯成自然。

世事如棋局局新。

劣棋手也有神仙着。

竹篙扣水鱼头痛。①

【注释】①潮州淡水捕捞民俗"扣沽"。小木船系一木板，用竹竿或木棍击木板，水震动，水中鱼头部也会受震发痛，跳出水面或浮出水面被捞。扣［ka³］〈岂³〉，击打。

空想无益，堵着①正②切要③。

【注释】①堵着：凑巧碰上。②正：才。③切［cig⁴］〈七〉要：要紧。

手长衫裌短①，日做②暝烦恼③。

【注释】①手长衫裌短：暗指父老子幼。②日做：白天劳作。③烦恼［huêng⁵lo²］〈环裸〉：担忧。

心病还着①心药医。

【注释】①着［diêh⁸］〈潮⁸〉：需要。

牛尾翘起，唔是放①屎就是放尿。

【注释】①放［bang³］〈邦³〉：排泄。

成事在人。

靠山吃山，靠海吃海。

大树之下好晾凉①。

【注释】①晾［la⁷］〈拉⁷〉凉：乘凉。

搭①有猪屎咀有话。

【注释】①搭［kiêh⁸］〈戈药⁸〉：捡、拾。

行猛①路，唔如搭着渡。

【注释】①猛：走得快。

沤戏夋诙谐。①

【注释】①演出水平差，用插科打诨吸引观众。沤［ao³］〈欧³〉戏，指水平差的演出。

凡事多有不凑巧。

巧新妇难为无米之炊。

鱼过千层网，网网有漏鱼。

伯公^①无点头，老虎咋敢咬人。
【注释】①伯公：专指管老虎的山神。

狗母无摇狮^①，狗牯^②咋敢来。
【注释】①摇狮：潮州方言，摆尾巴，母狗发情的表现。②狗牯：公狗。

牛目看人危，狗目看人下。

是非终日有，唔听自然无。

有人沉船，有人出米。^①
【注释】①此句出自潮州民间传说《梅林湖沉船》。潮州桑浦山下有个梅林湖，周围是产粮区，农民常用船运载大米，运经梅林湖。山上有块狮子岩，其实是只猛狮子，它常跃到湖里，踏沉米船，吃光大米，农民苦不堪言。距梅林湖不远有处大岩石，筑为甘露寺，寺里供奉的尊石砌卧佛的肚脐经常流出大米，供养僧众。但后来被一个贪心的和尚挖大了，卧佛肚脐不再出米，故有"梅林湖沉船，甘露寺出米"之说。

百货合百客，阿姆合阿伯。^①
【注释】①此句意为各有各自适合的。

三煞爱食甜，白虎爱食咸。

好货沉底。

好粟在篅^①底，好戏落暝看^②。
【注释】①篅［diam⁶］〈店⁶〉：存放谷子的竹编制品，潮州人有把好谷子留在年底才吃的习俗。②好戏落暝看：旧时在农村演戏，好剧目、好角色多留到下半夜才出台。落暝，指下半夜。

破车①赢厝斗②。

【注释】①车：指水车。②厝［hou³］〈侯³〉斗：指厝水灌田用的旧式农具。

破船还存三斤铁。

破鼓好救月。①

【注释】①这是潮州民俗事象。从前以为月食是天狗咬月，民间敲打破鼓，发出怪声能吓走天狗。

蟋蟀无毛能过冬。①

【注释】①此句意为各有各的本事。

百里无轻担。

千年田，五百主。

有千年池厝渡，无百年郑大进。①

【注释】①这是清朝年间流传于潮州府的一句劝世名言。清乾隆年间，郑大进赴任直隶总督之前回山尾乡（潮州府揭阳县梅岗都山尾村）省亲，乡亲们找郑大进出面为他们撑腰出气，报复与邻村池厝渡因地界之争发生的纠纷。郑大进劝大家说，"有千年池厝渡，无百年郑大进"。他希望乡亲们目光要放长远，消除旧怨不再争斗，同心同德和睦共处。从此，山尾乡和池厝渡乡和好至今。

无有烧馃人，咋有清馃出。①

【注释】①此句意为情来理去。烧，热的。馃［guê²〕〈果〉。《玉篇·食部》："馃，饼子也。"《汉语大字典》引翁辉东《潮汕方言·释食》："俗重祭祀，妇女多制馃（同粿）品，中裹荳米调饵，曰馃馅。"《康熙字典·食部》："馃，〈集韵〉：古大切，音果。"（转引自张惠泽著《潮州僻字集注》）馃是潮州的传统食品，用米粉做皮，用糯米饭、香菇、虾米、猪肉、芹菜做馅，或用糯米粉做皮，用豆沙或芋泥做馅，做法不同，风味独特。潮州人有不同的节日用不同馃品祭祖拜神的习俗。

前厝人教团①，后厝人团勢②。
【注释】①教团：教育孩子。②勢［ghao⁵］〈鹅欧⁵〉：聪明。

掌①妑②丢大，掌水丢滚③。
【注释】①掌［miên²］〈浆〉．看管。②妑［bhou²］〈亩〉．妻子，这里专指童养媳。③滚：水煮开了。

烟火①好看无久长。
【注释】①烟火：烟花。

灯火欲过①一阵②光。
【注释】①欲过［ain³ guê³］〈爱瓜³〉：将灭。②阵［zung⁵］〈船〉：非常短暂的时间。

死猪礊①烫，死人礊扛。
【注释】①礊［mui³］〈微³〉：不怕。

破笼床，易出气。①
【注释】①此句意为破的笼屉，有易透出蒸气的地方。笼床［leng⁵ seng⁵］〈龙酸⁵〉，蒸笼。

瘦鹅大肝腱。

人怕出名猪怕壮。

贼无媒，半路回。

肚痛食酵粿①倒好②。
【注释】①胃肠不好的人，不敢多吃，此句正话倒说。酵［gan⁴］〈柑⁴〉粿，潮州食品。

碎数①畏算盘。
【注释】①碎数：零星数目，加起来便成了大数。

393

老丛石榴花愈红。

一个山头，一只鹧鸪。

水火无人情。

一动不如一静。

众人田着荒，众人牛着扛。

众人丧，无人扛。①
【注释】①从前水上、路上常有无主客尸，这种丧事少有人的前帮忙。此句比喻大众的事，人们互相推诿、观望，没人负起责任。

便①宜无好货，好货无便宜。
【注释】①便［pin¹］〈鼻¹〉：意为便宜。

青盲①忌白点，癞哥忌红癣②，花娘③忌人睒④。
【注释】①青盲［mê⁵〕〈夜〉：盲人。眼睛出现白点，容易造成失明。②癞哥忌红癣：脸长红癣，麻风症状，患者最忌。癞［tai²〕〈太²〉哥，麻风病人。③花娘：妓女。④睒［iam²〕〈淹²〉：专指窥视。

肉臭胡蝇①多。
【注释】①胡蝇［hou⁵sing⁵〕〈侯⁵神〉：苍蝇。

有时星光①，有时月光。
【注释】①光［geng¹〕〈斤¹〉：明亮。

火烧草屯，事出有因。

愈硗愈溜锤。①
【注释】①此句意为越穷，越穷得快。溜锤，秤物越轻，秤锤越往下滑。

瘦田①囤②加粪。
【注释】①瘦田：缺肥的田 。②囤［tung⁵〕〈豚⁵〉：囤积。

土面①易求，人面厄求。

【注释】①土面：指田地。

天有不测风云，人有旦夕祸福。

天荟饿死踢跎①团。

【注释】①踢跎：此处意为贪玩、游手好闲。

出世遇着人饥荒。①

【注释】①此句意为生不逢时。

铜钱落草草会青，种子落土会发芽。

一个钱一箩①，无钱无奈何②。

【注释】①一个钱一箩 [lua^5]〈罗娃^5〉：此句谓物便宜。②无奈何 [da^2 ua^5]〈打^{2}娃^5〉：没办法。

一个铜钱三个鬼，二个拖骹一个舠。①

【注释】①此句意为收入少，用钱多。舠 [dui^2]〈对^2〉，拉扯。

一个钱三个鬼，个拖，个舠，个在中间拍风匪①。

【注释】①拍风匪：疯狂打闹。

钱走①钱去趭②。

【注释】①走：失去。②趭 [ziou^7]〈饶^7〉：追赶。

无厝住，起厝赔。①

【注释】①都没有房子住了，还要建房子来赔偿他人。住 [diu^7]〈丢^7〉，居住。起 [ki^2]〈启〉，建造。

佝几鸟自有飞来虫。①

【注释】①此句形容倒霉的人也有意外之喜，常用来安慰落魄之人。佝几 [gu^{1}su^5]〈龟殊〉，指精神萎靡。

加个家神加个鬼。

狗食糯米死夯变。

一人难趁百人意。

三更想半暝反。

想对做唔对，夗落敲大气。①
【注释】①此句意为想对的，做起来却错了，无奈，躺到床上就叹大气。敲［tao²］〈透²〉大气［kui³］〈季³〉，大叹气。

聪明一世，懵懂一时。

一理通，百理彻。

正想①千丁②，倒想③绝种。
【注释】①正想：想的正确。②千丁：意谓人丁兴旺。丁，指男性。③倒想：想反了。

妖娆家己来。

走了和尚，到尼姑庵觅人。

潮州人好缀伙①。
【注释】①缀伙［duê³huê⁷］：随大流。

命孬好①算命，貌孬好眅镜②。
【注释】①好：喜好。②眅［iam²］〈炎²〉镜：照镜子。

铜锣唔拍唔知音，古井唔探唔知深。

竹篙探海，咋知深浅。

竹篙当尺厄量天。

西瓜唔刜^①，唔知红白。
【注释】①刜 [lêh⁸]〈历⁸〉：切、割。

唔登危山，唔见平地。

针唔着肉唔知痛。

无生囝，唔知父母苦；无当家，唔知柴米贵。

㧒煮羹，会尝味。^①
【注释】①不懂烹饪，只会品味。

见过唔如做过，做过唔如错过。

听过唔如见过，见过唔如做过。

稻镰锯大树。

好掠^①本地猪，孬教本地书。
【注释】①掠：此处意为购买。潮州人买牛买猪，都称"掠"。

百闻不如一见。

久病老医官。

一目看定定，二目相依赖^①。
【注释】①相依赖 [ua²lua⁷]：互相推诿。

外行看热闹，内行看门道。

三只新簸箕唔如一只破箩，三个稚新妇唔如一个老阿婆。

山书读一囊，去到山顶莔掺掺^①。
【注释】①莔 [re⁵]〈而⁵〉掺掺：杂乱无章。

猫书读一肚，唔谝①猫娘合②猫牯。

【注释】①谝［bag⁴］〈北〉：认识。②合［ah⁸］〈甲⁸〉：和。

三国人名①，封神坐骑②。

【注释】①三国人名：《三国演义》人物多。②封神坐骑：《封神榜》坐骑也多。

占①理勿②占亲。

【注释】①占［ziam³］〈尖³〉：赞同。②勿［mai³］〈埋³〉：不要。

帮理不帮亲。

路荟平①，众人平②。

【注释】①平［bên⁵］〈棚〉：平整。②平［pên⁵］：锄平。

人怕落理①，铁怕落炉。

【注释】①落［loh⁸］〈罗⁸〉理：理亏。

墙倒众人推，鼓破众人擂。

指头伸出有长短，好孬厄截平。

火暝姑①，看做②宝。

【注释】①火暝［mê⁵］〈夜〉姑：萤火虫。②看做：以为是。

村人唔谝宝，参丽①看做老姜母。

【注释】①参丽：中药山奈。

师公①和尚唔同道。

【注释】①师［sai¹］〈狮〉公：道士。

粗糠轧①出油。

【注释】①轧［koih⁴］〈溪⁴〉：挤压。

金鸡笼，外畔①好看肚内空。

【注释】①外畔［boin⁵］〈爿〉：外面。畔，边界。

无好花头花先开。

有茶色，无喉底。①

【注释】①品质差的茶叶，内含物质少，冲泡出来的茶汤虽然颜色也好看，却味道寡淡，缺乏回甘。无喉底，指喝下茶，口中没有留下的余香。

好心分①雷敲②，好人分狗咬。

【注释】①分［bung¹］〈本¹〉：给。②敲［ka³］〈卡³〉：击、打。

食无三块豆干，就想上西天①。

【注释】①上西天：意为成佛。

一面砌墙两面光。

别人事餍餍①，家己事咸咸。

【注释】①餍［zian²］〈整〉餍：味淡。

主俏①仆就俏。

【注释】①俏［ciao³］〈悄³〉：恃强。

桃有歪①，李②无歪。

【注释】①歪［cua²］〈蔡²〉。②李：李子，潮州话"李"与"理"同音。

无孔扭出蟹。①

【注释】①此句意为硬要从没有洞穴的地方找出蟹来。孔［kang¹］〈牵〉，小洞。扭［liu²］〈柳〉，挖。

强词夺正理。

半斤八两勿相笑。

狐狸勿笑猫，尻仓①平平②皱。

【注释】 ①尻仓 [ga¹ceng¹]〈胶村〉：屁股。②平 [bên⁵]〈棚〉平：一样。

白白灰埕①踏出乌油鳗②。

【注释】 ①白白灰埕：干净、平坦的场子。②乌油鳗：鳗鱼。

秀才遇着兵，有理呾无赢。

好花好月人人爱。

别人字，家己妻。

家己老婆，别人文章。

饲狗狗摇尾，饲人无结果。

恶人恶凌迟。

好柴无流到三峛溪，好团荟来到城隍前。①

【注释】 ①此句意为韩江上游山洪暴发，林木被冲进江中，江面上的好木头早在上游就被打捞走了，绝没有漂到下游三峛溪这地方；好男儿不会沦落到在城隍庙前求乞。三峛溪，潮州一条小溪。

破布令，无人听。

东司石部①，愈浸愈臭。

【注释】 ①石部：石头。

媒人嘴，惹人畏。①

【注释】 ①此句意为媒人花言巧语撮合男女双方，因此惹人讨厌。惹 [ria²]〈而呀²〉，招惹。畏 [uin³]〈威³〉，厌烦。

乡里鼓，乡里敲；乡里狮，乡里舞①。

【注释】 ①舞 [mong⁶]〈茂⁶〉。

牛鼻碰着贼手。

赤骸①生囝阿娘②个③。
【注释】①赤骸：潮州方言称谓，专指婢女。②阿娘：潮州方言称谓，对女主人的尊称。③个［gai⁷］〈该⁷〉：的。

同身①缀②香炉③。
【注释】①同身：在信仰民俗中指侍神的职业者，自称是神的替身，俗称"同身"。②缀［duê³]〈兑³〉：作"跟"解。③香炉：做法事必备的器具。

田头伯公①田头显②。
【注释】①田头伯公：专管一户田地之神，设于田头，也称"田头爷"。②显：显灵。

花无蜜，蜂无采；床无食，蚁唔来。①
【注释】①此句是说事情的发生各有诱因。食，此处指食物。

花无错开，人有错对。

火船跋破搭铁钉。①
【注释】①整艘船都撞坏了，捡回几颗钉子有什么用？比喻失大捡小，为时已晚。

粟有冇奇，人有稙愩。①
【注释】①稻粟有饱满的也有空瘪的，人有精明的也有愚蠢的。

白直食唔尽，弯骞终久穷。①
【注释】①为人坦率正直，终生受用；心术不正，终将身陷贫困。

瓿头唔知盖。①
【注释】①瓿盖没盖好，腌制不成。比喻缺乏自知之明，办事不成。瓿［bao⁶]〈包⁶〉，小瓮。

长无分，短无寸。①
【注释】①做事、用物要掌握好分寸。

穷人无穷山，穷山耐你搬。

炉底炭，块块畅。^①
【注释】①炉火烧久了，炉底的炭都烧透了。比喻经验老道，事事都十分明白。畅［tang³］〈坦³〉，相通。

金无足赤，瓜无全圆。

隔溪看蛇瞇目。^①
【注释】①远了，看不清楚。

滚水丢响，响水丢滚。

三、修养类

人望花开，树望鸟来。

食酒望醉，做官望贵。

穷人思大猪，肚困思番薯。①
【注释】 ①穷人盼望养有头大肥猪可卖钱；肚子饿了的，渴望有甘薯充饥。肚困，即肚子饿。

水向下流，人向上求。

人老心不老，人穷志不穷。

留得青山在，哪怕无柴烧。

有心打石石成砖，无心打石石胶连①。
【注释】 ①胶连［neng⁵］〈郎〉：毫发无损。

云头正开，日头正上。①
【注释】 ①此句指年轻人像早晨的太阳。

一德二行三风水。①
【注释】 ①此句为旧社会判断一个人的标准，除德和行，还要看他的祖坟与住宅风水。

后生拚出名，食老①有名声。
【注释】 ①食老：到老时。

老实总久①在②。
【注释】①总久：终究。②在［zai⁶］〈载⁶〉：稳当。

白直食不尽，弯骞总久穷①。
【注释】①为人坦率正直，终身受用；心术不正者，常处贫穷之中。白直，坦率。

心直食不竭，心弯终世贫。

宁向直中取，勿向曲中求。

平心过得海。

人生欲有道德，芳①茶欲有茶色②。
【注释】①芳［pang¹］〈攀〉：芳香，此处指茶香。②茶色：茶汤的颜色。

孥团直，大人弯。

正窍①唔开开倒窍。
【注释】①正窍［kiou³］〈翘〉：指正经的办法。窍，点子。

正窍无，倒窍有。

惰人易做，惰牛易叱①嗬②。
【注释】①叱［duah⁴］〈带⁴〉。②嗬［ho¹］〈诃〉：潮州农村让牛耕田时，吆喝牛站住的声音。

生人镇①眠床②，死人镇棺材。
【注释】①镇［ding³］〈尘³〉：占有。②眠床：潮州人称睡觉的床为"眠床"。

别人灵前哭家己。

饱暖思淫欲，贫穷起盗心。

大^①无好样^②，细^③无好相^④。

【注释】①大：指年纪或排行上大。②好样：好榜样。③细：年纪或排行上小。④好相［siên³］〈想³〉：品行端正。

贪似贫。

人引着唔走，鬼引着散跑^①。

【注释】①散［suan³］〈伞〉跑：乱跑。

人心肝，牛屎肚。^①

【注释】①此句意为人的欲望很大，就像牛的肚子一样，填不满。屎肚，肚子。

死猪褒烫。

偷食鸡肝腱心内知^①。

【注释】①心内知：心里明白。

贪食跋落^①糖瓮。

【注释】①跋［buah⁸］〈钵⁸〉落：掉进去。跋，跌倒。

做起按察^①面就乌^②。

【注释】①按察：旧社会的检察官职。②面就乌：黑起脸来。

心疑生暗鬼。

老鼠心肝，又食又搬。

人心不足高，井水变酒嫌无糟。

食斋^①补唔过积恶^②。

【注释】①食斋：为了行善而吃素。②积［zêg⁴］〈叔〉恶：作恶。积，淤积。

嘴甜心苦，背后囥①刀斧。
【注释】①囥［keng³］〈劝〉：藏。

嘴甜甜，尻仓后敓①支大弯镰。
【注释】①敓［soih⁴］〈先⁴〉：藏掖。

好面好壳，无好肚腹。①
【注释】①此句意为金玉其外，败絮其中。好面好壳，面貌姣好。

狼心狗行佛祖面。

狐狸唔知尾后臭。

雇猫掌橱，雇贼掌厝。

放掉①乞食②棰③就爱拍乞食。
【注释】①放掉：丢掉、扔掉。②乞食：乞丐。③棰［cuê⁵］〈吹⁵〉：棍子。

一顿饱，唔记得三年饥荒。

诈死抱海鹅①。
【注释】①海鹅：大雁。

后生手艺老郎中。

做贼状元才。

好猫管三家，好狗管一寨。

孬做桁，好做桷；孬做尖担，好做樽塞。

牛角唔尖唔敢过岭。①
【注释】①此句意为山上有猛兽，牛若没有锋利的角是斗不赢，过不了山的。

406

唔训①唔惊，半训半惊，全训全惊。
【注释】①训：了解、认识。

牛囝唔训虎。①
【注释】①此句意为初生牛犊不怕虎。

三牲敢食，灯球敢掼①。
【注释】①中元节，潮州有在巷道、家门口摆三牲祭品施济孤魂的习俗。常用点燃的香枝绑成球状，挂在门口，称"灯球"。祭礼毕，则提灯球驱散野鬼，这只有胆子大的人才敢提。此句意为既然吃了祭品三牲，自然也要提灯球。掼 [guan⁶]〈官⁶〉，提。

滑路怕凶人①。
【注释】①凶人：这里指走路快速或有急事赶路的人。

小鬼唔敢见大路神。

食蠘①唔顾身份②。
【注释】①蠘 [cih⁸]：梭子蟹。②身份：此处指身体的状况。

无嘞①肚量②孬食泻药。
【注释】①嘞 [hia²]〈歇²〉：那。②肚量：指肠胃的承受能力。

食胆大，死胆细。

欲死惜支辫。

畏死①勿伴灵②。
【注释】①畏死：怕死。②伴灵：守灵。

早哩畏露水，暗①哩畏鬼。
【注释】①暗 [am³]〈庵³〉：指天色晚。

一次分蛇咬，三年惊草索。

挂危哩惊猫，放下哩惊狗。

嘴响骹扁①，无力靠嚷。
【注释】①扁［piang²］：潮州话借音字，暗喻鸭蹄脚。

敢做敢当。

千日琵琶百日筝，半世三弦学唔成。

工夫学在手，到处有朋友。

工夫不负有心人。

黄金千两，唔如薄技在身。

家有万贯钱，唔如有薄技。

薄技学在身，酒囝啉啊啉①。
【注释】①啉［lim¹］〈林¹〉：呷，喝酒。

工夫学在肚，一生免穷苦。

拳不离手，曲不离口。

不怕人老，只怕心老。

三更灯火五更鸡。
【注释】劝告年轻人要早起苦读勤耕。

食到老，学到老。

字无百日工，书加人自勢。

书无馏，跖上树。①
【注释】①此句意为读书不温习，就会忘得一干二净。馏［liu⁷］〈留⁷〉，指熟食再蒸热，引申为温习。跖 [bêh⁴]〈百⁴〉，爬。

未学行，先学飞。

指①厝角头②，诮门楼。①
【注释】 ①指 [gi²]〈枝²〉。②厝角头：指房屋垂脊和横脊的连接处。门楼，传统潮式建筑院落的大门，上有瓦顶。

三斗油麻，倒无一粒落耳。

练拳唔练功，到头一场空。

无师传授枉费工。

三步不出车，定是臭棋蛆①。
【注释】 ①蛆 [ce¹]〈此¹〉：苍蝇幼虫。

事到急时行马田。

冇棋也有神仙步。

卒团细细好过河。

一着不慎，全盘皆输。

好男唔贪父母业，好女唔贪嫁时衣。①
【注释】 ①好男儿贵自立，不思父母钱财；好女子须自励，不贪图嫁妆。

只顾颊沟肥，唔顾身上衣。①
【注释】 ①此句意为只管大快朵颐，不管衣衫褴褛。

灰金瓿看做明糖瓮①。
【注释】 ①此句意为把装骨灰的罐子看成是盛明糖的瓮子。灰金瓿 [huê¹gin¹bao⁵]〈花今暴〉，骨灰罐。明糖，白糖煮熟做成条状，裹上白芝麻，再切成粒状，相传清初汉人为不忘反清复明而做的糖。

人凭志气虎凭威。

人在内，名在外。①
【注释】①此句意为名声好坏，社会自有定评。

人欲望高，水欲望流。

八仙过海赛道行。①
【注释】①此句意为八仙过海，各凭本事。道行［dao⁶heng⁶］〈投⁶幸〉，本事。

树老根须多，人老话须多。①
【注释】①树老了根须多，人老了啰唆。

牵猪哥，放稜索。①
【注释】①拉公猪与母猪配种，需放松绳子。此句比喻发生争执时，中间人有意放松一方的压力，使他就范。

百客合百货，时人呾时话。①
【注释】①物有不同，人各有爱；时候不同，话自各异。

花对花，柳对柳，畚箕对扫帚。

白虾钓乌油麻。①
【注释】①此句比喻以小搏大、以少搏多。乌油麻，鳗鱼。

手长擎去食。①
【注释】①此句比喻一些有权势、有本事的抢先占了便宜。

补穷补苦，唔夠大肚。①
【注释】①此句意为济贫救困，抵不上人口增长。唔夠［la⁶］〈拉⁶〉，不够。大肚，怀孕，意为生育。

富勿吼，穷勿走。①
【注释】①此句意为富了不用张扬，穷了不用逃走（逃避现实）。

见官行头前，见着硗囝歁重肩。①

【注释】①见到当官的赶紧走上前奉承；见到穷人则傲慢得意，神气十足。歁［ki¹］〈欺〉，倾斜。

荟绡鞋①，会扳靪。②

【注释】①荟绡［ciê⁶］〈抢⁶〉鞋：不会缝合裂开的鞋帮和鞋底。②会扳靪［dê¹］〈郑¹〉：会扳掉鞋跟。

田螺赶人啰跳罾。①

【注释】①田螺本无脚无爪，生息在河溪岸，它竟跟鱼虾一样想跳出渔网逃走。此句讽刺人不自量力，不守本分。赶［guan²］〈官²〉，跟着。罾［zang¹］〈脏〉，用竹竿或木棍支起的渔网，用于捕鱼。

当虎撞倒拍鼓①，擎旗颠倒锯弦②。

【注释】①当虎撞倒拍鼓：扮演老虎的在台上撞倒打鼓师父。②擎旗颠倒锯弦：举旗演员却要当乐师拉弦演奏。意思是不知天高地厚。

弥勒佛哭瘄。①

【注释】①弥勒佛塑像一派福相，竟说瘦。此句意为装穷叫苦。瘄［sang²］〈珊²〉，瘦。

鲢鱼缀食草鱼屎。①

【注释】①此句比喻跟着人家得到少许利益。

老老戏唔知挂须。①

【注释】①老演员上台忘了戴上假须。比喻经验丰富者也有失误的时刻。

临嫁扎骹缠。①

【注释】①意同"临急抱佛脚"。骹缠，裹脚布。

糊糊涂涂，清明谷雨。①

【注释】①此句指糊里糊涂的人连"清明""谷雨"两个时序都记颠倒了。

胸无大志，枉活一世。

禽兽无耻有节，人有耻无节。

四、社交类

河水靠流，人群靠头^①。
【注释】①头：领头人。

单丝不成线，独木不成林。

红花虽好还须绿叶扶持。

一人主张，唔如二人告量。^①
【注释】①一个人出主意，不如两个人商量好。告量，商量。

拍虎亲兄弟，拍索三人齐。

众人头毛^①拍成索。
【注释】①头毛：头发。

粗糠着米米着粟。^①
【注释】①谷子碾去粗糠（粟壳）便见米。此句喻三者互相依存。着，需要。

一尾沤^①鱼害够^②筐。
【注释】①尾［bhuê²］〈霉²〉：量词，作"条"解。②沤［ao³］〈欧³〉：变质的鱼。③够［gao³］〈到〉：整、全。

千支灯，当无一支烛。

千粒星，当无一个月。^①
【注释】①此句意为满天星光比不上一轮明月明亮。粒［liab⁸］〈念⁸〉，颗。

413

相亲相爱，挽①草做羹也是菜。
【注释】①挽［mang²］〈慢²〉：扯、拔。

人情好，食水甜。

厝角尖哩哩，企起①还着好厝边②。
【注释】①企［kia⁶］〈骑⁶〉起：居住。②厝边：邻居。

千金买厝，万金买邻。

金厝边，银亲情①。
【注释】①亲情［ziam⁵］〈正⁵〉：亲戚。

行欲好伴，企欲好厝边。

远水厄救近火，远亲唔如近邻。

手心是肉，手背也是肉。

诖①到面红红，还是一家人。
【注释】①诖［a³］〈亚³〉：争论、争辩。

兄弟不和邻里欺。

家己肉易生蕗①。
【注释】①生蕗［mi¹］〈咪¹〉：此处指裂开的伤口愈合。

三人四姓①拜②唔成祖公③。
【注释】①三人四姓：形容家族不团结。②拜：这里专指祭祀。③祖公：泛指祖先。

肥水无流过别人田。

糜番葛蔚衰簟。①
【注释】①此句意为一块烂番薯，坏了整个薯簟。糜［mi⁵］〈迷〉，腐烂。

蔚［uê³］〈锅³〉，传染。

相让①食有存。
【注释】①让［niê⁷］〈娘⁷〉：互让。

杜猴唔食洞口草。①
【注释】①此句意为蝼蛄不吃窝边草。杜猴，蝼蛄。

交人交心，沃树沃根。

情来礼往，礼多人不怪。

人欲长交，数欲短结。①
【注释】①此句意为友谊必须保持长久，账目却要及时结清。数，这里专指账目。

人在人情在。

人情人情，在人情愿。

三分亲，强①别人。
【注释】①强［giên⁵］〈姜⁵〉：胜过。

在家靠父母，出外靠朋友。

无好同伴，不如独行。

茶薄人情厚。①
【注释】①此句意为待客的茶虽淡，但情意却浓。薄［boh⁸］〈驳⁸〉，此处指茶的浓度低，味道淡。

食人酒肉赠人福。

无茶无酒，做乜①朋友。
【注释】①乜［mih⁴］〈迷⁴〉：什么。

所斟无好友，所食无好酒。

家有千丁，主事一人。①
【注释】①此句意为众口之家，主持家事的只能是一人。

有缘千里能相会，无缘对面唔相识。

朋友面前无假话。

亲人叔孙①，畀面②三分。
【注释】①亲人叔孙：潮州方言中泛指族亲或有血统关系的人。②畀[bi²]〈比〉面：给面子。

久住贵也贱，长来亲也疏。

入港随湾，入乡随俗。

齿痛正知齿痛人。

唔剃字委死，唔剃人着死。

相剃满天下，知心无半个。

在家唔剃人，出门无人剃。

在家无人客，出门无厝人。

姜太公钓鱼，愿者上钩，唔愿付水流。

一家富难顾三家穷。

扒猪屎①占猪②。
【注释】①扒猪屎：指到处扒猪屎积肥的人。②占猪：替猪说话。

人情紧如生债。

情深缘份浅。

秀才人情纸半张。①
【注释】①秀才欠人情，只写半纸答谢的话。

入门休问枯荣事，观察容颜便得知。

人心隔肚皮。

求人如吞三寸剑。

敢个①人扛②鼎，唔敢替③人抱囝。
【注释】①个〔gai⁵〕〈该⁵〉：给。②扛〔geng¹〕〈斤〉。③替〔toi³〕〈钗³〉：代。

多情误家己。

多情多累。

多情反被多情误。

搭人歇①哩唔敢伸骹②，搭人食哩唔敢捊干③。
【注释】①搭〔dah⁴〕〈打⁴〉人歇：寄睡在别人家。搭，寄。②唔敢伸骹：睡觉时怕多占床位，不敢伸直腿。③捊〔hou⁵〕〈侯〉干：指煮饭时，趁米熟还没烂之时，沽取干饭。捊，特指在水中捞物，有"沽取"之意。《集韵·侯韵》："捊，掬也。"《康熙字典·手部》："捊，古文撷。《韵会》：普沟切，掬也。"

十二菜桌分人食，舀屎沟水给人荡嘴。①
【注释】①此句意为请客人用丰盛的酒席，却用阴沟水给客人漱口。比喻善始而不善终，前恭后倨。桌，指酒席。荡〔deng⁶〕〈丈〉嘴，指漱口。

好人好到底。

人不可貌相，海水不可斗量。

买卖藉白直①，朋友藉信实。
【注释】①白直：意为实话实说。

后门当①破裘②，前门请人客。
【注释】①当［deng³］：抵押。②裘［hiun⁵］〈休⁵〉：棉袄。

三面六目日后勿咀长短骸话。

先小人，后君子。

先礼后兵。

买卖算分，相请无论。①
【注释】①此句意为做买卖的分厘须算清，互相宴请的则不需计较。这是潮州人做生意的规矩。相请，互相宴请。无论，不计较。

心好无人知，嘴好咀有来。

凶拳打不得笑脸。

用别人拳头拍石狮。

猪头①甘②摆，蒜泥③唔甘剧④。
【注释】①猪头：祭拜先祖或神明时的祭品。②甘：舍得。③蒜泥：指蒜末，是潮州菜的蘸料之一。④剧：此处意为"剁"。

逢人只说三分话，未可全抛一片心。

海底阔阔，船头有时会相撞。①
【注释】①此句意为待人接物应留有余地。撞［cong⁶］〈冲⁶〉，撞击。

新娘邀上堤，媒人撺落溪。

熟人生人交。

熟人免行生礼。

好话厄入耳。

嫌货正是买货人。

隔行如隔山。

大鸟飞高,细鸟飞下。

不管白猫黑猫,会咬老鼠就是好猫。

合得厝人意,便是好工夫。

八仙过海,各显神通。

块生①唔如块熟②。
【注释】①块生:生疏的工作。②块熟:熟悉的工作。

老路易走,老话顺口。

有例勿止,无例勿起。

慢装担,先行路①。
【注释】①行路:意为上路。

病急乱投医。

猛火焙唔出好膀饼。

叫人落水,家己先褪衫。

心急食唔落烧糜。

不怕一万,就怕万一。

跖上虎身就着骑。

上山勿问下山人。

撑船无待父。

唔诩癖^①，孬赚食^②。
【注释】①癖：指各地有各地的习俗或癖好。②赚［tang³］〈桶³〉食：赚钱养生活。

一面墙厄抵四面风。^①
【注释】①此句意为一道墙壁挡不了前后左右的风。抵［doi²］〈底²〉。

有人拍索^①，有人敧^②股。
【注释】①拍索：拧绳。②敧［tao²］〈套²〉：解开。

猪囝好卖墟墟来。^①
【注释】①此句意为猪仔能卖得好价钱，逢墟必来。好卖，卖好价。

屏鱼^①唔对顿^②，千金也无用。
【注释】①屏［hou³］〈侯³〉鱼：用屏斗捕鱼。②对顿：赶上做饭的时间。

食猫饭，出虎力。

三斤猫衔^①四斤老鼠。
【注释】①衔［gan⁵］〈柑⁵〉：用嘴叼着。

无牛驶马，掠^①柑堵^②柿。
【注释】①掠：拿。②堵：意为充数。

剪衫裾^①，补尻脊^②；拉东篱，堵西壁。
【注释】①衫裾：衣摆。②尻脊［ga¹ziah⁴］〈胶迹〉：脊背。

长命债，长命还。

未烧香先拗折①佛手。
【注释】①拗［a²］〈阿²〉折：折断。

清饭唔食老狗①个②。
【注释】①老狗：对自称的调侃。②个「gai⁴」〈该⁴〉：意为"的"。

一延过三春。

一延三天，二延三年，三延一世。①
【注释】①此句意为办事一拖再拖。

一日割①九猪，九日无猪割。
【注释】①割［guah⁴］〈刮〉：指阉割。

一日补九鼎，九日无鼎补。

头痛医头，骹痛医骹。

无好砻臼，磨死新妇。①
【注释】①从前乡村家庭碾米，都是儿媳妇做的。此句意为砻臼不好用，苦了媳妇。无好，不好用。

乘风扣橄榄。①
【注释】①橄榄是潮州特产，树很高，趁刮风时用竹竿拍打橄榄树，橄榄容易掉落。

擎箸遮目。①
【注释】①此句意为拿筷子挡住视线。比喻收敛的样子。擎箸［kia⁵de⁷］〈骑除⁷〉。

刀过水无痕。①
【注释】①此句意为作弊干坏事，没留痕迹。也有一解，指争吵后经调解，矛盾全消。

家主无谋，累死家奴[①]。
【注释】①奴［nou¹]〈挪乌〉：奴仆。

心内有急事，半暝盼鸡啼[①]。
【注释】①盼鸡啼：盼天亮。

未行兵，先行粮。

一个黄酸大夫[①]，拍赢三个肥媌妰[②]。
【注释】①大夫［da²bou²]〈搭埠〉：汉子。②媌妰［za¹bhou²]〈渣亩〉：妇女。

嘴边无毛，办事不牢。

想有千年计，食无百岁寿。

比上不足，比下有余。

空囝[①]唔补，大空叫苦。
【注释】①空［kang¹]〈牵〉囝：指衣服、被褥破的小洞。空，小孔。

贼去[①]关后门。
【注释】①去：离开。

青盲[①]猫咬着死老鼠。
【注释】①青盲［ciên¹mê⁵]〈星夜〉：瞎。

过关送文凭。[①]
【注释】①此句借《三国演义》中关公过五关斩六将后曹操才派人把放行的文凭送到的故事，比喻空头人情。

双头做斋霸无饼。[①]
【注释】①此句意为双头都乞讨，双头都要不到饼。双头做斋，指两边做佛事。霸［ba³]〈把³〉，乞讨。

平时唔烧香，临急抱佛骹。

骹手快①，做双过②。
【注释】①骹手快［kuê³］〈课〉：手脚麻利，动作利索。②过：此处做量词，意为次、回。

灯芯担久重如铁。

懒人担重担，勤人无担担。

拍死个摇鼓①，分无支针②。
【注释】①摇鼓：指挑担摇鼓的货郎。②分无支针：分不到一根针。

拍只鹿，分无四两肉。①
【注释】①此句意为猎一头鹿，自己却连四两鹿肉都吃不到，即僧多粥少。

老牛拖破车。

死虎当做活虎拍，死马当做活马医。

虱母跋落土，无食兼勒路。

大鼎未滚，细鼎先叫。

惰牛屎尿加。①
【注释】①此句意为懒惰的牛常拉屎拉尿。比喻借故休息、休闲。

见着食哩涎流，见着作①哩目汁②流。
【注释】①作［zoh⁴］〈做⁴〉：劳作。②目汁：泪水。

偷食唔知拭嘴。

做一日和尚撞一日钟，雇个钱师公摇个钱铃。

咀真方，卖假药；挂羊头，卖狗肉。

做媒人兼破说①。
【注释】①破说：揭人短处。

江西猴教就。①
【注释】①从前江西人来潮州耍猴卖艺，猴子那套功夫是师傅专门调教出来的。

放掉面桃去抢饼。①
【注释】①潮州民俗节日盂兰盆会，其中有举行施济仪式。上师在台上撒下饼食，穷苦人上去抢着吃。

三日新娘样。

书头①戏尾②。
【注释】①书头：开始入学，读书认真。②戏尾：戏在高潮过后，接近尾声，意为无心看下去。

鼻屎好食，扭到鼻孔血流。

倒账纸字使唔行。①
【注释】①旧社会大行铺有自行发行的纸钞，在一定区域流通，但倒闭行铺的纸币就没人要了。倒账，倒闭。纸字，纸钞。

赶混食成服。①
【注释】①丧礼最后的环节是请来宾吃饭，俗称"食成服"，但不等客人一起吃，先吃完的先走，故有没参加丧礼的人趁机去吃饭。

耳聋好听话，青盲好坫觅①。
【注释】①坫觅［diam³cuê⁷］〈店吹⁷〉：捉迷藏。

外科内治，会医别人，畚医家己。①
【注释】①此句意为贤人能度化别人，却不能度化自己。

到乜火候使乜锤。

拍虎时唔去，分虎肉就来。

多一事不如少一事。

目前点火目前光。^①
【注释】①此句意为目光短浅，只顾眼前，不问将来。目前，眼前。目，双眼。②点［liam²］〈捻〉。

前人种树后人遮荫。

做媒人贴出^①走囝^②。
【注释】①贴出：介绍，带出。②走囝：自己的女儿。

请神就着送神。

只欲本地有佛，咋着进山烧香。

量体裁衣，看菜食饭。

尺寸孬散比^①，铰刀^②一落^③如圣旨。
【注释】①散比：胡乱测量。②铰［ga¹］〈胶〉刀：剪刀。③一落：一剪。

会人^①是岙人^②个阿奴^③。
【注释】①会人：有本领的人。②岙人：没有本领的人。③阿奴［nou¹］〈挪乌〉：家奴。

未曾生囝先做名^①，生到囝来无名叫。
【注释】①做名：取名字。

双骹踏双船。

开元金刚放鞋样，福州三奶买屐桃。①
【注释】①此句意为要买小鞋却用大脚做样板。开元，指潮州建于唐代的开元寺。奶，此处是对有钱人家妻子的称谓。屐桃，缠足女人穿的一种木制小屐。

好言好语解人金腰带。

好话一句三冬暖，恶语伤人六月寒。

万斤空话，唔如一两实货。

话咀会通①，行路轻松。
【注释】①话咀会通：道理讲得通。

气气在肚底①，笑笑服人礼。
【注释】①肚底：肚子里。

路中咀话，草中有人。

话多易错，线长易断。

墙有髓，壁有耳。①
【注释】①此句指说话行事需小心，免得泄露秘密。

欲知心内事，但听口中言。

把戏无真，孪囝无假。

把戏无真，秀才无假。①
【注释】①耍把戏都是假的，秀才却要有真本事，假不了。

不看僧面，看佛面。

食番薯问米价。

乞食身，阿官嘴。

食大麦糜，呾皇帝话。

老爹生疖①报生癞②。
【注释】①疖［zag⁴］〈作〉。②癞［tuê⁵］〈颓〉：皮肤上凸起的红肿溃烂病灶。

千军入城报万二。①
【注释】①此句意为虚报军情。

一句秃驴骂通①庵。
【注释】①通：此处意为整座。

牛头搭唔着①马嘴。
【注释】①搭唔着：意为对不上。

好事不出门，坏事传千里。

鸡嘴圆，鸭嘴扁，人嘴橄榄横。

卖花呾花红，卖鲑呾鲑芳。

扛轿人叫苦，坐轿人也叫苦。

害人终须害家己。

跋钱蚶壳起，做贼偷把米。①
【注释】①此句意为赌博从玩蚶壳开始，做贼从偷把米开始。跋［buah⁸］〈钵⁸〉钱，赌博。蚶［ham¹］〈酣〉，一种贝壳类海产品。

好种花分人插，勿种莉刺人骸。①
【注释】①此句也说"插花勿插莉"。莉［ci³］〈试³〉。刺［ciah⁴］〈赤〉，被尖锐的东西刺到。

好头①唔如好尾②。
【注释】①好头：指好的开头。②好尾：指好的结尾。

生事勿做，熟事勿忘。

平生唔做亏心事，半暝敲门心娶惊。

在家第一，出外无匹①。
【注释】①无匹［pig⁴］〈颇乙〉：不能与人相比。

人随王法草随风。

好曲无上路，好拳无显露。

读家己书众人惜①，跋家己钱众人恼②。
【注释】①惜［siêh⁴］〈烧⁴〉：爱惜。②跋家己钱众人恼：赌钱虽然是自己的事，但人人讨厌。

养成大拙方知巧，学到如愚才是贤。

学武唔学医，到头吃大亏。

学力①三年，学惰一霎时。
【注释】①学力：学勤快。

学好千日不足，学孬一日有余。

修行一年，破戒即时。

穷欲穷得清，富欲富得明。

君子生财，取之有道。

君子报仇三年，小人报仇一霎时。

朋友妻，不可欺。

公钱唔惜己钱无。

好鞋踏着臭狗屎。

富勿吼，穷勿走①。
【注释】①富的人不用自吹，穷的人不要自卑。

有钱孬尽使①，有势孬尽摆。
【注释】①尽使：花光。

出家容易归家难。

家无常礼，家不可无礼。

人熟礼唔熟。

忍气生财。

卖田勿田头行，卖囝①勿念囝名。
【注释】①卖囝：卖孩子。这是旧社会穷人生活困苦、被迫无奈的体现。

姿娘①勿嫁赚②翁③，大夫勿选赚行。
【注释】①姿娘：女性统称。②赚［dan⁷］〈担⁷〉：错。③翁［ang¹］〈安〉：丈夫。

老人呾话�纸好包。

唔听老人教，作死也枉然。

在家听父兄，出门听蜅声①。
【注释】①听蜅［bu¹］〈捕¹〉声［xian¹］：古代作战时使用海螺作为号令工具。这里指接受命令听指挥。蜅，指海螺。

勿食过量酒，勿咀过头话。

好拍当面鼓，勿敲背后锣。①
【注释】①此句意为要面对面讲清楚，不要背后说三道四。敲［ka³］〈卡³〉，打、击。

咀话人短，听话人长。①
【注释】①说话人被动，听话人主动。

搭人的手短，食人的嘴软。

吃得苦中苦，方为人上人。

食饱穿烧①，水墘②勿近。
【注释】①穿烧［siê¹］〈惜¹〉：穿暖。②水墘［gin⁵］〈旗（鼻化音）〉：水边。

良药苦口利于病。

唔怕天，唔怕地，唔怕别人，只怕家己。

路在嘴。

关嘴强关门。①
【注释】①此句意为祸从口出，闭起嘴，比关门重要。强［giên⁵］〈姜⁵〉，胜过。

破砻赢有粟，孬翁赢细叔。①
【注释】①破旧的米砻勉强还可碾米，比空心的稻子碾不出米还强；丈夫再不好，也比小叔子强。冇，空心。细叔，小叔。

破船好镇港。①
【注释】①此句意为破船还可以用来占港口。

好得坐^①君子，孬得坐小人。
【注释】①得坐：得罪。

好合^①有理相争，勿合无理相骂^②。
【注释】①合［gah⁸］〈甲⁸〉：和。②相［sie¹］〈烧〉骂：吵架。

拍人勿拍脸，揭人勿揭短。

好劝人圆^①，孬劝人离^②。
【注释】①圆：团圆。②离：分开。

破柴看柴势，入门看人意。^①
【注释】①劈柴要顺着柴的纹路，才不费力；进了门，要学会察言观色。破［pua³］〈婆³〉，劈。势，柴的纹路、形状。

后生好风流，食老^①腰疴泅^②。
【注释】①食老：到老时。②腰疴泅［gu¹ciu⁵］〈龟修⁵〉：形容驼背的人走路的样子。泅，游泳。

后生赚钱家己使，食老久积^①无人睬。
【注释】①久积［zêg⁴］〈叔〉：指各种疾病堆积。

未过三十岁，笑人欲相缀^①。
【注释】①笑人欲相缀：讥笑别人的事，也会发生在自己身上。笑人，讥笑别人。缀，跟上。

未三十，孬笑人拐骹^①共裂目。
【注释】①拐［guai²］〈乖²〉骹：瘸腿。

相骂无好话，相拍^①无好槌。
【注释】①相拍：打架。

拍狗着留路，拍拳着留步。^①
【注释】①打狗须留路，免受反噬一口；教徒弟练拳要留一手，免得被倒打一拳。

肉好分人食，骨孬分人喫。①
【注释】①肉可以让人吃，骨头不能让人啃。喫［koi³］〈溪³〉，啃。

大家无好样①，新妇斟和尚。
【注释】①无好样：没做好榜样。

隔墙有耳。

细偷针，大偷金。

交杯勿交财。

酒乱性，色悦①人。
【注释】①悦［ruah⁸］〈而活〉：使人喜欢、愉悦。

凡耍无益，拍死白歇①。
【注释】①白歇：意为事情或纠纷毫无结果，不了了之。

宁为鸡口①，勿为牛后②。
【注释】①鸡口：鸡嘴，小而洁。②牛后：牛肛门，大而臭。

二刀相刴①一刀缺，二虎相斗一虎伤。
【注释】①相刴：互相砍杀。

让人是福，欺人是祸。

好猪好狗唔镇①路。
【注释】①镇［ding³］〈尘³〉：占住。

当面数钱辱辱人。

无好大夫多同年①，无好姿娘多阿姨②。
【注释】①同年：指结拜的兄弟。②阿姨：指结拜的姐妹。

好教人食，孬教人赚。

孬替人生，好替人死。

害人之心不可有，防人之心不可无。

茶三酒四踢跎二。①
【注释】①亲朋品茶，三人为佳；饮酒以四人为度；游玩则以两人最宜。

未学锯弦①，先念弦诗②。
【注释】①锯弦：拉弦。②弦诗：泛指乐谱。

未学弹三弦，先学捻药丸。①
【注释】①此句比喻要做好工作，先要打好基础。弹三弦，指号脉的动作似弹三弦。捻药丸，把药丸料捏成丸状。

笃团摒井缸①。
【注释】①此句意为用小坛子掷大花瓶，两败俱伤。笃［dang⁶］〈荡〉团，小坛子。井缸［zê²gang¹］〈静²工〉，瓷制大花瓶。

暗雨留暝，好戏慢出棚。

地势占得着，相刣①免铳药②。
【注释】①相刣：战争。②铳药：指子弹。

泄尿夗灯草席。①
【注释】①此句意为尿床的人还要睡干爽的草席。比喻做错事的人不但不认错，还占便宜。泄尿［cua⁴riê⁷］〈蔡⁴而腰⁷〉，尿床。

沉忱①猫掰破篮，沉忱狗咬人骸后睁。
【注释】①沉忱［dim³sim³］〈沉³神³〉：沉静而有计谋。

家己盐笃生虫。①
【注释】①此句比喻内部出了奸细。盐笃，装盐的罐子。

揭蟋蟀尾。①
【注释】①此句意为在幕后挑拨、煽动。

指冬瓜骂瓠匏[1]。
【注释】①此句意为指桑骂槐。瓠匏 [ou⁵bu⁵]〈湖捕⁵〉，瓜的一种。

教到你晓，百钱使到了。[1]
【注释】①此句意为教得你懂了，钱都花光了。使，花费。

假力洗茶渣。[1]
【注释】①潮州人冲工夫茶，经常用朱泥壶或紫砂壶，用久了壶壁积上茶垢。据说茶垢越多，冲出来的茶汤味越香浓，有不明此理的人把茶垢洗去，便被斥为"假力"（自以为很卖力）。

鸡管鹅，蛤蚁管蛤婆，孙新妇管老婶婆。[1]
【注释】①此句比喻不自量力。

好得坐城隍，勿得坐小鬼。

老水鸡倒旋。[1]
【注释】①去而复来，老谋深算。水鸡，青蛙。

面面圆，面面离。[1]
【注释】①此句意为面面讨好，导致面面疏远。

气气在心底，笑笑服人礼。

人情薄过书厘纸。

乞食身，皇帝嘴。

强人自有强人敌，番薯怕霜霜怕日。[1]
【注释】①此句比喻一物降一物。

行桥敍过你行路，食盐敍过你食米。[1]
【注释】①此句意为过的桥、吃的盐比你走的路、吃的米多。意为阅历、经验丰富。

乞食敆过人家。

落棚①讨无咸菜②。

【注释】①落棚：农村旧戏台多用竹木搭成，演出结束称"落棚"。②讨无咸菜：旧时演戏结束，扮演坏人的演员向村民讨小菜送饭都谱拒绝。

五、生活类

做人走团床上兜，做人新妇床下狗。①
【注释】①此句道出旧社会为人女儿、媳妇的不同处境。床上，指饭桌上。兜［dao¹］〈导¹〉，自骄自大。

翁勤无闲地，妲勤无空机。①
【注释】①此句意为男勤耕女勤织，就不会有荒废的田地和闲置的织机。翁、妲分别指丈夫和妻子。

严父出孝子，慈母多败儿。

妻努夫祸少，子孝父心安。

暗殁早走起，顺了姑情失婿意。①
【注释】①此句意为晚睡早起，得了婆婆的欢心，却伤了丈夫的情。暗殁［am³ung⁸］，睡得晚。早走起，起得早。

生功唔如养功大。

亲生儿，唔如家己钱。

亲生团，唔如家己个边袋团①。
【注释】①边袋团：衣服里面开的内兜。

勿①父勿母天下有，勿钱勿银天下无。
【注释】①勿：不要。

无父兄为长，无母嫂为娘。

436

阿公无能为，欲食着落镭。①
【注释】①此句意为祖上没留下财产供子孙祭祀，要祭祖需众人凑钱。阿公，祖宗。无能为，没本事。落镭［lui¹］〈类¹〉，凑份子钱。镭，硬币。

家贫出孝子。

田螺为团死。①
【注释】①田螺为了产子，要从自己体内吐出部分器官到壳外，螺产子后身子再缩回壳里便很难了。有的缩不回去便死了。

父母惜尾团①，公妈②惜大孙。
【注释】①尾［bhuê²］〈未²〉团：指小儿子、小女儿。②公妈［ma²］〈吗²〉：指祖父和祖母。

翁姐①无隔暝仇。
【注释】①翁姐［ang¹zia²］〈安¹者〉：夫妻。

床头相拍床尾和。

钱银妻儿，酒肉兄弟。

走①鱼大，死妫勢。
【注释】①走：溜走。

衫破正是衣，妫死正是妻。

翁拍妫，唔成祖①。
【注释】①唔成［zian⁵］〈之营〉祖：成不了祖辈。

畏妫正会成祖。①
【注释】①敬畏老婆，家业方能成功，为后代所敬仰。畏妫，怕老婆。

夫妻唔同心，无钱买灯芯。

食翁饭，穿翁衫，放屎放尿分翁担。

好囝免用加^①，加囝饿死父。
【注释】 ①加〔gê¹〕：多。

三岁拍父父欢喜，食大^①拍父无道理。
【注释】 ①食大：长大。

拍死父^①劝人行孝^②。
【注释】 ①拍死父：打死父亲。②行孝：孝顺。

初来新妇月内囝。^①
【注释】 ①对刚过门的儿媳妇和还没满月的婴儿，都会格外器重和爱护。月内囝，未满月的婴儿。

妇势丢惊姑恶，子孝免愁家穷。

势娘丢惊蹇^①家姑。
【注释】 ①蹇〔kiam⁴〕〈欠⁴〉：有傲慢之意。

孥个新妇死个囝。^①
【注释】 ①此句意为儿子只顾妻子不顾父母。孥〔cua⁷〕〈蔡⁷〉，娶。

不孝新妇从囝起。^①
【注释】 ①此句意为儿媳妇不孝顺，多是因为儿子不孝，放纵或怕儿媳妇。

行孝走囝在半天^①，唔肖^②新妇在身边。
【注释】 ①半天：半空。②唔肖：不孝顺。

行孝走囝路上摇^①，不孝新妇三顿^②烧^③。
【注释】 ①摇〔iê⁵〕〈药⁵〉：原意为摆动，此处意为逛街。②三顿：一日三餐。③烧：专指热的饭菜。

人怕老来穷，稻怕寒露风。

天顶北风，地下后嫫^①。
【注释】①后嫫［ai⁵］〈哀⁵〉：继母。

近亲无礼，近戏^①无看。
【注释】①近戏：近处的戏班。

平安当^①大赚。
【注释】①当［deng³］〈肠³〉：相当于。

食在面，穿在身。

钱银心内血，衣衫外面皮。

欲穿待嫁，欲食待生。^①
【注释】①想要穿戴体面，就要等到出嫁时；想要吃得好，就要等到生孩子时。暗指旧社会重男轻女，女人受到不公平的对待。新中国成立后倡导男女平等，这种现象已逐渐成为历史。

少食多知味，大食^①饿家己。
【注释】①大食：食量大。

有食霎晏^①，有穿霎破。
【注释】①晏［ang³］〈按³〉：晚。

肚困番薯胶胶^①，肚饱鹅肉柴^②柴。
【注释】①胶［ga¹］〈教¹〉胶：指蒸熟的番薯的口感软糯。②柴［ca⁵］〈差⁵〉。

肚食饱，心想巧。

小理^①易过，钱银厄觅^②。
【注释】①小理［siou² li²］：难为情。②厄觅：难找。

晴天欲积雨时烧，冬头欲积春尾粮。

日出着预①落雨天。
【注释】①着预：注意预防。

积少成加，唔积全无。

宽时物，紧时用。①
【注释】①此句意为一时用不上的东西要收好，遇上急需时才能马上拿来用。

晴带雨遮①，饱存饥粮。
【注释】①遮［zia¹〕〈者¹〉：指雨伞。

俭食强力赚。①
【注释】①此句意为省吃俭用比勤于赚钱还强。强［giê⁵〕〈姜⁵〉，胜过。力，勤快。

大富着靠勤，小富着靠俭。

细雨密落，细水长流。

力哩食值，惰哩食潦。①
【注释】①勤劳致富的人，比别人吃得好；懒惰致贫的人，只能吃口水。食值，专指吃得好。潦［nua⁶〕〈烂⁶〉，指口水。

铜钱出苦坑。

食唔穷，使唔穷，拍算不通终世穷。

俭食俭穿，长年有钱好用；敢食敢使，总久无钱布摆①。
【注释】①布［bu³〕〈富〉摆：花费。

人勤地丢懒。

有惰人，无惰田。

440

早起三朝当个工，早起一年当个冬。

一粒米，三点汗，一下锄头三泡涎。

好添一斗，孬添一口①。
【注释】①一口：指人口。

饲虫饲鸟家伙了，饲猪饲牛家伙裒。①
【注释】①只为饲养昆虫和飞禽供玩乐的可致倾家荡产，而养牲畜，却可发家。家伙〔gê¹huê²〕〈假¹花²〉，泛指家庭用具、生产工具。裒〔pu⁵〕，聚集、发展。

种田食一年，砍柴食一时。

生人①张②生计，死人无计张。
【注释】①生人：活着的人。②张〔diên¹〕：张罗。

乌糖糯米不可加①，咸菜菜脯不可无②。
【注释】①乌糖糯米不可加：乌糖、糯米是潮州小食主材，因为好吃，用量多，花钱也多，不宜多买。乌糖，即红糖。加〔gê¹〕〈家〉，多。②咸菜菜脯不可无：咸菜、菜脯食材便宜，花钱少，三餐必备。菜脯，即萝卜干。

养囝防老，积谷防饥。

天晴积落雨，初一积十五。①
【注释】①此句意为须注意储积。积〔zeg⁴〕〈叔〉，储积。

晴时砍柴落雨烧，冬头欲备冬尾粮。①
【注释】①此句意为日常须未雨绸缪，做好储备。

生理①细细会发家，工夫强强②好度生。
【注释】①生理〔sêng¹li²〕〈升里〉：生意。②强〔giên⁵〕〈姜〉强：谦虚称自身的手艺一般。

出门唔弯腰，入门①无柴烧。

【注释】①入门：回家。

细钱唔出，大钱唔入。

偷食荟肥，做贼荟富。

落簟无俭，落箩无奈何①。

【注释】①谷子倒进簟子时，以为丰收，大手大脚；但挑箩碾谷子时，才知道谷子所剩无多。

好分一人饱，孬做二人枵①。

【注释】①枵［iou¹］〈天〉：饿。

年易过①，日厄度②。

【注释】①年易过：过新年才一天。②日厄度：过日子三百六十五天。

惰作姿娘力三顿，惰作大夫力暝昏。①

【注释】①懒惰的妇女每到三餐时才忙于劳作，懒惰的男人到了晚上才赶着干活。作［zoh⁴］〈做〉，劳作。暝昏［mê⁵hng¹］〈猛⁵哼〉，傍晚。

近山烧溁柴，近水水缸灯。①

【注释】①住在山里的人，烧的是湿柴；住在河边的人，水缸里空空没水。比喻容易得到的反而不储备。溁［dam⁵］〈耽⁵〉，湿。灯［da¹］〈打¹〉，干。

力食惰作，穷过屎粕。①

【注释】①此句喻好吃懒做的人终究要穷。力食，贪吃。

坐食山崩。

未过塘铺渡，先食揭阳米。

会算丢除，扱米换番薯。①

【注释】①此句意为办事不善思维，少动脑筋，常致自己吃亏。扱 ［cah⁴］〈差⁴〉，插取。《广雅·释诂二》："扱，插也。"《汉语大字典·手部》引《方言》卷十三："扱，获也。"《康熙字典·手部》："扱，《韵会》：测洽切，音插。《广韵》：取也、获也。"

饲鸡阿妈①唔讷死②，斤鸡斗米。

【注释】①阿妈［ma²］〈吗²〉：指老妇。②唔讷死：不知死活。

挽三年猪屎，耐唔上一阵①海风潮。

【注释】①阵［zung⁵］〈船〉。

鸭卵算出骨。①

【注释】①过于算计。鸭卵，鸭蛋。

加钱加功德，少钱着拍折①。

【注释】①拍折［pah⁴zih⁴］〈泡⁴接〉：打折扣。

生藤缠死树。

易求无价宝，难得有情郎。

情人眼里出西施。

嫁人勿嫁田，孼德勿孼色。

快纺无好纱，快嫁无好家。

嫁鸡随鸡飞，嫁狗随狗走，嫁着狐狸钻山草。

大菜唔徙唔大丛，走囝唔嫁唔成人。①

【注释】①种芥菜不移苗栽种，则长不大；女儿不嫁，就还是小孩。大菜，芥菜。徙［sua²］〈沙〉，挪移。丛［zang⁵］〈层〉，棵。

走团拔桶①命，嫁分②乜人无一定。
【注释】①拔［buah⁸］〈钵⁸〉桶：打井水用的小桶。②分［bung¹］〈本¹〉：给。

四目鸳鸯，六目祸殃。①
【注释】①此句隐喻婚姻中出现第三者而引起灾祸。四目，喻二人。六目，喻三人。

爱奻着刻苦①，爱翁着落工②。
【注释】①刻［kag⁴］〈确〉苦：不怕难，能吃苦。②落工：下功夫。

奻死奻后生，翁死奻担枷。

白来猪，白来羊，无白来姿娘。①
【注释】①有撞上门来的猪羊，没有平白无故而来的妇女。在旧婚姻制度下，男方须给女方聘金聘礼，没有无付出而来的新妇。

三兄一妹，亲情①厄觅。
【注释】①亲情［cin¹zian⁵］〈秦¹正⁵〉：这里专指亲事。

惜团惜在心，勿惜出面。

说理教团势，拍骂教团糟。

好教团洇，孬教团跖树。①
【注释】①可以教孩子游泳，不可以教孩子爬树。好，可以。跖［bêh⁴］〈百〉，攀爬。

好男唔食分家米，好女唔贪嫁时衣。①
【注释】①好男儿贵在自立，不贪图父母财；好女子宜自励，不看重陪嫁妆物。

衫唔破，团唔势。①
【注释】①孩子只有经过在社会上摸爬滚打，连衣服都穿破了，才会才

444

能、德行都好。

布田^①勿俭秧，饲囝勿俭饭。
【注释】①布田：插秧。

为老不尊，教孬儿孙。

山上自有千年树，世上厄觅百岁人。

天有不测风云，人有旦夕祸福。

卯时^①冘得着，赢过食补药。
【注释】①卯时：指早晨 5 时至 7 时。

千金难买老来瘦。

有钱买无老来瘦。

肥壮大健，欲死无定。^①
【注释】①看起来很健康，说不定就会猝然死去。健 [gian⁷]〈京⁷〉。

良药苦口利于病。

好食蚂蚁一千，孬食胡蝇一畔^①。
【注释】①一畔 [boin⁵]〈爿〉：一半。

独鸡唔食粟，独囝唔食肉。

胀^①猪肥，胀狗瘦，胀人大肚桶。
【注释】①胀 [diên³]〈钓〉：填，这里指吃（饲养）得过分饱。

鼾猪大，鼾人惰。^①
【注释】①打鼾的猪长得快，打鼾的人多是懒人。

三分食药七分养。①

【注释】①有病必须吃药，但调养也颇重要。单纯靠服药使病尽除是不可能的。此则谚语暗合《黄帝内经》中药治病须注意用量尺度，避免久服偏胜。

有钱食高丽，无钱食北芪。①

【注释】①高丽参和北芪益气补虚作用相似，只有药力大小之分。对一般的气虚证，用北芪也同样能起疗效。

离乡千里，孬食黄精合枸杞。①

【注释】①黄精和枸杞皆是补肾壮阳之药，男子远行，吃了此二药性欲高了，容易滋生寻花问柳之事，伤身且损德行，故不宜过量食用。

男怕穿靴①，女怕戴帽②。

【注释】①穿靴：指心脾肾虚，下肢水肿，形同穿靴。②戴帽：指心包炎、大头瘟、头面部水肿，形同戴帽。

姿娘畏面，大夫畏骹。①

【注释】①此句意思与"男怕穿靴，女怕戴帽"相同。

噤口痢，死不忌。①

【注释】①噤口痢，痢疾之一，指患痢疾而饮食不进，这是该病程中发展到症候严重的阶段。胃为后天之本，既痢，又噤口不食，当然死定了。

有钱买无六月泻。①

【注释】①夏天别太在意腹泻，因为气候热毒时容易便秘，腹泻（"六月泻"）能将体内的热毒、火气排出，也有好处。

好了风气①，害了网卿②。

【注释】①风气：风湿。②网卿：毛鸡，可入药浸酒，多用于风湿病。毛鸡属野生禽鸟，若因入药功用而被捕捉，易导致其濒临灭绝。

好合麻风①同床，孬合肺痨②对门。

【注释】①麻风：一种慢性传染病，不具迅即传染性。②肺痨：即肺结核，具传染性，易于感染新的宿主。

病症看得着，青草二三叶。①

【注释】①医生诊断病症准确，即便只用少量、便宜的青草药，也能收"药到病除"之效。

甘草末，和百味。①

【注释】①甘草给人的感觉似乎是能医百病，但它并非与所有的中药都能相配为伍。此句借喻"平和待人，与任何人都合得来"的一种做人态度。

真药医假病，真病无药医。①

【注释】①治病除了服药之外，病人的心态和饮食调养也很重要。有的病是"浮飘病"（即假病），不用怎么治疗也能自己撑过去，所以说"真药医假病"；有的病是病入膏肓，再好、再名贵的药也治不好，所以说"真病无药医"。

话传三遍假变真，药方三抄食死人。①

【注释】①传言流传多遍，假的也能传成真的；药方抄来抄去，容易把药名弄错，误事害人。

一勿医亲，二勿医邻。①

【注释】①亲、邻皆对医者比较了解，往往对医者抱有较高的希望，希望能药到病除。而医者虽对他们的病史洞悉，但在诊病用药却小心谨慎，易造成该用的药不敢用，贻误病机，弄不好还伤了感情断了关系。

七坐八爬九发牙。①

【注释】①此句说的是一般婴儿发育的三个阶段：七个月时开始坐起，八个月时开始学会爬行，九个月时开始长牙。因此，一般情况下，可依此三个阶段来推定其月龄多少。

女大十八变。①

【注释】①原指传说中龙女通神善变，后用来泛指女性在发育成长过程中（特别是青春期至青年期）心理和外貌的变化大且频密。

三十岁前人觅病，三十岁后病觅人。①

【注释】①人的前半辈子不知爱护身体，一味恃强蛮干而种下病根；后半辈子体质开始衰弱，原来潜伏的疾病就都逐渐出现。

五十断经，六十断精。[①]
【注释】①女子至五十岁就没有月经，男子至六十岁就没有精液。

人到六十，顾双骸合双目。[①]
【注释】①此句意为年老体衰时病多起于眼部和足部。

十男九痔[①]，十女九带[②]。
【注释】①十男九痔：潮汕地处湿热之地，男人受体质、饮食、职业等因素影响，发生痔疮的概率高。②十女九带：旧时妇女地位低下，过度劳作且受卫生条件限制，致阴道感染而引起的一种病理性白带病，在妇女中发病普遍。

一粒梅三斗火[①]，三个尻仓煮锅糜[②]。
【注释】①一粒梅三斗火：青梅吃多了容易上火和腹泻。②三个尻仓煮锅糜：三个屁股（肛门）产生火气大，足够煮一锅粥。

穷人无灾便是福，人能无病即神仙。

生有好囝弟[①]，父母免愁钱。
【注释】①囝弟：泛指子女。

加囝加弯骞[①]，少囝成神仙。
【注释】①弯骞［qiang¹］〈犬¹〉：不顺利、不如意。

有囝穷氹久，无囝富氹长。

三男二女好命婆，五男二女受拖磨[①]。
【注释】①拖磨：操劳。

嫁囝远路[①]，勿嫁囝搭渡[②]。
【注释】①嫁囝远路：指女儿远嫁。②搭渡：指搭渡船。从前出门，怕过江时船少、人多，搭渡船不安全，尤其是刮台风或下雨时。

满堂儿孙，唔如半路夫妻。

一日平安一日福，一日清闲一日仙。

有福姿娘夫前死，无福姿娘夫先亡。[1]
【注释】[1]此句是旧社会的一种观点。认为比丈夫先过世的女子是有福气的，而丈夫早亡的女子则要挑起养家重担，没有福气。

添丁无添财，三年祸就来。

人比人，气死人。

俺[1]想唔如人，人[2]想唔如俺。
【注释】[1]俺［nang²］〈人²〉：自己。[2]人［nang⁷］〈人⁷〉：别人。

人生无料，赚有食掉。

欲食好鱼马胶鲳，欲學雅妫苏六娘[1]。
【注释】[1]苏六娘：明代潮州戏《苏六娘》中的女主人公。苏六娘与郭继春两情相悦，但苦于权势杨家的压迫，苏家无力拒婚，苏、郭二人无计可施，先后一个气绝、一个自缢，用极端的方式来维护爱情的神圣。苏六娘成了潮州人追求美好爱情的偶像。

三死六留一回归。[1]
【注释】[1]同一时期过洋的十个人中，三人在他乡身故，六人滞留在外地，只有一人能重返故土。

番畔钱，唐山福。[1]
【注释】[1]此句出自潮州民间传说。清末，潮州磷溪张厝角人张君丁自小父母双亡，只好替人放牛割山草，吃不饱，穿不暖，便流落到南洋当小伙计。但行铺常倒闭，只好流落街头。后来跑到深山里给人砍树木、扛木材，可是常遭野象袭击，大家都跑掉了。他听说野象爱喝酒吃菜，就买来酒菜喂象，野象慢慢对他有了感情，唤来象群替他拔树运木材。老板很高兴，又见他人老实肯干，就将所赚的钱两人各分一半，还把女儿许配给他。再后来，把林场都交给了他。他渐渐成了大富豪，可他不忘家乡，常让儿子把钱带回张厝角修桥造路，施济乡人。于是乡人纷纷称赞"丁君钱，唐山福"，或"番畔钱银，唐山福"。番畔，指南洋。

稻怕寒露风，人怕老来穷。①
【注释】 ①水稻怕遇上寒露风影响收成，人怕晚年穷困影响生活。

无钱挠着有钱事。

一苦担鱼崽①，二苦撑杉排，三苦二个嬭。
【注释】 ①鱼崽：鱼苗。从前人工挑竹篓运送鱼苗。因篓小，鱼苗会缺氧大量死亡，挑送者无论吃喝拉撒都必须不停抖动竹篓，增加氧气，艰苦无比。

无钱想食鬼扒喉，有钱想食鬼捏喉。

渴时一点如甘露。

猪狗唔嫌家主贫，儿子唔嫌父母丑。

敠虱歪痒，敠债歪想。①
【注释】 ①被虱子咬惯了，不觉得痒；债多偿还不了，无从想起。敠 [zoi⁷]〈之鞋⁷〉，多。

千斤力，当无①四两命。
【注释】 ①当无：比不上。

运①到骹步响。
【注释】 ①运：好运。

人有三衰六旺。

憨①人憨福，错去错来。
【注释】 ①憨 [nga³]：愚、憨。

三十无妻，四十无儿，孤老半世。

生团唔赴哭父。①
【注释】 ①遗腹子出世赶不上哭祭生父。唔赴，赶不上。

无妏人痴哥^①，无囝人可怜^②，无食人枵精。
【注释】①痴哥：好色男子。②可怜［lêng¹］〈令¹〉：渴望得到。

三十未过是孩童。

元宵雨，众人悖^①。
【注释】①悖［heng⁶］〈幸〉：讨厌。

好生破家囝，孬生髡眉儿。^①
【注释】①此句意为宁可生养聪明活泼而挥霍无度、破家荡产的儿子，也不养低能笨拙的孩子。髡眉，指不精神、不聪明。髡［dam³］〈耽³〉。《玉部·髟部》："髡，髡垂貌。"

有钱过年，无钱过劫。

初一十五透风落雨，人工征掇油火铺税。^①
【注释】①此句意为经营生意多有不易，除了初一、十五和刮风下雨时生意差，还要支付员工工资、照明费、店租等，负担不小，所赚不多。人工，指雇工。征掇［dêng¹duê³］〈丁兑³〉，伺候。

龙船到，猪母生；鸟囝豆，舵上棚。^①
【注释】①此句形容家庭兴旺的景象。舵［dua⁶］〈带⁶〉，攀爬。

兄弟不和受人欺负，夫妻不和害囝儿。

家里唔和邻里欺，夫妻唔和撂破衣。^①
【注释】①家庭不和睦，易受外人欺；夫妻不和睦，如同撕破衣。撂［li³］〈里³〉。

兄弟易和，大小姆^①厄处。
【注释】大小姆：妯娌。

家唔兴，三姑六婆到门庭。^①
【注释】①家道衰败，三姑六婆才经常上门来。也说"家唔和，去觅三姑共六婆"。三姑，指尼姑、道姑、卦姑。六婆，指牙婆（贩卖妇女的女贩子）、媒婆、师婆（女巫）、虔婆（鸨母）、药婆、稳婆（接生婆）。

咸菜酒正长久，咸菜汤正久长。①
【注释】①以蔬食薄酒真诚相待，友谊才能长久；经常蔬食，方能长寿。

唔刣剃头遇着个髯个。①
【注释】①此句意为刚开始干活就遇上困难。髯个，长络腮髯子。

行对日花①过，赢过拍火焙。②
【注释】①日花：日光微弱。②拍火焙：用火焙。

行路就近，买卖就便。

牵衫裾补胶脊。

刻苦赚，快活食。
【注释】①辛苦赚钱，快快活活享受。快活［kuan³uah⁸］〈戈安³我⁸〉。

琼楼勿痴想，猪铺狗窦好爬痒。①
【注释】①不要妄想住高楼大厦，住猪圈狗窝反而更自在快活。爬痒
［bê⁵ziê⁶］〈柄⁵章⁶〉，挠痒痒。

草鱼尾，松鱼头，鲮箭鼻，鲤姑喉。①
【注释】①潮州人认为这四种鱼对应的部位是最好吃的。鲤姑，指鲤鱼。

六、自然类

正月冻死牛，二月冻死马，三月冻死老罅假①。
【注释】①老罅［lê⁷］〈历⁷〉假：指又老又多病的人。罅，潮州话借音字，指已摔坏的瓷罅。

三四①落梅天②。
【注释】①三四：指农历三、四月。②落梅天：三、四月青梅成熟落地，故三、四月下雨，称"落梅天"，即梅雨季节。

三月死鱼鳅，六月风拍稻。①
【注释】①如三月份天气热，泥鳅因此而死，则预示台风将提前到来，六月的稻谷会受影响。鱼鳅［ciu¹］〈秋〉，即泥鳅，潮州话说胡溜［hou⁵ liu¹］。

四月芒种雨，五月无灼土，六月火烧埔。①
【注释】①如芒种日下雨，五月将雨天连续，六月高温酷热。

未食五月粽，破裘唔甘放。①
【注释】①农历五月初五还没到，寒气还没真正消除，破旧棉袄还不能脱下来。五月粽，农历五月初五是端午节，民间有吃粽子的习俗。裘［hiu⁵］〈休⁵〉，指棉袄。唔甘放，还不愿脱下。

清明①风若从南起，定主②田禾大丰收。
【注释】①清明：廿四节气之一，每年4月4日至5日交节。②定主：预示。

谷雨①，蛇拦路②。
【注释】①谷雨：二十四节气之一，每年4月19日至21日交节。②蛇拦路：指小蛇在清明后出壳，至谷雨节气气候变暖，蛇类结束冬眠开始出来活动。

惊蛰听雷米似泥①，春分有雨病人稀②。

【注释】 ①惊蛰听雷米似泥：惊蛰响雷，天时顺应地利，稻谷丰收，大米多如泥土。惊蛰，廿四节气之一，每年 3 月 5 日至 6 日交节。听［ka³］〈卡³〉雷，打雷。听，打、打击。②春分有雨病人稀：春分有雨，风调雨顺，天气平和，人的疾病减少。春分，廿四节气之一，每年 3 月 19 日至 22 日起交节。

小满①三，对头担；小满七，割到愊②。

【注释】 ①小满：廿四节气之一，每年 5 月 20 日至 22 日交节。②愊［bêg⁴］〈迫〉：心情烦躁。

夏至风从西北起，瓜菜园内受熬煎。①

【注释】 ①若夏至刮西北风，风干燥热气大，瓜菜园会变枯干。夏至，廿四节气之一，每年 6 月 21 日至 22 日交节。

五月龙教团，六月天奔龙。①

【注释】 ①此句意为五、六月雨水不断。

五六东风祸，七八东风旱。①

【注释】 ①五、六、七、八均指月份。

六一九，无风水也吼。

六月雨水恶过鬼。

六月雨水凝①如霜。

【注释】 ①凝［ngang⁵］〈岩〉：意为冰冷。

六月六，新米饭，胀平目。①

【注释】 ①此句意为早稻最早收割的稻米格外香，因而吃得格外多。胀平［bing⁵］〈宾⁵〉目，意为干饭填到眼睛的位置。

六月秆水，肥过鸡腿。①

【注释】 ①农历六月割完早稻，特地把稻草散落在田里，让牛在上面踩踏，稻草在土里腐烂，这种水最肥，俗称"压绿肥"。

七月雷，一雷九飙来。

七热八热①热厝内②。
【注释】①七热［ruah⁸］〈而活〉八热：七、八月热。②厝内：屋里。

七热八热九晾风①。
【注释】①九晾风：九月才有凉爽的秋风。

七热八热狗呵胁。①
【注释】①此句意为有农历七、八月份又热时间又长，致狗直喘气。呵
胁，潮州方言借音字。

九月东风，骹底皮换粟。①
【注释】①晚稻中后期天旱日照足，需用水车灌水，只有不断踏水车进
水，稻禾壮才能丰收。

九月煏，骹底皮换粟。

九月雷，刣猪免用槌。①
【注释】①农历九月已进入秋季，雷已极少。此句意为九月打雷，威力极
大。刣［tai⁵］〈台〉，杀。

九月立冬田底红①，十月立冬田底空②。
【注释】①九月立冬田底红：立冬若在九月，田里的稻谷正成熟。立冬，
廿四节气之一，每年11月7日至8日起15天。②十月立冬田底空：立冬若在
十月，田里稻谷早已成熟收获完毕。

小暑大暑不是暑，立秋处暑正是暑。①
【注释】①此句意为全年间最闷热季节是立秋处暑。

大暑热厝外①，处暑热厝内②。
【注释】①大暑热厝外：大暑是二十四节气之一，一般为公历7月22日、
23日、24日，户外炎热。②处暑热厝内：处暑季节，室内闷热。

雷拍秋①，冬半收。

【注释】①雷拍秋：立秋若打雷，预示这个冬季会比较寒冷，影响农作物收获。秋，指立秋。

冬田怕秋暝雨，点雨点愁。①

【注释】①此句意为淋秋夜雨，禾出葱和温度湿大易生病害，不利生长。

好中秋，好晚稻。①

【注释】①此句意为好中秋，即好天气，晴朗不下雨，这样晚稻长势良好，收获也好。

留命食秋茄①，留目看世上。

【注释】①秋茄：秋季少雨，此时的茄子最好吃。

立冬①之日怕逢壬②，来岁高田枉费心。

【注释】①立冬：代表冬天的开始，也代表万物收藏之意。②怕逢壬：民间怕立冬之日遇上干支纪年中的壬日，若遇上，即预示下一年是旱年，高处的田地再勤作也无收获。

冬节在月头，寒清年暝交；冬节在月尾，寒清正二月。①

【注释】①若冬至在农历腊月初，即最寒冷出现在农历年终；若冬至在腊月末，即最寒冷出现在农历一、二月。冬节，潮州人称冬至为"冬节"。

冬节在月头，有天无日头。①

【注释】①此句意为若冬至在农历腊月初，则预示阴天多。

冬节在月腰，有米无柴烧。

大寒荟凝①荟终凝。

【注释】①凝［ngang⁵］〈言〉：寒冷。

春天东风利如刀。

春雨如膏①，冬霜如刀，

【注释】①如膏：春雨对万物都是一种滋补品。

冬天无过三日雨。

送神风，接神雨。①
【注释】①潮州民间有在农历腊月廿四"送神"、正月初四"接神"的习俗。送神风，指靠自然风把诸神送到天上玉皇大帝（天公）那里述职。接神雨，雨寓意财，接神下雨寓意财源滚滚。

凝时凝个窗，热时热支灯。

天光寅，日出卯。①
【注释】①寅时（早上3时至5时）天亮，卯时（早上5时至7时）出太阳。

冬天卯，唔见草。①
【注释】①冬夜长，卯时天还没亮，甚至看不见青草。

天光寅，日出卯，冬卯不见草。

无用①姿娘看唔见初三月②。
【注释】①无用［ng³］〈嗯³〉：无能力。②看唔见初三月：初三月早上升，动作迟慢的妇女，月亮下山，家务还没做完。

九月狗衔日①，无用姿娘理唔直②。
【注释】①九月狗衔［gan⁵］〈柑⁵〉日：九月的太阳被天狗早早就叼下山了。衔，叼。②理唔直：总是做不完。

十七十八，月上目瞌。①
【注释】①农历每月的十七、十八日月上时，人已经睡觉了。瞌［koih⁴］〈芡〉。

十九廿十，月上目合。①
【注释】①农历每月的十九、廿十日月上时，人早已入睡。

初九二十暝，月上月落二三更。①
【注释】①农历每月初九、二十晚上，月亮在二三更时分升上来或落下去。

夏天日落砍担柴，冬天日落洗双骹。①
【注释】①夏天落日很慢，黄昏长；冬天落日快，黄昏短。担［dan³］〈呾〉，做量词。

过了七月半，日头短条线。①
【注释】①此句意为农历七月十五至冬至，日照时间缩短。每天约缩短绣花时用一根丝线的时间。

日长夏至，暝长冬至。

冬节暝①，另外长，峇得②天光食丸汤③。
【注释】①冬节暝：潮州人对冬至前一天晚上的叫法。这天晚上，要用糯米粉搓冬节圆，全家老少围坐一起搓圆，越是搓得大大小小参差不齐越好，叫"父子公孙圆"，寓意一家圆圆满满。冬节日要用红糖煮冬节圆，盛于碗内用于祭拜祖先、灶神。潮州人有"食圆大一岁"的说法。②峇得：巴不得。③丸汤：指煮熟的冬节圆。

冬节红，年暝潮①；冬节乌，年暝酥②。
【注释】①冬节红，年暝潮：冬至天晴，则过年下雨。红，意为天晴。潮，雨天阴湿。②冬节乌，年暝酥：冬至若是阴雨天，则过年必天晴。

冬节离春①四十五（日）。
【注释】①春：指立春。

冬节百六（日）是清明。

年怕中秋，月怕十五。

月怕廿八，年怕冬节。

月怕廿九，年怕老爷走①。
【注释】①老爷走：指农历十二月廿四神上天。

雷扣正，使人惊。①
【注释】①农历正月打雷是凶年之兆，让人害怕。也说"雷响正，乞人惊"。

冬看山头①，春看海口②。
【注释】①冬看山头：冬季看山头有云，则易下雨。②春看海口：春季看海口有云，也易有雨。

春寒有雨，夏寒断滴。

春雾风，夏雾雨，秋雾露，冬雾晴。

春南夏北，无水磨墨。①
【注释】①此句意为春刮南风，夏刮北风，天将不雨、干旱。

春西南，夏东北，无半点水好磨墨。

春①骹②溅，春头红③。
【注释】①春：指立春。②骹：意为临近。③春头红：意为初春无雨。

双春①雨水红，无春②好年冬。
【注释】①双春：一个农历年之中出现两个立春节气。②无春：指农历中全年没有立春的年份。

双春双头红①，无春好作田②。
【注释】①双春双头红：双春之年一般雨水充足，天气正常，收成好。②作田：耕种。

春雷荡，东海吼。

春社①日雨年定丰，秋社②日雨年丰稔。
【注释】①春社：古时立春后第五个戊日为春社。于此日祭祀土神，以祈农事丰收。社，古代把土地神和祭祀土地神的地方叫作"社"。农民都要立社祭祀，祈求或酬报土地神。②秋社：立秋后第五个戊日。

春寒雨加，冬寒雨散①。
【注释】①散：停。

春黑冬白，雨团续续①。
【注释】①续［sua³］〈沙³〉续：形容小雨连绵不断。

春雾曝死鬼①，夏雾做大水②。
【注释】①春雾曝死鬼：春濛雾，天气则干旱。②夏雾做大水：夏天濛雾，一定发洪水。做大水，发洪水。

立春雾，雨纷纷。

立春落雨至清明。

立春阴，柴草贵如金。

立春暗，大雨唔离坎。

雨水①不雨，惊蛰不蛰。
【注释】①雨［wu²］〈宇〉水：二十四节气之一。

惊蛰未到雷先响，四十日乌阴。①
【注释】①预示将下40天小雨。乌阴，意为阴天。

夏至东风透①过更，雨落未晴。
【注释】①透［tao³］〈偷³〉：刮（风）。

夏至东风，立秋西北。

夏至响雷，割稻披棕蓑①。
【注释】①夏至日（6月22日）前后打雷，到夏收割。棕蓑，用草或棕毛做成的雨衣。

夏至雷，割稻披棕蓑，踏车压秆免扶槌。

夏至东风恶过鬼，一斗东风三斗水。

小暑怕东风[1]，大暑怕红霞[2]。
【注释】①小暑怕东风：小暑刮东风，即无雨。②大暑怕红霞：隔天天气炎热。

雷拍秋，危下有收。[1]
【注释】①立秋打雷，无论田地地势高低，都有收成。

立秋雾，地干。

重阳红，割稻着犁田。

冬行春令[1]，百物俱尽[2]。
【注释】①冬行春令：冬天的天气跟春天一样。②百物俱尽：天气反常，不利百物生长。

冬濛露[1]，春濛雨[2]。
【注释】①冬濛露：将有霜露。②春濛雨：将有大雨。

大寒峇凝[1]，人马峇安[2]。
【注释】①大寒峇凝：大寒不寒冷。②人马峇安：预示有坏天气出现。

雨拍秋头，样样丰收。

雨沃上元灯，日曝清明种。[1]
【注释】①此句意为若上元节有雨，清明则旱。上元灯，即元宵灯。曝［pag⁸］〈博⁸〉，烈日暴晒。

谷雨圣[1]，唔如立夏定。
【注释】①圣［sian³］〈声³〉：应验。

谷雨响雷，雨水相随。①
【注释】①此句意为谷雨若打雷，预示下雨。

小满稻赶产，芒种稻出耸。①
【注释】①此句意为早稻早熟小满时孕穗，芒种时出穗。

立夏稻作病，夏至稻好试。①
【注释】①此句意为立夏时，早稻幼穗已分化，夏至收割。

白露定唔如寒露圣。

河溪对额，芋团好食；河溪对中，芋团会松①。
【注释】①芋头在中秋节前后成熟好收获，芋头松软好吃。松［sang¹］〈双¹〉，松软。

正月初九有报①，众神有望②。
【注释】①有报：指风雨的前兆，预示未来天气好。②有望：指有好收成，众神能得到供奉。

正月水①浸坝，三月天大旱。
【注释】①正月水：指正月雨水多。

正二北风旱，五六北风惹大祸。

正月北风寒，二月北风旱，三月北风晴雨轮流转，四月北风招大祸。

三、四东风旱，五、六东风祸，七、八东风好使舵。①
【注释】①三、四月刮东风，干旱；五、六月刮东风，下雨；七、八月刮东风，天气好。

六月初一，一雷压九台。①
【注释】①此句意为六月初一打雷，可压住九个台风。

六月初一响雷台风走，七月初一响雷抱团走。^①
【注释】①六月初一打雷，没有台风；七月初一打雷，台风马上到。

六月东风恶过蛇，七月东风炽如沙。

九月三个卯^①，好田变做草。
【注释】①三个卯：九月有三个卯日，天气变化很大，会影响农作物生长。

十月雷荡管人家，十一月雷荡管官衙，十二月雷荡管皇家。

十月起南云，厚则风，薄则雨。^①
【注释】①此句意为深秋南向浮云，不风则雨。

冬吹北风晴，春吹北风雨。

十二月南风现报。^①
【注释】①十二月若刮南风，预示短时间内会出现极端天气，且影响快速呈现。

二耳听霜降，过年菜脯好落瓮。^①
【注释】①此句意为霜降时节，可将晒好的萝卜干放入瓦罐，以备过年之用。

霜降，橄榄园落瓮。^①
【注释】①此句意为因怕霜降冻坏橄榄，提前摘下收进瓮中。囥［keng³］〈勤³〉，收藏。

雨沃清明纸，日曝谷雨田。^①
【注释】①此句意为清明若有雨，谷雨则无水灌溉。清明纸，指清明扫墓时压在坟上的各色纸条。

清明风，从南至，农家有收免费气。^①
【注释】①此句意为清明刮风，从南来，则风调雨顺，农作物能获丰收。

清明前后大亢旱①，暝晚要透大风暴。
【注释】①亢旱：比较旱。

云盖中秋月，雨沃元宵灯。①
【注释】①此句意为大煞风景。也有说若中秋月亮被乌云盖住，预示来年元宵节必定下雨。沃［ag⁴］〈恶〉，淋。元宵灯，潮州有正月十五元宵提花灯到街上巡游的习俗。

重阳无雨一冬①晴。
【注释】①一冬：整个冬季。

春乌冬白，看雨真假。

初一落雨初二晴，初三落雨到月半。①
【注释】①此句意为初三下雨，雨要下至十五。

初一管神明，初二管皇宫，初三管平民。

久晴暝风雨，久雨暝风晴。①
【注释】①久晴之夜，刮风即雨到；久雨之夜，风起天晴。

久旱逢庚雨，久雨逢庚晴。

久雨逢庚晴，唔晴隔一暝。①
【注释】①连日下雨，逢到庚日就可放晴；如不晴，再过一个晚上，天便晴了。

久旱逢申落，唔落下申落。①
【注释】①此句指久旱，上申不下雨，则十二日后必会下雨。农历每月十二天出现一个申日。落，指下雨。

日曝桁，雨落唔晴。

旱天虹①，曝到悻②。
【注释】①虹［kêng⁶］〈卿⁶〉：彩虹。②悻［hêng⁶］〈幸〉：讨厌。

晚虹日头出，早虹欲落雨。

顶看初三，下看十八。①
【注释】①根据农历初三和十八的天气，可以预测全月的天气走势。

早透一，晚透七，半暝透风三二日。①
【注释】①立春后刮风，若早上刮风，最多刮一天，若晚上刮风，就要连续刮七天。

一年三百六十日，但望立春晴一时。

正月雷，二月寒。①
【注释】①若正月打雷，则农历二月寒冷。

早晨雷唔过午时雨。

先雷后雨是风时①。
【注释】①风时：阵雨。

先雨后雷是长啼①。
【注释】①长啼［ti⁵］〈提〉：这里指雨水连绵不停。

雷公先唱歌，有雨也无加。

雷扣九，抱囝走。

一雷压九台，无雷祸就来。

空心雷，唔过午时雨。

天光雷，唔过午时雨。

未雨先雷，纵落也微。

未落雨，雷先歇，所落无加。

台风带潮①来，三年无风台②。
【注释】①带潮：带来潮水。②风台［tai¹］〈泰¹〉：台风。

风台透久拗回南①。
【注释】①拗［a²］〈阿²〉回南：特指台风后期转到南风。

早雨早晴，荟晴留夜。

早雨早晴，晏雨留暝。

早出日头唔成天。①
【注释】①此句指久雨后太阳出得早未必是晴天。唔成天，意为不成气候。

眠起①红云暝昏雨，暝昏红云眠起露。
【注释】①眠起［mung⁵ki²］〈门起〉：早晨。

雨拍五更，日曝火坑。①
【注释】①此句意为五更下雨，次日天晴。

雨拍五更日晒水。

日落天骹红，无风霜满田。①
【注释】①此句指冬田傍晚天边红时，预示明晨有霜冻。天骹，天边。

天骹红红，寒死老人。①
【注释】①此句意为日落时，天边尽是红霞，当晚会格外寒冷。寒［guan⁵］〈官⁵〉，受冻。

天骹吊乌云，大雨如倾盆。

早霞不出门①，晚霞行千里②。
【注释】①早霞不出门：早晨满天红云，天将下雨，不宜出门。②晚霞行千里：傍晚红霞满天，明天天晴，可放心出行。

雨歇昼[①]，落到哭。

【注释】①此句意为久雨午晴，预示将继续下雨。昼［dao^3］〈岛^3〉，指中午。

日晕风，月晕雨；上缺风，下缺雨。

白月担枷[①]，落雨在暝。

【注释】①担枷：古代刑具，指晕成环圈。

日头送山明天晴。

日照壁，三日赤。

乌云接日，三日内雨。

乌龙悬尾，连落十二天。

云雾升起，阴雨将止。

溅地出星，久雨唔晴。[①]

【注释】①久雨地湿，若夜空出现星星，则继续下雨。出星，指夜空有星星。

东畔浮风帆[①]，三日内风来。

【注释】①东畔浮风帆：东边出现风帆一样的云朵。

西肚[①]浮云婆，穿屐来踢跎。

【注释】①西肚：西边的天空。

西畔浮水盾[①]，三日内做水[②]。

【注释】①西畔浮水盾：西边天上出现盾状云块。②做水：闹洪水。

南肚饫饫，食饱免去。[①]

【注释】①此句意为南边密布乌云，快下雨，吃过饭就不要外出了。饫［e^3］〈淤〉，吃太多东西，指饱状。食饱，饭后。

南肚浮乌云，草粿卖有存。①
【注释】①夏天午后，总有人挑着草粿担子走街串巷，叫卖草粿。若遇风时雨，买的人便少了，草粿便卖不完。

南暝北顿，踏车免歇困。①
【注释】①此句意为仅电闪雷鸣没下雨，踩水车的还不能停。暝［nih⁴］〈尼⁴〉，指闪电。顿［dung³］〈敦³〉，指雷鸣。

南海叫，天放尿①。
【注释】①天放尿：意为下雨。

东闪西闪，雨无半点。

东闪太阳红，西闪雨重重，北闪当面射，南闪闪三暝。

风时雨①落唔过田埠②。
【注释】①风时雨：夏天的阵雨。②埠［huan⁷］〈欢⁷〉：田埂。

西风调调，砍蔗掌寮。

西风透过更，大水浸倒桁。

旱天多雨意。

雨前濛濛终不雨，雨后濛濛终不晴。

罩雾罩唔开，戴笠披棕蓑。

久晴大雾雨，久雨大雾晴。

天顶挂破帆，三日必透风。

水生泡，落未夠①。
【注释】①落未夠［la⁶］〈拉⁶〉：（雨）还要继续下。

468

水沟浮青苔，台风即刻来。

阴沟臭过屎，顶多三日内。①
【注释】①此句预示即将下雨。

河溪直直，芋囝好食；河溪横横，芋囝上房。

糖筒①盐钵一反潮，三日内外水溶溶②。
【注释】①筒［dang⁶］〈荡〉：罐子。②三日内外水溶溶：三天便要下雨，屋内外到处是水。水溶［iên⁵］〈羊〉溶，湿漉漉。

缸出汗，天欲落雨。

木棉花未开，大凝还未来。

冬前桃花开，冬春无霜冻。

猪母扒蹄，雨水湿鞋。

蛛网添丝屋角晴。

蚯蚓路面爬，天时还唔晴。

狗反肚，天落雨；鸡曝翼，天无日。①
【注释】①狗朝天翻肚预示要下雨；鸡晒翅膀，将是阴天。反［boin²］〈畔²〉肚，翻肚皮。

猫坐脊①，大雨落唔得②。
【注释】①脊：屋脊。②落唔得：下个不停。

蚁搬家，阴雨到；蚁搬卵，大雨期；蚁作防道，准有大雨到。

蚂蚁搬家天做病。

天欲落雨蚁先知，鸟囝做窦树上枝。

海鹅飞上山，棕蓑搭来鞔①；海鹅飞落海，棕蓑搭去盖猪屎②。
【注释】①此句意为大雨将来。海鹅，大雁。鞔［mua¹］〈麻¹〉，披上。②此句意为大雨已停。

海鹅飞落海，竹笠搭来摆。①
【注释】①此句意为无雨，竹笠只是拿来做摆设。

鸦浴风，鹊浴雨，鹩哥洗浴断风雨。①
【注释】①乌鸦、喜鹊、鹩哥在水里洗澡，分别预示即将刮风、下雨、无风无雨。断［deng⁶〕〈丈〉，判定。

鸦鹊相争窦，大雨就欲到。①
【注释】①乌鸦、喜鹊争夺巢穴，预示大雨将至。

鹧鸪叫早树尾灯，鹧鸪叫晏树尾㳠。

凤凰山，凤凰岭，柴灯米白水又鼗①。
【注释】①鼗［zian²〕〈整〉：味淡。

沉东京，浮南澳。

城河乌，桥骹鲤。①
【注释】①乌、鲤，分别指潮州护城河（今包括西湖）的乌鱼和广济桥下的鲤鱼，均为美味佳肴。

稻花生，蚊长牙；稻结籽，蚊囝死；蚊唔死，唔贵盐也贵米。①
【注释】①天气干燥久旱，助蚊子生长，影响稻谷的收成，故物价上涨。

芳花�红，红花峦芳。

正月屹蚤崽，二月屹蚤来，三月屹蚤来骹去①，四月去了就唔来。
【注释】①来骹去：指来了又去，去了又来。

三四桃李奈，五六煮草馃，七八油柑柿。①
【注释】①此句为不同的月份分别对应潮州的名水果、小食上市。

青梅唔过四月八，杨梅唔过五月节。①
【注释】①此句指采摘时间。五月节，即端午节。

五月荔枝树尾红，六月蕹菜存个筒。①
【注释】①五月荔枝红果挂枝，成熟；六月蕹菜茎大中空。蕹「ênq³」〈应〉菜，空心菜。

七月七，多尼①乌②，龙眼㿗③；八月八，收豆藤，摘豆荚；九月九，风禽④断线满天走。
【注释】①多尼：学名桃金娘。农历七月，浆果成熟，呈紫黑色，可食用。②乌：成熟。③龙眼㿗［big⁴］〈笔〉：熟透的龙眼，皮都裂开了。㿗，裂开。④风禽［huang¹kim⁵］〈慌琴⁷〉：或称"纸鹞"［zua²iê⁷］〈蛇²腰⁷〉，风筝。

七月腊蔗含①，八月腊蔗髈②，九月来食正合磅③。
【注释】①七月腊蔗含：指甘蔗处于拔节成长期。腊蔗，甘蔗的一种，皮为紫褐色，用于榨糖，也可直接食用。含，怀而不露，隐藏在内。②髈［pang⁷］〈旁⁷〉：指对甘蔗底部夯土加固，防风推倒。③合磅［gah⁴bang⁷］〈甲⁴班⁷〉：正合适。

谷雨响雷，雨水相随。

夏至日五月初，节季雨水多。

夏至十二日，唔管生共熟。①
【注释】①此句意为夏至后12天，不管水稻是青还是黄，都要收割。

处暑不雨要秋旱。①
【注释】①处暑如不下雨，则秋天将干旱。处暑，二十四节气之一，一般在公历8月22、23、24日左右。

八月雨水定。①
【注释】①农历八月起，雨水减少。

重阳无雨早收冬。①

【注释】①农历九月初九不下雨，可望提前秋收。也说"重阳晴，旱到廿九暝"。

飞风企雨，跍叫出日。①

【注释】①海鸟若一边飞一边叫，则预示要刮风；若是站着叫，则预示要下雨；若是蹲着叫，则预示要出太阳。

初三流，十八水。①

【注释】①此句意为农历每月的初三、十八日是海潮涨得最高的日子。

月晕宽，田水半；月晕狭，披棕蓑，戴葵笠。①

【注释】①月晕时，风圈大，预示下雨不大；风圈小，预示将下大雨，要披蓑衣戴竹笠。

冬吹北风晴，春吹北风雨。

冬寒天开①，春寒雨来。

【注释】天开：意为晴朗。

冬天麻雀洗浴，西北风到。

垢蚓暝长鸣，三日之内雨唔停。

蜜蜂出窦天放晴，群飞欲落雨。

牛蝇咬人，虻绕前后，垢蚓爬上路，暗螺往上爬。①

【注释】①牛虻咬人，蚊子绕着人飞，蚯蚓爬到路上，蜗牛往上爬，预示阴雨天即将来临。

七、生产类

拍铁赶炉热，插种抢季节。

春争日，夏争时。①
【注释】①此句意为务农在不同季节都要争时争日，以免误了农时，影响收成。

早春晚播种。

春①先不可先，春慢不可慢。
【注释】①春：指立春。

正月大，秧种贱；正月小，秧种少。①
【注释】①正月逢大月（30 天），天气暖和，秧苗长得快长势好，秧苗多，即贱；正月逢小月（28 天或 29 天），日子短，秧苗长得慢且长势差，所以秧苗少。

雨水①，谷种落水。
【注释】①雨［wu²］〈羽〉水：二十四节气之一，每年 2 月 18 日至 20 日交节。

惊蛰唔耙地，亲像炊粿①漏了气。
【注释】①此句意为惊蛰到，万物复苏，春耕开始，此时若不及时耕地，就会像蒸粿时蒸笼漏气，粿没蒸好一样，影响水稻生长。亲像［cing¹ ciên⁶］〈秦¹象〉，好像。炊［cuê¹］〈吹〉，蒸。

早稻布谷雨，晚稻布处暑。①
【注释】①此句点明插秧的节候，早稻于谷雨时节插秧，晚稻插秧为处暑。

上节秧①，当过荒②。

【注释】①上［ciên⁶］〈像〉节秧：已经拔节的秧苗。②当过荒：指拔节的秧苗下种后成活率低。当过，相当于。

入夏，稻作病①。

【注释】①作病：意为孕穗。

早田布立夏，割稻着相骂。①

【注释】①此句意为早造到立夏才插秧为时已晚，收获时产量减少，因互相推诿责任而吵架。相骂［siê¹mê⁴］〈烧夜⁴〉，吵架。

小满，稻掼产①。

【注释】①掼［kuan⁶］〈赶⁶〉产：孕穗。

小满过，布田唔够买物配。①

【注释】①此句意为过了小满才插秧为时已晚，影响水稻长势，影响收成。物配，送饭的菜。

芒种翼，歇落就食。①

【注释】①此句意为小满时螟虫为害早稻情况。芒种翼，也有称"早田翼"。芒种［mang⁵zong²］〈忙终²〉。翼［iah⁸］〈益⁸〉，螟虫。

早稻怕芒种，晚稻怕秋分。①

【注释】①早稻到了芒种时节最怕螟虫为害；秋分节气天气转凉，影响晚稻开花结果。

早禾怕暝风，晚禾怕暝雨。

六月立秋紧周周，七月立秋宽悠悠。①

【注释】①立秋是收获的季节，如在农历六月，则农事太多，过于紧逼；如在七月，就可以从容不迫。

六月立秋布秋后，七月立秋布秋前。①

【注释】①此句指适合晚造插秧的时间。若立秋在农历六月，则应在立秋后插秧；若立秋在农历七月，则应在立秋前完成插秧。

白露无种，寒露无沃。①

【注释】①此句意为水稻到白露才插植，寒露才施肥，已经太迟。沃［ang⁴］〈恶〉，意为施肥。

白露稻放步，秋分稻有春。①

【注释】①晚稻白露时拔节，秋分时孕穗。放步，指拔节。有春，孕穗。

秋分禾有春①，霜降稻烂根。

秋分稻灌春①。

【注释】①灌春：孕穗。

早稻怕龙须水，晚稻怕寒露风。①

【注释】①此句指早稻遇龙舟水，晚稻遇寒露风，都不利于水稻的生长。龙须水，即龙舟水，指5月中旬至6月中旬，于端午赛龙舟期间下的大雨、大暴雨、特大暴雨。寒［guan⁵］〈官⁵〉露风，指寒露节气前后出现的持续低温阴雨或干冷大风天气，危害晚稻的生产及产量。

不怕霜降雨，只怕寒露风。

寒露稻放摽，霜降稻弯腰。①

【注释】①此句意为晚稻寒露时稻出穗，霜降时稻灌浆。

霜降雨，稻糜根。

立冬起，有青禾无青米。①

【注释】①此句意为到了立冬，田里的稻禾虽是青的，但里边的米粒已不青（即成熟），可以收割。

立冬过十日，唔论生熟。①

【注释】①此句意思与"立冬起，有青禾无青米"类似。

田怕秋连雨，一点一点愁。

作田无牛，行棋无车①。

【注释】 ①车［ge¹］〈居〉：象棋棋子的一种。

秧等田，免挨砻。①
【注释】 ①此句意为老秧迟插产量低。

田等秧，谷满仓。①
【注释】 ①此句意为适龄壮秧产量高。

好秧一半禾，良种谷满仓。

好秧俭次肥。

十成收成九成秧。

一寸草，一寸肥。①
【注释】 ①此句指杂草争肥。

有本①缴田，无本缴秧。
【注释】 ①本：指本钱。

肥本硬①，唔如勤师父。
【注释】 ①肥本硬：肥料的本钱多。

作田无师父，只欲肥本硬。

有收无收在于水，收加收少在于肥。

田是人个①试金石，肥是田个好补药。
【注释】 ①个［gai⁵］〈该⁵〉：相当于"的"。

民以食为天，地以肥为本。

一担做地①，赢过三担饲。
【注释】 ①地：这里指基肥。

犁来深，耙来烂，猪屎牛屎变成饭。①
【注释】①只有犁得深，泥块耙得碎，下肥料才更有效力。

人怕老来磨，稻怕秋来旱。

贴藤无饱，贴蔗无绞。①
【注释】①此句意为藤类作物若种植过密，则果实难以饱满；甘蔗若种植过密，则影响含糖量。贴，有紧挨的意思。

三分种，七分管。①
【注释】①此句说明农作物种后加强管理的重要性。

种田唔修沟，有如分贼偷。

粪杓拍得稻头响①，还有三斗米好拊②。
【注释】①粪杓［sieh^8］〈惜^8〉拍得稻头响：意为粪勺柄的残粪也要收集，用来施肥。杓，粪勺柄。②拊［ziam^5］〈尖^5〉：索取。《汉语大字典》引《方言》卷一："拊，取也。"

好田唔种蔗。

早田相斗①，晚田相候②。
【注释】①早田相斗：意为早稻插秧要趁早。②晚田相候：晚稻插秧晚一点也可以。相斗［sie^1 dao^3］〈烧岛^3〉，意为竞赛。

人①布俺犁，割稻等齐。
【注释】①人［nang^7］〈俺^7〉：意为别人。

布田布到伯公生，割稻割到廿九暝。①
【注释】①此句指做事情动作不利索，拖拖拉拉。伯公生，潮州人定三月廿九为土地伯公生日。廿九暝，专指除夕夜。

布田布谷雨，唔如听学①古。
【注释】①学［oh^8］〈呃^8〉：讲。

早田布到人扣锣①，晚田布到人做糕②。
【注释】①扣锣：指端午节赛龙舟。②做糕：指中秋。糕，指月饼。

巡田拍骹腿，割稻流目水。①
【注释】①此句意为水稻过量施用氮肥，中期无适度转赤和晒田，茎叶过茂，巡田时高兴得拍大腿，但后期却歉收。骹腿，大腿。目水，泪水。

巡田嘻，割稻气。①
【注释】①此句意为巡田时马虎儿戏，管养不足，歉收时才生气。

早田深水养，晚田一巴掌①。
【注释】①一巴掌：指一巴掌厚度的水。

早田缀骹，晚田堵桠①
【注释】①此句意为早稻秧苗浅插，晚稻秧苗深插。

早田贴缀①，晚田一业②。
【注释】①早田贴缀［dah⁴duê³］〈搭兑³〉：意为早稻秧苗要浅插。贴缀，粘住。②晚田一业［guêh⁸］〈郭⁸〉：意为晚稻秧苗要深插。业，指秧苗插一半深。

早田布斜，晚田插正。①
【注释】①此句意为早稻秧苗斜插，晚稻秧苗直插。

早田如绣花，晚田如放飞。

早田密，冬田宽。①
【注释】①此句指早造稻苗密植，晚稻疏栽。

早田雨，晚田露。①
【注释】①此句意为早田雨水均匀生长快，晚造猛日重露禾壮旺。

早田骹踏龙眼花，晚田骹踏龙眼皮。①
【注释】①此句指插秧时的物候。

478

早秧四十日，旱田足百日。

三十日乌，四十日赤。①
【注释】①此句意为旱田插秧后 30 天内应浓绿，40 天应转赤才丰收。乌，茂盛。

尺二秧，八寸稻。

布田布贴田埂边，过年过节做粿够阿孥拈。①
【注释】①此句意为增种增收，逢年过节便可多做粿品供孩子们多吃。布田布贴田埂边，插秧尽量插到田边的土地。

先布一日，猛割三天。①
【注释】①此句意为提前一天插秧，就可提前三天收割。猛，提前。

两春夹一冬，十个牛棚九个空。①
【注释】①此句意为一个农历年中有两个立春，天气严寒，造成耕牛冻死。

南风鹅，十只九只无。①
【注释】①此句意为鹅苗怕东南风，难成活。

北风鹅，南风鸭。①
【注释】①此句意为若刮北风、南风，则鹅、鸭易成活。

清明芋，谷雨姜。

清明豆，谷雨麻。

芒种豆"结管"。

出空薯，入空芋。①
【注释】①种植番薯时要起垄挖穴，种植芋头时要深栽覆土。空［kang¹〕〈康〉，做动词，挖坑或开沟。

麦针深无骨，愈深愈会出。

深葱浅蒜，六苏深塗埋。

浮葱寄蒜六菖埋。

一季番薯半年粮。

六月韭菜，猪母也勿。[1]
【注释】①此句意为六月的韭菜太老了，连母猪也不吃。

六月唔熟，五谷唔结。

瓜合瓠，相耽躇。[1]
【注释】①此句意为瓜类和瓠瓜混种在一起，会导致二者生长互相妨碍，最终收成受损。瓠［bu⁵］〈逋⁵〉，瓠瓜。②相耽躇［dam¹ tu⁵］〈刀庵¹途〉，互相耽误。

生面姜，相熟芋，姜薯合种定衰误。

天时暴愊，蝗虫咬粟。[1]
【注释】①此句意为天气闷热，蝗虫咬食谷穗，为害猖獗。愊［bêg⁴〕〈迫〉，烦躁、闷热。

清明上土面，谷雨一尺现。[1]
【注释】①此句指清明节时播种的作物开始破土而出，到了谷雨时则长到一尺高。

摘茶过稚[1]过稙[2]，有如粗糠奅[3]粟。
【注释】①稚［zin²］〈支²〉：嫩。稙［sêg⁴］〈色〉：老。②奅［pan³］〈怕〉：空瘪。

凤凰茶欲做来芳，就得靠天、地、人。

六月风台惨样柚①，痛着②佮早③未好收。
【注释】①惨样柚：害惨了柚。②痛［tian³］〈听³〉着：心疼。③佮［kah⁴］〈脚⁴〉早：过早。

东畔龙眼西畔柚。

橄榄唔剖死，分人配二过新米。①
【注释】①此句意为早稻收获时被台风刮下的嫩橄榄可制作成乌橄榄，晚稻收割时摘下的熟橄榄可制作成橄榄粞［sang²］〈杉²〉。乌橄榄和橄榄粞皆为潮州名小菜。

眠起东，暝昏北，牵罾①鱼，鲜薄壳。
【注释】①罾读［zang¹］〈脏¹〉：用竹竿或木棍做支架的方形渔网。

有老牛无老猪。

拍龙拍虎，切勿拍山猪牯。

老山猪夏铳。

稚鸡稙鹅，老鸭母。

猛日重露，菜脯铺路。①
【注释】①白天烈日炙烤，夜晚露水浓重，这样晒制的萝卜干又脆又甜，量多到能铺满道路。强调特定天气对传统食品加工的重要性。

行船之人须注意，暝晚欲泊西岸边。

本少利加利荟加，本加利少利荟少。

龙眼试，杨梅是皇帝。①
【注释】①此句出自潮州民间传说。龙眼、杨梅等都是潮州名水果。有买前可试吃的习俗。清朝时，潮州鸭背村种杨梅的杨梅主，每次把次的杨梅放在篓底，把又大又好的放在篓上，一些贪心的人光试吃却不买，把篓面的杨梅吃光，篓底的次杨梅不是贱卖，就是卖不出去。有一回杨梅主因此和"莿榴"

（流氓）吵起来，却被打个半死，结果告到府衙。"莉榴"说："为什么龙眼能试，杨梅不能试？"杨梅主说："龙眼有壳，有沙蜜、水蜜之分，不试哪知是哪一种？而杨梅没壳。"知府觉得有道理，当即在状子上批了"杨梅皇帝，好看孬试"。从此，卖水果别的都可试，就是杨梅不能试。

刣头生理有人欲，蚀本生理无人做。

面带三分笑，顾客孬溜掉。

撑船企铺，不离半步。[①]
【注释】①此句意为称撑船的开店的，都不好走开。企铺，开店。

地豆无灰，结荚绌一业。[①]
【注释】①此句意为种花生不施草木灰肥，结的果实就少了一半。地豆，花生。

人误地一时，地误人一年。[①]
【注释】①此句意为误了农时，一年的收获就没了。

一担落地，赢过三担饲。[①]
【注释】①此句意为施一担基肥，胜过下三担追肥的效力。

布田布谷雨，唔如听讲古。[①]
【注释】①此句意为谷雨时节才插秧，就白忙了，不如听书去。讲古 [gang² gou²]〈干² 估²〉，用潮州方言结合俗语、俚语、潮剧说白等讲述故事的民间语言艺术，源于我国的评书。

牢鹅走鸭踢跎鸡。[①]
【注释】①此句意为养鹅要圈养，养鸭、养鸡要放养。

凤凰出好茶，东海出龙虾。

陕西甘草做围篱，潮州陈皮铺满地。

莉团花^①开人布田，多尼^②好食人收冬。

【注释】①莉团花：指潮州的野蔷薇。②多尼：桃金娘，又名山稔子，果可吃。

参考文献

［1］钟敬文主编，萧放副主编，万建中、李少兵等著：《中国民俗史（民国卷)》，人民出版社 2008 年版。

［2］钟敬文主编：《民间文学概论》，高等教育出版社 2010 年版。

［3］钟敬文主编：《民俗学概论》，上海文艺出版社 1998 年版。

［4］乌丙安著：《民间口头传承》，长春出版社 2014 年版。

［5］张惠泽著：《潮语僻字集注》，海天出版社 2006 年版。

［6］张晓山编：《新潮汕字典》，广东人民出版社 2015 年版。

［7］郑雪侬编：《新编潮州十五音》，羊城晚报出版社 2018 年版。

［8］吴国钦、林淳钧著：《潮剧史》，花城出版社 2015 年版。

［9］广东省文学艺术界联合会，广东省民间文艺家协会编：《广东民间故事全书·潮州卷》，岭南美术出版社 2016 年版。

［10］蔡泽民著：《潮州风情录》，中国民间文艺出版社 1988 年版。

［11］蔡绍彬编注：《潮汕俗语集》，香港东方文化中心 1995 年版。

［12］刘尧咨编撰：《说潮州话》，华南理工大学出版社 1995 年版。

［13］吴构松著：《潮州方言与潮汕地名》，广东高等教育出版社 2022 年版。

［14］李新魁、林伦伦著：《潮汕方言词考释》，广东人民出版社 1992 年版。

［15］林朝虹、林伦伦著：《潮汕方言歌谣研究》，暨南大学出版社 2016 年版。

［16］潮州市地方志编纂委员会办公室主办：《潮州》（2020—2023 年）（内部资料）。

［17］马风、洪潮重编：《潮州歌谣选》，汕头市文联民间文艺研究会 1982 年版。

［18］《饶平民间歌谣集成》，1987 年版。

［19］潮州市党史资料征集研究领导小组办公室编：《潮州党州党史资料》1987 年第 1 期（总第九期）。

［20］林伦伦：《"时"与"地"之味道》，《潮州》2023 年第 3 期。

附录一 参加本集成歌谣资料本口述者
与搜集者、整理者名单

1988 年 2 月

口述者

柯鸿材　男，已故，潮州市博物馆干部。

李两英　女，78 岁，梅州市丰顺县潭山乡人，农民，小学文化程度

雷　楠　男，43 岁，潮州市潮安县凤南乡干部，中专文化程度

陈玛原　男，65 岁，汕头市澄海县人，潮州市文化局离休干部

林有钿　男，潮州市电影公司干部

刘义英　男，63 岁，潮州市潮安县田东乡人，高小文化程度

沈维才　男，37 岁，潮州市潮安县田东乡人，田东乡广播站干部，高中
　　　　文化程度

陈亿琇　男，57 岁，潮州市博物馆退休干部，大专文化程度

陈　放　男，37 岁，潮州市抽纱公司职工，大专文化程度

林巧真　女，93 岁，潮州市沙溪镇人

陈冰消　男，45 岁，潮州市沙溪镇人，中学教师

蔡泽民　男，48 岁，潮州市文联干部，中专文化程度

李惜心　女，65 岁，潮州市归湖镇人，农民

文　母　女，77 岁，潮州市归湖镇人

林添福　男，32 岁，潮州市归湖镇人，职员

蔡绍彬　男，43 岁，潮州市人，工人，高中文化程度

张念娥　女，60 岁，潮州市赤凤镇人，农民

庄少文　男，20 岁，潮州市江东镇人，农民，高中文化程度

江启昌　男，70 岁，潮州市赤凤镇人，退休工人

张愈蛾　女，潮州市赤凤镇人，农民

李　娟　女，50 岁，潮州市归湖镇人，村妇

吴燕君　女，23 岁，潮州市归湖镇人，教师

婵　妆　女，50 岁，潮州市登塘镇人，农民

郑耀生　男，30 岁，潮州市登塘镇人，教师，高中文化程度

蓝振豪　男，潮州市赤凤镇人

林札义　男，52 岁，潮州市意溪镇人，教师

林札本　男，80 岁，意溪镇人，医师

陈锐清　男，75 岁，潮州市磷溪镇人，盲人

陆万楷　男，48 岁，潮州市磷溪镇农民，初中文化程度

丁耀彬　男，55 岁，潮州市磷溪镇农民，小学文化程度

庄　群　男，55 岁，潮州市文化馆干部，初中文化程度

文　香　女，76 岁，潮州凤南乡山犁村人农民，文盲，畲族民歌手

陈焕钧　男，45 岁，潮州市人市文化馆职工，大专文化程度

陈文宽　男，44 岁，潮州市登塘镇人，农民，初中文化程度

陈文亮　男，32 岁，潮州市登塘镇人，教师，高中文化程度

程汉灏　男，60 岁，潮州市凤塘镇农民作者，小学文化程度

庄茂镇　男，34 岁，潮州市官塘镇人，官塘镇广播站干部，高中文化程度

刘粦玉　男，65 岁，潮州市磷溪镇农民，小学文化程度

林裕彬　男，44 岁，潮州市归湖镇人，镇文化站站长，高中文化程度

蓝光哲　男，40 岁，潮州市赤凤镇农民，初中文化程度

黄财进　男，65 岁，潮州市大山乡农民，高小文化程度

李荣星　男，70 岁，潮州市磷溪镇离休干部

李镇平　男，45 岁，潮州市磷溪镇教师

钟克宁　男，50 岁，潮州市磷溪镇教师

文衍贺　男

佘花蜜　女，潮州市凤南乡人，老苏区革命老人

林琴园　原随军工作队队员

陈俊粦　男，54 岁，潮州市人，潮州市文化局干部，高中文化程度

伊　子　男，55 岁，潮州市东凤镇人，小学教师，高中文化程度

蓝声顺　男，50 岁，潮州市赤凤镇人

陈家鹏　男，57 岁，潮州市东凤镇人，镇文化站职工，初中文化程度

文衍藏　男，潮州市凤南乡人，退休干部

文永光　男，潮州市凤南乡人，退休干部

柯义木　男，70 岁，潮州市凤南乡人，革命根据地老干部

林木杰　男，51 岁，揭阳县人，凤南乡教育组干部，中专文化程度

文衍长　男，36 岁，潮州市凤南乡文化站站长，初中文化程度

雷书财　男，71 岁，潮州市潮安县文祠镇李工坑村民

陈瑞龙　男，68 岁，潮州市沙溪镇人，农民

李瑞舜　男，72 岁，潮州市归湖镇农民

李春忠　男，27 岁，潮州市归湖镇人

刘素清　女，潮州市田东乡农民，高小文化程度

刘李娘　女，74 岁，潮州市潮安区登塘镇闪桥村村民

立　姆　女，60 岁，潮州市登塘镇人，农民，文盲

陈少溪　男，60 岁，潮州市区人，退休工人

陈说珍　女，70 岁，潮州市赤凤镇人，农民

搜集者、整理者

饶平：詹锡伍　蔡英豪　占克武　惟　勤
　　　林吉满　陈尤经　沥隆猷　郑楚南
　　　张耿裕　吴承藩　杨　思　郑义和
　　　张道济　林正迈　杨　雁

附录二 参加本集成谚语资料本
搜集整理者名单

1988 年 2 月

刘文耀　潮州市文化馆馆长、潮州市民间文学三套集成工作领导小组办公
　　　　室主任
蔡泽民　潮州市文联副秘书长、潮州市民间文学三套集成编辑委员会主编
庄　群　潮州市文化馆干部、潮州市民间文学三套集成编辑委员会副主编
陈焕钧　潮州市文化馆干部、潮州市民间文学三套集成编辑委员会委员
郑雪侬　潮州市职工业余中学教师
林声友　潮州市浮洋联中教师
陈思佳　潮州市磷溪镇文化站站长
陈镜真　潮州市磷溪镇农民
刘粦玉　潮州市磷溪镇农民
陆万楷　潮州市磷溪镇农民
郭漳明　潮州市登塘镇文化站站长
陈英夫　潮州市官塘镇政府、干部
魏先上　潮州市赤凤镇宣委
江泽科　潮州市赤凤镇教师
程汉灏　潮州市凤塘镇农民作者
林裕彬　潮州市归湖镇文化站站长
李明溪　潮州市归湖镇业余作者
王胜和　潮州市归湖镇业余作者
王应武　潮州市归湖镇业余作者
朱妙芳　潮州市归湖镇幼儿园教师
吴燕君　潮州市归湖镇幼儿园教师
陈燕芬　潮州市归湖镇业余作者
吴楚生　潮州市归湖镇业余作者
绍　歆　潮州市归湖镇业余作者

吴得明　潮州市归湖镇教师

林　谷　潮州市归湖镇

李明河　潮州市归湖镇教师

林　海　潮州市归湖镇农民

黄楚瑶　潮州市归湖镇

陈捷金　潮州市铁铺镇农民

陈惠松　潮州市铁铺镇教育组干部

江启昌　潮州市赤凤镇退休工人

李年昌　潮州市赤凤镇农民

蓝光哲　潮州市赤凤镇农民

文衍长　潮州市凤南乡文化站长

文壁臣　潮州市凤南乡业余作者

张贵生　潮州市意溪镇退休教师

林礼义　潮州市意溪镇教师

黄柏梓　潮州市凤凰镇业余作者

陈德名　潮州市铁铺镇文化站长

陈礼清　潮州市古巷镇文化站长

何昌时　潮州市赤凤镇退休教师

沈维才　潮州市田东乡广播站长

刘辉庆　潮州市田东乡工交办职员

舒硕彦　潮州市浮洋中学教师

许丽菲　潮州市浮洋中学教师

蔡纪昭　潮州市凤塘镇业余作者

庄少文　潮州市江东镇业余作者

黄继钊　潮州市磁性材料厂退休干部

陈先俊

郑伟江　潮州市东凤镇业余作者

李映发　潮州市龙湖镇文化站长

李荣周　潮州市龙湖镇业余作者

郑炳淡　潮州市登塘镇农民

林　云　潮州市文化馆文学戏剧组组员

跋

程小宏

  《潮州歌谣谚语集成》终于付梓了！至此，连同前已出版的《广东民间故事全书·潮州卷》，"潮州民间文学三套集成"在历时 30 多年后全部正式出版，这是潮州文学发展史上的一件盛事，可喜可贺！

  潮州作为国家历史文化名城，人文底蕴深厚，潮州文化自成体系，是中原古典文化的活态橱窗。潮州民间文学作为潮州文化的重要内容，是潮州人民值得骄傲的一笔文化遗产。它承载着最原生态的潮州文化元素，门类齐全，形象生动，诙谐有趣。搜集、整理、挖掘、传承好这一不可多得的文化宝藏，延续潮州文化的根脉与香火，是刻不容缓的任务。

  值得庆幸的是，早在 20 世纪 80 年代，潮州的一批有识之士也不遗余力地投身其中。中共潮州市委宣传部就直接在文联、文化局抽调干部，成立专门机构，开展民间文学的抢救和整理，历时二年，终于取得丰硕的成果，形成了包括《潮州民间故事》《潮州民间歌谣》《潮州民间谚语》的"潮州民间文学三套集成"资料本。但受当时特定条件的限制，该"三套集成"资料本一直未能出版。至 2016 年 7 月，得益于中国民间文艺家协会、广东省民间文艺家协会对民间故事抢救保护工作的高度重视和认可，我积极争取财政部门的资金支持，由蔡泽民先生任主编的《广东民间故事全书·潮州卷》得以率先出版，产生了很好的社会效应，一时"洛阳纸贵"。

  2020 年 10 月，习近平总书记视察潮州时强调，潮州文化具有鲜明的地域特色，是岭南文化的重要组成部分，是中华文化的重要支脉。希望我们要爱这个城市，研究好、呵护好、建设好它。近年来，潮州人民牢记总书记的嘱托，抓住机遇，乘势而上，起而行之，努力擦亮潮州文化品牌，推动潮州文化探源溯流，促进潮州文化的创造性转化和创新性发展，一股研究、传承、发展潮州文化的热潮正在全国兴起。为顺应新时代文化事业发展的需要，潮州市文联决心创造条件，将还没正式面世的《潮州民间歌谣》《潮州民间谚语》合集出版。但由于时隔多年，其中一些文字已不合时宜，且存在诸多错漏，加上大多为地方方言表述，需要根据实际重新修订校正。由于修订文稿专业性较强，蔡泽民先生与其女儿蔡网里一起承担起这一艰巨的任务。经过近两年的艰辛努力，终于全面完成文稿修订任务，正式提交出版社出版。这一不计个人得失的文化情怀、忘我工作的奉献精神和精益求精的学术态度令人十分感动！

脚踏潮州这片沃土，我们拥有灿烂的历史文化，这是一笔弥足珍贵的文化遗产。当前，潮州正在高质量发展的快车道上全力加速，文化强市的宏伟蓝图正徐徐铺开。我们要胸怀大局，以高度的责任感和强烈的使命感，促进潮州文化的传承发展，努力为潮州经济社会高质量发展赋能添彩，在新的赶考之路上奋力谱写现代化潮州新篇章！

2024 年 9 月

后　记

　　《潮州歌谣谚语集成》由中山大学出版社出版了。合 2016 年《广东民间故事全书·潮州卷》，潮州市民间文学三套集成终于完整地与潮州人民见面了，从民间来，到民间去。

　　20 世纪 80 年代，全国进行了一场民间文化遗产的大普查和大抢救的工程。从中央到地方先后成立了对应的工作班子。当时，中共潮州市委宣传部也不失时机，发文组建了"潮州市民间文学三套集成"领导小组、编委会，还任命了组长和主编主持工作，市各乡镇由宣委及文化站牵头，相应成立了"口述、搜集小组"。市编委会及时下到基层培训口述者和搜集者，还与他们一同做田野调查。稿件陆续送到编委会，最后经编委会审稿、整理和定稿。经过三年的努力，终于在 1988 年编出了三套集成资料本（民间故事二册、歌谣二册、谚语一册）。资料本送审时得到上级好评，主编还获得中央民委、全国艺术规划领导小组、中国民协的嘉奖，同时还被文化部评为全国文化先进工作者。

　　2022 年，《潮州歌谣谚语集成》资料本终于决定出版了。时隔几十年，书稿还得再次进行修整。编委会成员当年都在中壮年时期，几十年过去了，走的走，健在的也年事已高身体欠佳，能工作的人就不多了。但为了书稿能尽快出版，还是要找人来整理。书稿从何处下手整理？还是从存在的老问题做起吧。歌谣、谚语中的注释、注音、缺句、漏字、欠韵等，尤其是有音无义的字，负责本书整理工作的人员认真工作，跑到图书馆、古旧书摊，有志者事竟成，终于寻找到潮州方言字、音的相关典籍和论著，把原资料本中能考证本字的借音字改回本字。为了校正原来部分歌谣的错漏，我们特地跑到登塘镇闪桥村、五全村，文祠镇的李工坑村等，找到当地的歌手核实，并请他们添加了不少当年漏记的歌谣。为了注释谚语，我们还三番两次跑到官塘镇请官塘中学原校长陈作仰、元巷学校原校长陈贤丰、文祠镇教师黄少忠、铁埔镇老农陈启振等，请他们帮助解释部分农谚、气象谚；还请老中医吴绍雄医生帮我们注解部分医药谚语。此外，市图书馆陈贤武老师、潮州市市志办也为我们提供了相关资料。

　　本书得以出版，要感谢上述单位、校长、老师、医生、老农，还要特别感谢所有的口述者、搜集者，感谢潮州各乡镇、政府、宣委、文化站站长，感谢潮州编委会全体同仁，感谢畲族文化专家雷楠及其母亲——畲族歌手畲文香、澄海文化馆馆长蔡英豪、农民业余作者刘舜玉等，感谢已故的、为本书提供大量歌谣的老前辈丘玉麟、柯鸿材、刘尧咨等，感谢马风、洪潮二位老师，没有他们的努力，也就没有本书翔实丰富的资料。

特别要感谢的是潮州市文联程小宏主席，千方百计为三套集成的出版筹集经费，还亲自为本书写跋并题写书名。

在 20 世纪 80 年代搜集整理民间歌谣及谚语时，我们发现有部分仪礼歌或多或少带有封建迷信的色彩，爱情歌谣中也有庸俗、低下的歌词。在整理中，我们对这些歌谣进行筛选、过滤，但还是保留了一小部分，为研究潮州传统文化和传承优秀的传统文化提供参考。

由于潮州歌谣和谚语是凭口述者的记忆、口头朗唱记录的，存在欠句、缺韵的情况，虽经我们努力考证修订，但由于水平所限，此种现象还是存在的，请专家读者多多指正。

蔡泽民

2024 年 8 月 10 日

撰于潮州市区灶巷家中

附：

潮州市民间文学三套集成工作领导小组

组　　长　林丰植（潮州市文化局局长）

副组长　陈贤忠（中共潮州市委宣传部宣传文艺科副科长）

　　　　沈启绵（潮州市文化局副局长）

组　　员　刘文耀（潮州市文化馆馆长）

　　　　蔡泽民（潮州市文联副秘书长）

潮州市民间文学三套集成工作领导小组办公室

主　　任　刘文耀

副主任　蔡泽民

　　　　柯炳智（潮州市文化馆副馆长）

　　　　庄　群（潮州市文化馆文学戏剧组组长）

潮州市民间文学三套集成编辑委员会

主　编　蔡泽民

副主编　庄　群

编　委（以姓氏笔画为序）

刘文耀　庄　群　陈焕钧　蔡泽民

（1988 年 3 月）